中公文庫

賤ヶ岳の鬼

吉川永青

中央公論新社

目次

賤ヶ岳の鬼

一　本能寺

清洲《きよす》城に軍兵が帰って来る。出た時の慌しい様子は微塵《みじん》もなく、皆が胸を張って意気揚々という風であった。街道の脇、先まで固唾《かたず》を呑《の》んで落ち着かぬ気配を見せていた兵や百姓衆は、この姿を見て「わっ」と沸いた。喜びや驚嘆の声が重なった喧騒《けんそう》の中、理助《りすけ》は半ば呆然《ぼうぜん》と呟《つぶや》いた。

「勝った……のか？」

信じられなかった。だが目の前の光景を、他にどう捉えたら良いのだろう。

「勝ったんだ」

当年取って七歳、理助の紅顔はじわりと緩み、然《しか》る後に強い笑みへと変わった。周りに交じって叫び出したい気持ちだったが、それにも勝る思いがある。衝《つ》き動かされるように人垣を掻《か》き分け、行軍の方へと足を進める。時折背伸びをして向こうを眺めれば、二千が作る熱気の列が近付いて来た。出迎えの衆に応えて拳《こぶし》を突き上げ、歓喜のままに身を躍らせている。

それらの中に、ただひとりの姿を探す。伸《の》るか反《そ》るかの大戦を制した男——織田《おだ》の当主・信長《のぶなが》をひと目見たかった。

やがて兵列の先頭が歓声の只中に差し掛かる。理助はなお五間（一間は約一・八メートル）ほども進み、この辺りで待てばと大人たちの間から身を乗り出した。

小さく「あ」と声が漏れた。行軍の中ほどよりやや後ろ、翻《ひるがえ》るは黄色地に黒の木瓜紋《もっこうもん》である。この大旗こそ大将の在所だった。馬上の人は十何人もいるが、その中にひとり、他を遥かに凌《しの》ぐ威風を発する影がある。

二万五千の大軍にたった二千で勝ったのは、どのような人なのだろう。昂《たかぶ》る胸、荒くなる息、理助はその時を待った。

「お。理助ではないか」

列の前を進む足軽の中、呼び声の主が歩を進めて来て、ぽんと肩に手を置いた。顔を真上に見上げるほどの大男に、理助は目を輝かせた。

「叔父《おじ》上。勝ち戦、おめでとうございます」

「うむ」

叔父——母の弟に当たる柴田勝家《しばたかついえ》が嬉《うれ》しそうに頷《うなず》いた。その顔は土を塗りたくったように汚く、具足《ぐそく》もいつもの小綺麗《こぎれい》なものではない。錆《さび》の目立つ胴を革紐《かわひも》で肩に掛けただけの、粗末なものである。理助は「はて」と怪訝《けげん》なものを胸に宿した。

「あの、如何《いかが》なされたのです。ずいぶんと、おかしな格好ですが」

出《い》で立《た》ちについて言われると、勝家は「ああ」と得心顔を見せた。

「見たとおり、足軽の貸し具足と長槍《ながやり》だ」

「どうしてです」

「いや、まあ、それはな……」

口籠もっている。なぜ言い難《にく》そうにしているのか、理助には判じ兼ねた。

「それよりもだ」

叔父は無理に話を逸《そ》らし、誇らしそうに続けた。

「これで尾張《おわり》は安泰ぞ。何しろ今川義元《いまがわよしもと》を討ち取ったのだからな」

耳を疑った。海道一の弓取りと謳《うた》われ、此度《こたび》、尾張を呑み込むべく二万五千もの大軍を差し向けた敵の大将である。

「まことですか」

勝家は「ふふん」と鼻を鳴らした。

「これが嘘《うそ》を言うておる顔に見えるか。いやはや、殿の戦はやはり見事であったわい。雨を衝いて兵を寄せ、空が晴れるや一気に――」

「権六《ごんろく》」

得意顔の向こう、馬上からの静かな声が遮る。叔父は寸時びくりと身を震わせ、しまった、という顔で背を丸めた。

「いえ、いえ！　それがしは、ただの足軽にござれば」

「たわけ」

そのひと言で分かった。真正面から迫る威厳は、これぞ織田信長である。信長は左手に持つ馬の鞭《むち》で、叔父の頭をぺしりとやった。

「其方《そのほう》には参陣を命じておらぬ。何ゆえ来た」

叔父は決まり悪そうに、ゆっくりとそちらを向いた。

「その……。織田の一大事に手を拱《こまね》いておることはできず、何としても殿のお力にならねばと」

冷たく鋭い眼差《まなざ》し、そして幾らかの怒りを孕《はら》んだ声音が寄越された。

「未《いま》だ其方を疑う者も多い。おとなしくしておれと命じたのだがな」

勝家が疑われているのは、四年前、信長の弟・織田信勝《のぶかつ》の謀叛《むほん》に加担したことによる。理助がこの経緯を知っていたのは、自身の父・佐久間盛次《さくまもりつぐ》も同じく信勝に与《くみ》していたからであった。叔父は、そして我が父は、何ゆえそのようなことをしたのだろう。思う傍ら、勝家は信長に深々と頭を下げた。

「お下知《げじ》に背き、申し訳次第もございませぬ。如何《いか》なるお叱りをも頂戴する覚悟にて」

信長は刺すような眼差しで叔父を見下ろし、やがて軽く馬の腹を蹴った。ゆっくりと馬が進む。鞍《くら》の上から言葉が寄越された。

「今はまだ報いてやれぬ。されど、いつか必ず」

「あ……。はっ！」

叔父はそう発したまま、しばらく腰を曲げたままだった。声をかけるかどうか迷い始めた頃になって、ひとつ洟《はな》を啜《すす》り、ようやく顔を上げる。

「見たか理助。あれが信長様だ」

「え？　あ、はい」

勝家は眩《まぶ》しいものを見るような顔で、こちらの頭を撫《な》でた。

「有難いお言葉を頂戴した。それだけでも報われた思いぞ」

「あの……叔父上。どうして信長様と戦ったのですか。左様なことをしなければ、ご褒美を頂戴できたのでは？」

「殿に弓引いたは、信勝殿付きの年寄衆だったからだ。武士は主君に従わねばならぬ」

理助には得心できなかった。それが間違ったことだとは思わなかったのだろうか。面持ちから読み取ったか、勝家は苦笑交じりに続けた。

「されど、信勝様が再びの謀叛に及ばんとした折には、なお織田を乱す訳にはいかぬと、信長様にお味方した。信長様が何と仰せられたと思う」

たった今目にした厳しさや冷たさを思うと、ぶるりと身が震えた。勝家はこちらの鼻を摘《つま》み、ぐりぐりと左右に動かしながら笑った。

「先に弓引いたは、武士たるものの頸木《くびき》であろう、とな。一度でも信勝殿に従うたのはむしろ義理堅いと仰せになって、笑うておられたわい」

理助は「あ」と口を開けた。

「そうか。だから殿は、いつか必ず……と」

「分かったか。ゆえに、わしは足軽に交じることも厭《いと》わぬ。この先は二度と義理を違《たが》えまい。殿の御ため、織田のために尽くすのみぞ」

満ち足りた叔父の顔を見て、胸に穏やかな風が吹いたようなくすぐったさを覚えた。叔父と信長――願わくは己も、かくありたい。遠ざかる馬上に目を遣《や》れば、信長の背がことさらに大きく見えた。

*

あれから実に二十二年が過ぎた。

今川を下した信長は次いで美濃《みの》を平らげ、将軍・足利義昭《あしかがよしあき》を奉じて上洛、さらに近江《おうみ》を従え、畿内《きない》を制した。足利義昭は、やがて、力を増した信長を除こうとした。信長は逆に義昭を放逐し、誰もが認める天下人となった。

目まぐるしく世が移り変わる中で理助は元服し、佐久間玄蕃允盛政《げんばのじょうもりまさ》を名乗るに至っている。そして今、北陸路の攻略を任された叔父・勝家に従い、越中魚津《えっちゅううおづ》城を目の前にしていた。

残るはあとひとつの堀、その向こうの石垣のみである。もっとも魚津城は中々にしぶとい。まだ明けやらぬ空の下、盛政は長く嘆息して呟いた。

「敵ながら天晴《あっぱれ》な戦いぶりよな」

真四角の本丸とその周りを囲う二之丸のみ、楽に落ちるはずの平城《ひらじろ》だった。それが織田軍二万の包囲に長く持ち堪《こた》えたのは、ひとえに将兵の結束ゆえである。既に二之丸を落としているが、これほど追い詰めても上杉《うえすぎ》方はひとりの裏切りとて出していない。

「盛政」

背後からの声に振り向く。叔父が歩を進めて来ていた。地に片膝を突こうと腰を屈《かが》めると、勝家は「良い良い」と制して問うた。

「今日には何とかなりそうか」

「はい」

発して目を城に戻した。二千の兵が横陣を布《し》く三町（一町は約一〇九メートル）ほど向こうには、本丸の門が篝火《かがりび》に浮かんでいた。

「門を抜いて櫓《やぐら》を押さえれば。昼までには落としてご覧に入れましょう」

「頼むぞ」

勝家は力強く頷いた。大恩ある信長に応えたいという、強いものが垣間見《かいまみ》えた。

天下人となった信長は、幼い日に肌で感じたものに輪を掛けて厳しい。功ある者には誰にでも多くの所領を与えるが、慢心すれば容赦なく切り捨てられる。互いに功を競わせ、常に能ある者であれと尻を叩《たた》くのが信長のやり方なのだ。

今、西国の雄・毛利輝元《もうりてるもと》との戦に於《お》いては、備中《びっちゅう》から備後《びんご》の山陽道《さんようどう》に羽柴秀吉《はしばひでよし》が差し向けられている。それに加え、出雲《いずも》から石見《いわみ》の山陰《さんいん》には明智光秀《あけちみつひで》が遣られることになっていた。また、近く四国を征伐するため、信長の三男・三七郎信孝《さんしちろうのぶたか》が出陣する。

勝家も同じであった。越前《えちぜん》一国を与えられ、目付として寄越された前田利家《まえだとしいえ》と佐々成政《さっさなりまさ》の指揮も認められた身だが、その代わりに上杉景勝《かげかつ》から越中を切り取らねばならない。

「上杉を下して三七様のご出陣に花を添えれば、明智様や羽柴様をも凌ぐ大功かと」

盛政の言に、勝家はぎらついた眼差しを返した。

「羽柴の猿ごときに負けてなるものか。夜明けと共に攻めるぞ。気張れよ」

残して踵《きびす》を返す。見送って軽く頭を下げると、幾らか寂しい笑みが漏れた。

勝家の昔日の思いに、信長は功を競う立場を与えることで報いた。主君の信を得た叔父の姿は実に頼もしい。だが一方では羨ましくもあった。

遠からず、信長の天下は日の本の全てを覆うだろう。家中の老臣に大きく遅れて生まれた己には、今以上に立身する目がほぼ残されていない。幼い頃に憧れた主従の姿——信長と勝家のような関係を築くのは、極めて難しいのだ。敬愛する叔父の下で槍働きができるのは嬉しいが、この先に手を伸ばすべき頂が見えないことは無念の限りであった。

「のう盛政」

声に頭を上げる。勝家は数歩を進んだところで立ち止まり、肩越しに柔らかな眼差しを向けていた。

「上杉を下したら、勝政《かつまさ》を佐久間に帰そうと思う」

柴田勝政は盛政の弟で、妻子のない勝家の養子に入っていた。離縁と聞いて目が丸くなり、眉根が寄った。

「然らば、柴田の家督は勝豊《かつとよ》殿に？」

勝家の、もうひとりの養子である。病がちで武芸や軍略に劣り、胆力も弱い。実兄の贔《ひい》屓《き》目を差し引いても、勝政の方が跡取りに相応《ふさわ》しいはずだが。

半ば責めるような目になっていたのだろう、叔父は取り繕うように小さく頭《かぶり》を振った。

「どうも上様は、日の本を平らげた次をお考えであるらしい。功を上げる機会は、まだまだあろう。されど勝政や勝豊では、競い合うには足りぬ」

「俺が支えます」

勝家は「違うぞ」と豪快に笑った。

「おまえだ」

「は？」

たった今までの難しい顔が、ぽかんとしたものになる。そこに向けて言葉が重ねられた。

「その時には、おまえの出番じゃと申しておる。わしが死んだら、柴田は佐久間の寄騎《よりき》で良い。勝政が家におった方が、やり易かろう」

勝家は、こちらの顔を見て頬を緩めた。

「顎《あご》の張りよう、癖のある鬚《ひげ》、肚《はら》の据わり具合……おまえは顔も心根もわしに似ておる。鬼玄蕃の二つ名を取る武勇もあらば、上様の厳しいお求めにも応えられよう。鬼柴田の太鼓判じゃ」

言い残して立ち去る。盛政は先よりも深く頭を下げて謝意を示した。だが「柴田を従えよ」という言葉を、そのまま受け取ったのではない。男として立身出世の機を得たい。武士として胸を張れる生き方をしたい。そうした胸の内を察して鼓舞するような、細やかな心が叔父にはある。今はただ、それに応えたかった。

或《ある》いは、と顔を上げる。桶狭間《おけはざま》に今川義元を破った日、勝家も信長に対して似たような思いを抱いたのかも知れない。思いつつ見遣れば、慕う背中はもう朝闇の向こうに消えようとしていた。

＊

鉄砲の音が鳴り渡り、城の壁に空けられた狭間《さま》から濃い硝煙の臭いが風に乗った。ひとつずつならパン、パンと間の抜けた音も、数が揃《そろ》えば轟音《ごうおん》に変わる。鉄砲を相手にするに当たり、まず気に留めておくべきはこれであった。当たれば命を落とす弾が、束になって飛び交っている――それを示す音は兵の気を萎えさせる。

「怯《ひる》むな！　返す者は俺が斬る」

盛政が馬上から怒鳴り付けると、足軽たちは、べそをかきながら再び城に向けて進んだ。鉄砲より鬼玄蕃の方が恐ろしいらしい。

もっとも、兵のみに命を張らせる気もなかった。

「城方どうした。佐久間玄蕃はここぞ。この胸目掛けて撃って来ぬか」

腹の底から吼《ほ》え、槍を持つ右手と、手綱を離した左手を大きく広げる。反り返らせた具足の胸が盛夏六月の陽光に黒々と光った。

「竹束、前へ！」

盛政麾下《きか》の鉄砲頭・拝郷五左衛門《はいごうござえもん》が叫ぶ。応じて、後ろから車が押し出された。

竹束は十数本の竹を束ねて丸く縛った盾で、径一尺五寸（約五〇センチメートル）ほど、長さは足軽槍を超える三間にも及ぶ。一撃必殺の鉄砲とて、固い竹の筋を幾つも射抜けるものではない。五左衛門が動かしたのは、この盾を荷車の上に立てた「車竹束」であった。

「放て」

城から将らしき声が上がる。だが車竹束の方がやや早く、ほとんど全ての弾が弾《はじ》かれた。鉄砲の弾込めにどれだけの時を要するか、鉄砲頭の五左衛門はさすがに知り抜いていた。二度めの斉射をやり過ごすと、盛政は兵を追い立てるべく叫んだ。

「それ、今ぞ」

狭間からの鉄砲は正面にしか撃てず、門に張り付いてしまえば狙われることがない。足軽衆も心得たもので、下知を受けると、丸太を抱えた数人を先頭に突っ込んで行く。片や扉を抜かせまいと支える者、片や打ち破らんとする者、敵味方の喚声《かんせい》が門を挟んで濃密に寄り集まった。

盛政も前に進み、狭間から狙われぬ辺りまで出ると馬を下りた。これに合わせて五左衛門以下の二百が車竹束を押し、左右に分かれて鉄砲の及ばぬ道を作り上げていく。

「せえの！」

足軽頭が声を上げる。次いで丸太の衆が雄叫《おたけ》びを上げ、一撃を食らわせた。鈍く激しい音が門を穿《うが》つ。竹束道の中、下がっては突っ掛け、当たっては下がりを繰り返すこと十数度、ついに虎口《こぐち》の蝶番《ちょうつがい》が外れた。

「次じゃあ！　そうれ」

誰からとなく、今度は足軽が喚《わめ》く。門の内にあった声が、うろたえた叫びに変わって遠ざかって行った。それらを追うように丸太が叩き付けられる。観音開きの右手がめりめりと軋《きし》んで向こう側に倒れ、地響きを伝えた。

「踏み込めい」

盛政は徒歩《かち》武者に交じり、魚津城本丸へと駆け込んだ。すぐに門内の両脇、十間ほど離れた辺りに聳《そび》える櫓の上から、弓の弦《つる》を弾く音が届く。

刹那の後、足軽が五人、十人と倒れた。脚を射られた者が転げて端に退き、亡者の如《ごと》き必死の形相で矢を抜こうとする。首を射られた者が裏返った悲鳴を上げて白目を剝《む》き、無理に矢を抜いて夥《おびただ》しい血煙を舞わせた。

苦渋と死の臭いを感じ取った足軽が、戦場に臨む狂気の熱を薄れさせる。先まで狭間から外を狙っていた城の鉄砲方が盛政の兵に向いた。

そして、乾いた轟音が渡った。だが目の前の敵兵ではない。城の壁や土塁、石垣が、ごつごつと音を立てている。

「皆の者、聞いたか。味方からだ」

盛政は頭上に槍を突き上げて兵を鼓舞した。本丸の外、左手にあるのは前田利家麾下の鉄砲衆である。まとまった数は城方の倍、二百挺《ちょう》にも及ぶだろうか。

竹束を射抜けぬ鉄砲玉は、当然ながら土塁を崩すこともできない。だが寄せ手が鉄砲の音に怯むのなら城方とて同じ、多くの弾を一気に撃ち込まれ、寸時そちらに気を取られた。と、間もなく二度めの斉射が加わった。弾込めの間を置かずに放つべく、利家は手勢の鉄砲を二手に分けていたようだ。しかも、今度は櫓にも弾が及んでいる。

「当たれ！」

盛政の野太い声に背を押され、兵たちは再び心に狂乱を宿した。足軽が長槍を振り上げ、打ち下ろして敵の鉄砲方を叩き据える。転げた者があれば徒歩武者が刀を振りかざして襲い掛かり、また、りゅうりゅうと槍を扱《しご》いて突き伏せた。

この流れに乗り、盛政も存分に武勇を振るった。横薙《な》ぎに槍を払い、二人、三人をまとめて叩き倒す。怖気《おじけ》付いて屁ひり腰の者を見つけると、猛然と駆け寄って喉を貫く。背後から躍り掛からんとする者があれば鼻面を殴り付け、逃げようとする敵があれば蹴り飛ばして、味方の武者たちに後を任せた。

「そらそら！　鬼玄蕃を討って名を上げようという者はないか。腰抜け共め」

休みなく槍を振るい、げらげらと笑いながら仕留めてゆく。世に知られた異名ひとつで、敵兵は次々と立ち向かう意気を挫《くじ》かれていった。

「佐々成政、参る」

どれほど暴れ回った頃か、後詰《ごづめ》も踏み込んで来た。これが櫓に登り、先まで何とか矢を放っていた敵兵を地に投げ落としてゆく。

退けること、能《あた》わず。そう判じて、城方は総崩れとなった。本丸館へと逃げ込む者、織田に降《くだ》る者、壁を乗り越えて逃げようとする者は数あれど、立ち向かおうという者はない。

いざ本丸館に迫らんとした頃、ひとりの武者が駆け出して来た。盛政の前に座り、腰の刀を外して深々と頭を垂れる。

「も、申し上げる！　……降参、降参いたす」

「降参とな」

佐々成政が恰幅《かっぷく》の良い体を揺るがし、のしのしと足早に進んで来る。敵方の武者は額を地に擦り付けんばかりにして、無念の涙に声を揺らした。

「吉江《よしえ》宗信《むねのぶ》様、中条《なかじょう》景泰《かげやす》様、山本寺《やまもとでら》孝長《たかなが》様、以下十三名、お腹を召してござる」

盛政は成政と顔を見合わせて頷き合い、味方に向けて声を上げた。

「皆々、聞けい。たった今この城は落ちた。勝ち戦ぞ」

二度、三度と「勝ち戦」を繰り返す。兵たちが、ひとり、またひとりと天に槍を放り投げ、刀を振り上げて狂喜の渦を生んだ。悲鳴にも似た叫びが魚津城を揺るがした。

勝鬨《かちどき》に包まれる中、降参を報《しら》せた武者は嗚咽《おえつ》を漏らしていた。盛政は片膝を突いて屈み、その者の肩に手を置いて静かに語りかけた。

「悔しかろうが、泣くでない。上杉の将兵は強かった。最後まで決して諦めず、良う戦った。頭の下がる思いじゃ」

目の前の男が、ゆらりと顔を上げる。滂沱《ぼうだ》の涙を流しながら、どこか救われたような、そして戸惑《とまど》うような面持ちであった。鬼と呼ばれる男が敵を労《いた》わるなど、思いも寄らぬことだったのかも知れない。

「潔くあられた皆々に手を合わせたい。案内《あない》してくれるか」

二重瞼《まぶた》のぎょろりとした目に鷲鼻《わしばな》、厳《いか》つく張った顎に癖鬚という強面《こわもて》に、ふわりと笑みを浮かべる。涙に咽《むせ》ぶ敵兵は、ひとつしゃくり上げて、首から力を抜くように頷いた。

天正《てんしょう》十年（一五八二年）六月三日、越中魚津城は織田軍の手に落ちた。

先んじて踏み込んでいた成政に加え、勝家と利家を迎え入れると、盛政は上杉方の案内に従って本丸館の広間へ歩を進めた。

そこでは、具足を外した十三人の将が自刃して果てていた。

「南無妙法蓮華経《なむみょうほうれんげきょう》」

勝家が瞑目《めいもく》して合掌する。利家、成政と共に後ろに並び、盛政も叔父に倣って敵将たちの魂を慰めた。

謀略、調略、罠《わな》、闇討ち、水断ち、干殺《ひごろ》し、騙《だま》し討《う》ち、どれほど汚く酷薄な手を使っても、勝ちさえすれば良いのが武士である。しかし盛政には、今ここで果てている十三人にこそ深く感じるものがあった。勝てぬ戦と分かっていて抗《あらが》ったのは、愚かしいことではない。織田を倒し、主家の力をひとつ上に押し上げん。そのために懸命になった姿の何と尊いことだろう。其許《そこもと》らこそ、武士《もののふ》である——心中に賛じて目を開ける。血の海となった広間が再び飛び込んできた。

「だが」

小さくひとつ呟き、眼差しを引き締めた。立身出世も信念も、命あってのものである。この者たちと同じ心根を胸に、自らは勝ち残って少しでも上を目指すべし。念じて、盛政は再び黙禱《もくとう》を捧げた。

＊

三日の後、盛政は魚津城にあり、勝家が居所と定めた一室に参じて数々の帳面に目を落としていた。佐々成政も召し出されている。畳なら八畳といった狭さの中、むくつけき男が三人寄り集まると実にむさ苦しかった。広間は使うことができない。自刃した十三人の血を洗い流したばかりで、未だ風を通して臭いを抜かねばならぬためである。

昼過ぎから帳面を調べ始め、既に夕餉《ゆうげ》も終えて虫の声が聞こえる頃となっている。薄暗い灯明の下、成政は手にしたものを放り出し、目頭を揉《も》みながら大欠伸《あくび》を漏らした。

「こら、内蔵助《くらのすけ》。何をしておる」

共に帳面を調べていた勝家に叱られ、成政は決まり悪そうに頭を掻いた。

「そうは仰せられても、わしは斯様《かよう》なことが苦手にござれば」

「越中はお主の所領となる国ぞ。上様のご恩に応えるべく、平らげた地はきちんと治めねばならぬ。手伝いのわしらが精を出し、当のお主が左様なことで何とする」

やり取りを聞いて、盛政はくすくすと笑った。勝家の目付たる成政が、逆にやり込められていては、世話はない。

「玄蕃を見よ。一心不乱に調べておるではないか」

話を向けられ、盛政も肩をすくめた。

「いえ、俺も斯様なことは得手でなく。叔父上のように、槍働きにも内治にも通じておられるお人の方が珍しいのでは？」

「阿呆《あほう》」

厳しい眼差しを向けられて、いささか驚いた。叔父の顔には「戦の前の話を忘れたのか」と書かれている。自らの死後は佐久間の出番、柴田を従えるには内治にも通じていなければならぬということか。とは言え、こちらの胸中を思いやっての言葉だとばかり思っていたのだが。

「その……ですな。で、あるからして、叔父上のようにならねばと、懸命に」

口籠もりながらの返答は、あながち嘘でもない。織田に仕え続けるとは、自らを磨き続けることだと承知していた。

　そこへ利家が、ばたばたと入って来た。

「親爺《おやじ》様、よろしゅうござるか」

　勝家が顔を向けると、利家は当然とばかりに問う。

「今日の見回りにて、村々の百姓衆が泣き付きましてな。三月からの戦で満足に野良仕事もできん、米の育ちが悪いゆえ、少しばかり年貢に手心を加えてくれと」

「なぜ、わしに聞く。越中は内蔵助の――」

　言いかけて左手の座に目を遣る。が、その成政こそ助けを求めるような面持ちであった。

　勝家は「やれやれ」と呆《あき》れ顔で利家に向き直った。

「今年は去年の半分で良い。まずは、織田領になって良かったと思わせることだ。ただし検地の帳面は差し出すように言うておけ。それから、この戦で討ち死にした国衆や地侍の所領は我らが召し上げることもな」

「承知仕《つかまつ》った。明日の朝から伝えに回りましょう」

　頷いて、利家はどさりと座った。むさ苦しさが増した中、勝家に「ほれ」と促され、盛政はまた帳面に目を落とした。

　天下布武――古《いにしえ》の唐土《もろこし》、周王朝の名君・武王の徳政を天下に布くという織田の旗印である。勝家の下した断は、まさにこれに従ったものであった。領地を勝ち取った後の差配までが戦だと、叔父は常々言っていた。

盛政は信長を思い起こし、口の動きだけで「上様か」と呟いた。家臣には厳しい信長も、善良な民百姓には寛容である。そうした徳を示し、一方では不正を見逃さぬように帳面を調べ上げるのは、ひとえに叔父がどれほど主君を崇敬しているかの証《あかし》であった。

「又左《またざ》、どうしてお主は帳面を見ぬのだ」

成政の不満そうな声に、利家が「何を言う」とばかりに返した。

「越中はお主が拝――」

拝領することになっているのだろう。言い終わる前に、騒がしい足音が庭に駆け込んだ。

「も、申し上げます！」

城外から一気に馳《は》せ付けたのか、伝令は言葉を継ぐこともできぬように咳《せ》き込みつつ、左手に固く握った書状を前に突き出している。咳《せき》とは全く違う乱れた拍子で、その手が小刻みに震えていた。

「どうした」

齢《よわい》二十九、四人の中で最も歳《とし》若い盛政が座を立ち、庭に下りた。毟《むし》り取るように書状を受け取って勝家の許に運ぶ。

書状に目を走らせる叔父の眼差しは、初めは厳しいものであった。

だが次第に驚愕《きょうがく》を映す。

そして、虚《うつ》ろなものに変わった。

「……討たれてしもうた。上様が……あのお方が」

囁《ささや》くような小声であった。盛政も、他の皆も、自らの耳を疑う顔になった。

嘘ではないのか。そう思う。だが斯様な虚報を発する者があれば、それこそ信長に成敗されるだろう。

叔父の顔が、どこを見ているのか分からぬ眼差しになっている。頭では確かな報と解しているものの、それでも認めたくない――気持ちは手に取るように分かった。盛政とて同じだからだ。他の二人もそうなのだろう、誰も、何も言えずにいた。

織田信長は、明智光秀の謀叛によって本能寺《ほんのうじ》に横死した。嫡子・信忠《のぶただ》もまた明智軍と戦って討ち死にしたという。魚津城が落ちる前日、六月二日早暁のことであった。

絶対の力が消えてしまった。ふわふわと宙に浮いているような、天地を返されたような、頼りない思いに吐き気を覚える。頭の中には、二年前に見た信長の姿が回り続けていた。

＊

天正八年（一五八〇年）九月、安土《あづち》城――。

「面を上げい」

やや甲高い声は、静かながら覇気に満ちて突き刺さるように鋭い。

盛政はゆっくりと平伏を解いた。主君・信長が一間半の先に座している。落ち着いた佇《たたず》まいが空気を重くしていた。目通りは初めてではないが、これほど密なものを感じたことはない。昔とは比べものにならぬ、凄《すさ》まじいばかりの威光が厳かに迫る。主座の右前に三人の小姓があることすら忘れさせた。

「今日を以《もっ》て蟄居《ちっきょ》を解き、其方を佐久間の宗家とする」

「……はっ」

それだけを返すのに喉が嗄《か》れた。

「わしを恨むか」

問われて固唾を呑む。背に嫌な汗が流れた。

佐久間は、織田が尾張の小勢だった頃から付き従った一族である。先頃まで宗家だった佐久間信盛《のぶもり》は、家中最大の領を預けられた家老であり、盛政の父・盛次の従弟《いとこ》に当たる人であった。ところが先月、この族長が追放された。

「恨むなど滅相もない」

掛け値なしの本音である。一族の長が追放されたと知って、盛政は自ら蟄居していた。これをすぐに解いてくれたのだから、むしろ恩義に感じている。ただ、いきなり佐久間の宗家とされたことへの戸惑いは確かにあった。

盛政の返答に、信長は「ふん」と鼻で笑った。そして口を噤《つぐ》み、じっとこちらを見ている。十幾つも数える間だったろうか。或いは丸一日、こうして見据えられていたのかも知れない。

「何ゆえ信盛を勘当したか、分かるか」

不意に問われ、ぎくりとした。どう答えたものか。分からない。が、何か言わねば。

「……本願寺《ほんがんじ》との戦」

信長は長らく、本願寺を首魁《しゅかい》とする一向一揆《いっき》と戦ってきた。信仰という治外の力が天下の行く末に関わることを嫌ったためである。

「佐久間の長・信盛は本願寺を討伐できず。上様のご威光を……損ない」

先月発せられた折檻状《せっかんじょう》の中身は聞き知っていた。そのままを答える。

信長は、にやりと頬を歪《ゆが》めた。

「違う」

目の前が真っ白になった。先までは小姓の姿も見えていたのに、今は深い霧の中に主君と二人でいるような気がする。

しかし、続けられたのは叱責ではなかった。

「わしはな、玄蕃。一度や二度の不始末で見限ることはせぬ。秀吉を見てみよ。あの猿とて大きな失策があろう」

「は、はあ」

ごく小刻みに二度頷いた。信長が何を言っているのかは分かる。羽柴秀吉はかつて柴田勝家の援軍を命じられながら、陣中で言い争って勝手に兵を退《ひ》いたことがあった。あの時は秀吉が許されたことに驚いたものだ。

向けられる眼差しが射抜くようなものに変わった。

「されど、猿は常に己を磨いておる。未だ使える男ぞ」

「従父……信盛殿は、さにあらずと？」

「そうだ」

信長は言う。信盛には慢心があった。家老衆でも指折りの身という自らの立場に胡坐《あぐら》をかいてしまったのだと。

「人というのは愚かで怠惰なものだ。このくらいではならぬ、なお上がある……左様な気概をなくしたその時から、朽ち果てるようにできておる」

がん、と頭に響いた。常に上を見よ。さすれば人は朽ちることがない。信長の言葉が激しく胸を揺さぶる。

「手の届かぬことは、何もないと？」

呟くような盛政の問いに、喜悦らしき含み笑いが返された。

「この世は、ほぼ全てのことに手が届かん。だからこそ手を伸ばさねば何も成せぬ。わしも同じだ。天下を摑《つか》むため、そうしておる」

畏怖とは違う震えが走った。総身に心地《ここち》好い痺《しび》れを覚える。大業を成すには、飽くことなく自らを高め、手を伸ばすしかない。信長が家臣に対して一層厳しくなり、互いに功を競わせているのは、そのためであったか。

「昨日の友が今日の敵となる乱世ぞ。過ぎし日の功を誇るばかりの者など使い物にならぬ。されど、其方は諦めの悪い奴だ」

「諦めの……。い、いえ。悪《あ》しき我が癖、必ずや改めまする」

「諦めが悪いからこそ手を伸ばそうとする。左様に申しておるのだ」

苦笑を残し、信長は座を立った。主君の動きを目で追う以外に、盛政にはできることがない。小姓が腰を落として信長の先に回り、金箔《きんぱく》張りに鳳凰《ほうおう》を描いた襖《ふすま》を開けた。

すると、そこに座っている者がある。先に名の挙がった羽柴秀吉であった。

「こりゃあ、すみません。上様にお報せすることがございまして、因幡《いなば》から戻って参りました」

「何だ」

底抜けに明るい言葉に不機嫌そうな返答をもらい、秀吉は満面に笑みを湛《たた》えた。

「鳥取《とっとり》の山名《やまな》豊国《とよくに》を降らせましてござる。上様の喜ぶお顔を拝しとうて、飛んで参ったのです。あ、それからですな、山名をどう扱うか、お伺いせねばと」

「たわけ！　一々聞かねば分からんのか」

一喝と共に秀吉の頭を蹴飛ばし、信長はすたすたと立ち去った。

わずかの間のできごとだった。呆気《あっけ》に取られていると、秀吉は「ひひ」と笑って身を起こし、こちらに向いた。

「玄蕃殿。上様の仰せ、良う分かったかや」

「……どの辺りから、お聞きに？」

「上を見とらんと、朽ち果てるっちゅうとこからじゃ。いや、すまん。盗み聞きする気はなかったんじゃが、聞こえたものは仕方にゃあがね」

にたにたと嫌らしい笑みである。盛政は「はあ」とだけ返した。

そもそも、この男を嫌っていた。信長に取り入ろうとして、猿だの禿鼠《はげねずみ》だのと蔑《さげす》まれても、蹴飛ばされても、嬉しそうに笑うのみである。人一倍の功を上げ、重く取り立てられた今になってもそれが変わらぬ辺りが特に気に入らない。

「まあ気張れや。上様の仰せは正しいぞい」

「力を尽くす所存にて」

追従するのも面倒に思った。皺《しわ》くちゃの醜い笑みを見ていると虫唾《むしず》が走る。盛政から見れば、秀吉の戦功すら唾棄すべきものだった。勝つために手段を選ばぬのが武士だとは言え、秀吉はあまりにも、まともに戦うことをしない。信長に従って出陣する折はその限りに非《あら》ずも、自らが大将の時には調略や騙し討ちなどの策略を好み、城攻めに於いては水や兵糧を断つ「干殺し」ばかりを繰り返している。

確かに、それで味方は兵を損じない。だが敵とて人なのだ。飢えや渇きに心折れ、覚悟や信念を捨てて降ることの無念は如何ほどか。人の限界を思い知らされた者、すなわち諦めることを覚えた身が、信長の言う「手を伸ばす」気概など持てるはずもない。こういう無慈悲な手管を好む辺りに、武士の心を知らぬ成り上がり者という嫌気を覚えていた。

思ううちに、やや無言の間が空いていた。すると、どうしたことか、秀吉は寂しそうに溜息《ためいき》をついた。

「玄蕃殿は、ええのう」

「は？」

秀吉は廊下から畳の上へとにじり寄り、戸惑うこちらの腕をぽんと叩いた。

「槍働きの武勇がある。わしには、できんことじゃ」

虚をつかれたような思いであった。言葉が出ない。

「お主の叔父御、柴田殿じゃが、わしゃあの人に嫌われとるんよ。策ばっかりで、まともに戦もせんで成り上がったと思われとるんじゃろうて」

そのとおりだ。己の考え方は叔父・勝家によく似ている。情に篤い勝家は、己以上に秀吉のやり様を嫌っていた。

秀吉が、自らそれを認めているとは思わなかった。少しばかり戸惑いを覚えて、当てもなく目が泳ぐ。この男の気弱な姿をどう捉えたら良い。

「何ゆえに左様なことを」

ひと言だけ問う。ほっ、と短い息の後、ぼやくような声音が返された。

「わしもよう、上を見続けるのに必死なんじゃ。柴田殿やお主みてゃあな武勇があるでなし、それで上様にお仕えするんじゃからな。できることは何でもやらにゃあ」

そして照れ臭そうに「はは」と笑い、両手で自身の頬をぱちぱちと叩いた。

「やめじゃ、やめじゃ！　さあて、さっさと鳥取に戻らにゃならんわい。玄蕃殿よう、ほんに気張って働けよ」

秀吉は跳ね上がるように立ち、自らを鼓舞するように、けらけらと笑いながら去って行った。

「……いかんな」

盛政は、ぼそりと漏らした。そして思う。

確かに己は秀吉を嫌っている。策に偏った薄情な戦を良しとすることもできない。だが、ほんの少しだけ見直すところはあった。秀吉は武によって人を導く力を持たない。それでも、あの男なりに奮闘している。だとすれば、少なくとも信長に仕えるに於いて、互いの思いは同じではあるまいか。

先の秀吉と同じように、自らの頬を両手で張った。

「常に上を見る、か」

立身出世が男の誉れなら、主君・信長の厳しい求めは望むところだ。必ずや伸し上がり、あの猿面の男を見下ろしてくれん。思い定めて、盛政はすくと立った。

明くる月、加賀《かが》で一向一揆が蜂起した。この厄介な者共に、盛政はかつて二度も敗北を喫している。だが信長は、この平定にまたも盛政を出陣させた。

そして、三度めでついに勝った。

諦めの悪さ、執念ゆえの勝利に対し、信長は加賀半国の恩賞で報いた。

＊

「……秀吉」

信長横死の報に皆が沈黙する中、盛政は呟いた。いつもなら勝家は、その名を聞いた途端に嫌そうな顔をする。しかし今だけは違った。何も耳に入らぬ、どうして良いのか分からぬとばかりに、何を咎《とが》めるでもなかった。

盛政は驚いていた。呆《ほう》けたままの叔父に、ではない。

己は信長を偲《しの》んでいたはずだ。織田の将であるためには何が要《い》るのか——否、人にとって大事なことは何かを教えてくれた恩人を差し置いて、なぜ秀吉の名が口から出る。

奇妙な胸騒ぎがした。だが、あろうことか、ざわついた感じが心地好い。どうしたのだと背を丸め、右手を額に当てる。

胸中のものが、ぼんやりとした形を持ち始めた。じわり、じわりと、次第に姿を明らかにしてゆく。

そして、叫んだ。

「羽柴……秀吉！」

声と共に、うな垂れていた頭を弾き上げる。さすがに、今度は皆がこちらを向いた。

「斯様な時に猿の名など」

「上様が亡くなられたのだぞ」

勝家が咎め、同じく秀吉を忌み嫌う佐々成政が怒鳴った。

盛政は三度、勢いよく首を横に振った。

「俺とて上様をお慕いしており申す。されど討たれてしまわれた。ならば我らは、何を成すべきかを定めねばなりますまい」

「……弔《とむら》い合戦か。猿に後れを取ってはならぬと？」

問うた勝家に、大きく頷いて返した。

「急ぎ明智を討ち、上様のご無念を晴らすこそ家老筆頭の役目かと。成し遂げた暁には、叔父上は名実共に羽柴様の上に立てましょう。家中第一ですぞ」

昨今の功績では明智光秀が第一、秀吉が第二と目されており、勝家は家老筆頭ながら二人の後塵《こうじん》を拝していた。越中攻めに躍起になっていたのも、これに忸怩《じくじ》たる思いがあったからだろう。叔父は、ひとえに信長の求める臣であり続けたかったのだ。ゆえに、その自負を励ました。

だが、それだけではない。盛政の胸には、もうひとつ別の思いが結実していた。

信長と嫡子・信忠が死んだ。家中第一の明智が敵に回った。織田家を成す上から三人が、そっくりいなくなったのだ。あとは秀吉を追い落とすだけで、勝家は織田家を握れる。

そして、叔父は言った。自らの死後、後を継ぐのはこの盛政だと。

信長のため。織田家のため。それを貫くことは武士の誉れである。しかも成し遂げた暁には、己は主家の柱石となれるだろう。今は加賀に二郡を持つばかりの身が、天下の頂に立つに等しい。

諦めかけていたのだ。信長の天下が定まれば、これ以上の立身もあるまいと。

だが、これも信長の言う「諦めの悪さ」なのだろうか。織田の臣なら常に上を見よ――あの日の薫陶が芽吹かせた、桁外れの大志であった。

「叔父上」

促して迫る。勝家はようやく我を取り戻して大きく頷いた。

「そうともよ。嘆いておる暇などない。わしがやらねば」

発して成政を向く。

「本能寺の一件、遠からず上杉の知るところとなろう。きっと我らを叩きに転じる。落としたばかりの魚津で防ぐは心許ないゆえ、富山《とやま》城に戻って守りを固めよ」

成政が「承知」と頷く。勝家は次に、未だ口を噤んだままの利家に声をかけた。

「又左も能登《のと》に帰り、七尾《ななお》城を固めよ」

利家は何かを振り払うように面持ちを固めた。

「それがしは親爺様にご恩がありますれば、是非とも戦場で働かせてくだされ。上様のご勘気を頂戴した折、行く当てをなくしたそれがしの面倒を見てくだされた。帰参が叶《かな》ったのも、親爺様の口添えがあったればこそにござる」

殊勝な言いようである。が、幾らか苦しそうなものが見て取れた。盛政が「おや」と思う間もなく、勝家は何か得心したような眼差しを見せた。

「上杉が本気になれば、平らげきっておらぬ越中のみで持ち堪えるのは難しい。わしが勝つために、背を安んじよと言うておるのだ」

諭すように言った後、ふわりと笑みを浮かべた。

「それに、其方は猿と仲が良い。友を出し抜くのは気が引けよう」

利家は、黙って深々と頭を下げた。

勝家らしい心配りである。だが盛政の胸には釈然としないものが残った。信長が生きていたら今の利家をどう思うだろう。そこに苛々《いらいら》として、右の拳を軽く振り上げた。自らの腿《もも》を殴り付けようとしたのだが――。

「盛政」

声をかけられて手が止まる。目を向けると、叔父は苦笑を見せた。

「おまえは、まさに織田の者よな。上様が求めておられたことをよう分かっておるわ。名実共に一番になる……か。確かに、わしの功は明智や猿に劣った」

「左様なことを申し上げたのでは」

勝家は意に介していないように胸を張った。

「まことに正しい」

そして武辺者の本性を剝き出しに、ぎらりと目を光らせる。

「わしは上様のために織田を守るのみだが、若いおまえにとっては、そればかりではない。

正々堂々と成り上がれ。そのために明智を討つのだ。分かるであろう。恐らく、これが」

それ以上は言わない。だが盛政には通じた。信長の手によって、乱世は終わりが見え始めていた。彼《か》の人が道半ばで斃《たお》れたとは言え、今のまま織田家が守られるなら流れは変わらない。つまり、この弔い合戦が最後の機会なのだ。立身を諦めるには早いが、悠長に構えている暇がないのも、また確かな話である。

「承知仕った」

命懸けで臨むに足る戦である。盛政は叔父に負けぬ眼光で胸を張った。

*

「進めい」

勝家の号令で、柴田軍一万二千が越前北《きた》ノ庄《しょう》城を発する。行軍の先陣、盛政は馬上で武者震いした。

「まずは安土城攻め……か」

既に六月十三日、信長横死の一報から七日後である。これだけの時があれば、明智軍は織田の本拠を押さえているはずだ。本拠だからこそ、これを奪い返せば戦の大勢は決する。

二年前、信長に召し出された日を思い出した。安土城は人が現世《うつしよ》に作り出した幻であった。琵琶湖《びわこ》東南の安土山に築かれながら、山の中腹に築かれた郭《くるわ》の他、平地にも郭が張り出し、八里（一里は約六五〇メートル）も離れた湖岸にまで及ぶ壮大な城である。各々の郭に配された御殿、本丸に聳える天主——信長は天守にこの字を当てた——の肌はどこまでも白く、随所に朱色や金を鏤《ちりば》めた様は実に華やかであり、かつ陶然とするばかりの気品を漂わせていた。

壮麗の一語に尽きる城には、十万の兵を入れることもできよう。無論、明智はそこまでの数を持たない。だがこれほどの城を押さえれば、信長を失ってうろたえる者が味方しないとは言い切れないのだ。動きの速さを競うことになる。

しかし、と盛政は目を光らせた。越中から返し、追加で兵を集めたことを思えば、七日後の進発は十二分に早い。これほど迅速ならば、よもや明智に後れは取らぬはずだ。

加えて柴田軍には、越前という豊かな国を領する強みがあった。冬になれば雪に染まる地ではあれ、北ノ庄城の周囲は一面に開けた平地である。出陣の前、夏六月の田には見渡す限り青々と稲穂がそよいでいた。あとひと月もすれば、これが目も眩《くら》むばかりの黄金に染まるだろう。佐々成政と前田利家を上杉の備えにそっくり残して、なお万余の兵を整えるだけの力がある。

明智は家中第一と認められていたが、所領は丹波《たんば》一国と近江志賀《しが》郡の四十万石ほどで、勝家の領する越前八郡とほぼ同じである。丹波にも、或いは信長を討った後で平らげたであろう山城《やましろ》や近江の各地にも、守りの兵は置かねばならぬ。ならば両者の兵数は同じくらいになるだろう。斯様な戦では、より強い気持ちを持つ方が勝つものである。

「者共、声上げい。正義は我らにあり！　えい、えい」

「おう」

　盛政の鼓舞に続き、先手の三千が槍の穂先で一斉に天を突き上げた。気勢は十分、これなら堅城・安土を攻めるに足る。

「明智光秀、待っておれ」

　自らに言い聞かせるように、小さく呟いた。おまえを踏み台にしてやる。乱世も終わらんとする中、伸し上がることは望めぬはずのところに突如現れた階《きざはし》なのだ。盛政は目を爛々《らんらん》と輝かせ、遠く聳える山々を見据えた。

　北ノ庄から安土までは百八十余里の道のりである。北国《ほっこく》街道を取って、まずは平地を三十里、九頭竜川《くずりゅうがわ》の上流――日野川《ひのがわ》沿いに南へと進む。やがて谷間《たにあい》の村々に至ると、二つの山に挟まれた河原《かわら》にも田畑が広がっていた。青いはずの地が夕日の橙《だいだい》色を浴び、薄黒く焼けていた。

　街道が山に差し掛かる前に一夜を明かし、翌十四日の早暁からまた先を急いだ。ここから山道を三十里進む。道は山間《やまあい》の平地を縫うように引かれており、上り下りの差がない。両脇から覆い被《かぶ》さる木々に日の光が遮られ、真夏ながら抜ける風には涼を求められる。兵がくたびれ果てることもなく、この日の行軍も滞りなく進んだ。

さらに翌日、栃《とち》ノ木《き》峠《とうげ》を南へと越えて近江国に入る。琵琶湖で東西に両分されるうち、目指す安土は東側である。柳《やな》ヶ瀬《せ》山《やま》を過ぎた辺りで、琵琶湖北端から千切れ飛んだように余《よ》呉《ご》湖が広がっていた。周囲八里ほどの小さな湖だが、この北側にはいくらかの平地があり、柴田軍はここで三日めの野営陣を張った。

明智も既にこちらの出陣を察しているはずだ。ゆえに、先手の兵を率いる盛政には、やらねばならぬことがあった。物見である。

明日、安土に至ればすぐに戦となるだろう。念入りな調べを要する。敵がどのような備えを布き、どこに砦《とりで》を築いているか。どれほどの兵があり、それを束ねる旗印は誰のものか。百ほどの兵を前に、盛政は嚙《か》んで含めるように言い聞かせて送り出した。

だが――。

「も、申し上げます」

翌十六日の空が白み始める少し前、困惑した声を耳に、浅い眠りから覚めた。すぐに陣小屋から飛び出し、外で跪《ひざまず》く伝令を見下ろす。

「敵はどうであった。おかしなことでもあったのか」

「それが、その」

伝令は何が何やら分からぬように、見て来たことを告げた。

「まず、安土は焼け落ちてございます」

「何と」

発して口をあんぐりと開け、寸時の後に「いや」と頭を振った。

「燃やしたとは……。明智の兵はさほどに少ないのだな」

自らの勝利をひけらかすに絶好の城だったはずだ。それを燃やした、つまり手中に収められなかったのは、即ち明智軍が小勢であるということだ。

しかし伝令は大きく首を横に振った。

「いえ、それが……焼け跡には沢瀉《おもだか》の幟《のぼり》と瓢箪《ひょうたん》の馬印が見えまして」

「は？」

今度は盛政が困惑した。沢瀉紋に千成《せんなり》瓢箪の馬印とくれば羽柴秀吉である。だが、どう考えても辻褄《つじつま》が合わない。秀吉は今、西国の雄・毛利輝元を攻めるべく、遠く備中国に出張っているのだ。

「待て。何ゆえ羽柴筑前《ちくぜん》が安土を燃やすのだ」

噛み付くように問う。伝令は慄《おのの》いたように平伏した。

「あの、それでも沢瀉と瓢箪は確かに。あ、その、城を燃やしたのは織田三介《さんすけ》様だと、もっぱらの噂にございます」

三介――信長の次子・信雄《のぶかつ》である。余計に分からなくなった。

「ええい」

苛立った声を伝令にぶつけ、盛政は自らの陣を後にして叔父を訪ねた。勝家は北国街道を挟む西側、行市山《ぎょういちやま》の麓にある全長寺《ぜんちょうじ》に宿陣していた。

伝令から聞いたとおりに報じると、勝家も先の盛政と同じような困惑顔を見せた。

「訳が分からぬ」

「俺もです」

二人して難しい顔を見合わせる。互いに唸《うな》った後、勝家は癖のある鬚をがりがりと掻き毟って苦しげに声を出した。

「三介様が城を燃やしたというのは……分からぬでもない。安土を明智に渡すまいとしたのやも知れぬ。が……」

無用なことではないのか、という戸惑いがありありと浮かんでいた。そのとおりだ。安土を渡すまいとするなら、まずは自らの手勢で明智に挑むのが筋、いきなり焼くなど以ての外である。とは言え信雄は、父・信長でさえ認めたほどの魯鈍《ろどん》である。斯様な愚策に及んだとしても不思議はない。

「それは追って調べ上げれば。羽柴様の旗印は、どう考えたら良いのか」

盛政の疑念に、勝家は眉間にこれ以上ない皺を寄せた。

「……行ってみるしかあるまい。明智の罠やも知れぬが」

だがどの道、明智とは雌雄を決するのだ。今日には安土に至るはずであったし、叔父の言うとおりにするのが一番すっきりする。

「然らば出陣を早めます」

「頼む。あと半時（約一時間）で出られるようにな」

承知、と返して自陣に戻った。兵たちに朝餉《あさげ》の支度を止《や》めさせ、腰兵糧を食うように命じて急がせる。そうして野営の陣を払い、琵琶湖を右手に見ながら一路南を指した。

ところが、である。幾らも進まぬうちに、先手の盛政は顔を強張らせた。余呉湖からわずか二十里ほど、長浜《ながはま》城に続々と兵が入っている。それらは確かに沢瀉の幟を掲げていた。

「あれは」

行軍の中ほどに千成瓢簞の馬印が見える。まさか、と足許から嫌な痺れが上って来た。

「道、開けい」

命じると、前を行く兵の群れが、さっと二つに分かれる。盛政は馬の腹を蹴り、鞭を入れて瓢簞の馬印を指した。

「御免！　そこにおられるは羽柴筑前様にござろうか」

三町ほどまで近付いたところで大声を上げる。瓢簞の周りの兵が警戒して槍を構えたが、さらに一町ほど近付いた頃、その者たちは左右に退いた。

そうしてできた道を、こちらに進んで来る馬がある。羽柴秀吉、その人であった。

「こりゃあ玄蕃殿か。遅かったのう」

からからと愉快そうに笑う。それだけで分かった。明智光秀は既に討ち果たされている。この男、秀吉の手によって。

何たることか――その声さえ出ない。目の前にあったはずの立身の梯子《はしご》が、盛政の中で音を立てて崩れ落ちた。

二　清洲城

秀吉は尾張・清洲城の天守にあった。信長の弔い合戦、山崎《やまざき》の戦いで明智光秀を打ち破ってから十一日の後、六月二十四日である。

安土城は天主――天守が本丸館を兼ねていたが、他の城はそうではない。天守は城を攻められた時の最後の砦であり、平時は蔵や物見櫓の役目を果たすのみ。清洲に於いてもこれは同じで、本丸の中央にある館からは少し離れている。東南の隅に建てられた天守は、城の中に流れる五条川《ごじょうがわ》――堀と水運の用を為《な》す――を東の眼下に見下ろしていた。

ここに立つと北の大手門がよく見える。しばし眺めていると、門を抜けて柴田勝家が三之丸に進んで来た。

「柴田修理亮《しゅりのすけ》殿、待っとったぞ」

呟いて、頬を歪めた。

この後で何が起きるか、勝家はまだ知らない。然るに佇まいは堂々として、これでもかと自らの威を示そうとしている。その姿が何とも滑稽で、秀吉は含み笑いを漏らした。

「さて。孫六《まごろく》、館に戻ろまい」

「はっ」

傍らの小姓・加藤《かとう》孫六嘉明《よしあき》を伴って天守の階段を下り、外に出た。本丸館までは概ね四半町、鞠を「えい」と蹴って届く辺りである。

館の玄関に至り、再び城内の様子を見れば、勝家は二之丸の門をくぐったところだった。が、どうしたことか、そこで立ち止まった。そして軽く辺りを見回したかと思うと、今度は目頭を押さえている。

「修理様……亡き上様を偲んでおいでなのでしょうな」

嘉明の感じ入ったもの言いに対し、秀吉は「じゃろうな」とだけ返した。

玄関を抜け、自らに宛てた部屋へと廊下を進む。勝家という人の今までを思うと、軽く溜息が漏れた。

柴田勝家は、かつて信長の弟・信勝付きの年寄衆だった。

往時の織田は尾張守護代の分家でしかなく、行状定まらぬ当主・信長は、近隣に「大うつけ」と蔑まれていた。これを危ぶんでか、家中には「弟の信勝こそ家督に相応しい」と言って憚らぬ者も多かった。

信勝が次第に兄を憎むようになり、謀叛を起こしたのは、そのためだろう。もっとも、この謀叛は完膚なきまでに叩き潰された。将として、信勝は兄に遠く及ばなかった。

この折、信勝は許された。母・土田《どた》御前の口添えあってのことである。世の常なら以後は身を慎みそうなものだが、信勝は再び叛旗を翻した。大敗を喫してなお兄を認めなかったのは、意地ゆえではない。そこまでの男でしかない、という証なのだ。勝家が信勝を見限り、信長の下に走ったのは当然であったろう。

然るに、と秀吉は鼻で笑った。後ろに付き従う加藤嘉明が「おや」という気配を漂わせているが、敢えて知らぬ振りを決め込んだ。

秀吉は思う。

勝家は、愚かだ。

一度は信勝の謀叛に与したのだろう。如何に信勝付きの年寄だったとは言え、これは当主への反逆、裏切りに間違いない。後に信勝を見限ったのも、裏切りである。二度も人を裏切っていながら、なぜ今になって「信長のため」「織田のため」なのか。機は自身のために使ってこそだろうに。

思って、ふと、口を衝いて出た。

「恩義、か」

嘉明が「は？」と返す。今度は知らぬ振りはできず、肩越しに目を流して「何でもない」と笑みを返した。

信勝の謀叛に与した以上、生涯の冷や飯も致し方なし。勝家はそう覚悟していたはずだ。

しかし桶狭間の戦いに際し、自ら進んで馳せ参じたことを賞され、やがて重く用いられるようになった。足利義昭を奉じて上洛した折、勝家には京奉行の地位が与えられている。後には越前八郡を下され、加賀と能登の一向一揆、および北陸路の平定を任された。家中で万余の兵を任されたのは、勝家が最初であった。

再びの信任を有難く思う気持ちは、分からぬでもない。秀吉とて、信長には他の誰より引き立ててもらった身なのだ。

しかし――。

「孫六。おみゃあ玄関に戻って、柴田が来たら宿所に案内したれ。わしゃ、それまで休んどるからよう」

振り向いて命じると、嘉明は「はっ」と応じて踵を返す。その背を見送って、秀吉は頬を歪めた。

「恩ちゅうのはよ、修理。返す値打ちのある奴にだけ、返すもんじゃ」

信長の恩と織田家は、また別の話。それが秀吉の考え方であった。

恩ある人が世を去ったのなら、織田家に恩を返すのが筋。それが武士だということは承知している。が、信長の二人の遺児、三介信雄と三七郎信孝に対しては、如何にしても拭い去れないわだかまりがあった。

あの二人は長らく己を蔑んできた。織田の将として懸命に働き、今の立場となってからも、それは変わらなかった。信長から与えられた恩を、なぜ斯様な者共に返さねばならぬ。

散々に愚弄されながら笑って済ませるのは、寛容に非ず。ただ卑屈なだけだ。

「そうでなくとも」

言いつつ、自らの宿所に入る。どかりと板間に腰を下ろすと、大の字に寝そべった。

「恩に縛られとっちゃ、上には行けんわい」

かつて信長に弓引き、後にはその弟・信勝を裏切った。にも拘らず、勝家は恩に縛られている。織田という枠組みの中でしか、己を見られなくなっているのだ。

「そんな奴にゃあ負けん。修理……弾き出したるわい」

嘲る小声に続いて、くすくすと笑いが漏れる。それは、しばし止まなかった。

*

「なぜだ！」

勝家が声を荒らげる。秀吉は当然とばかりに、さらりと返した。

「滝川《たきがわ》殿を待っても、しょうがにゃあがね。さっさと評定やって、決めること決めにゃあ」

秀吉は丹羽《にわ》長秀《ながひで》と池田《いけだ》恒興《つねおき》を連れ、勝家の宿所に割り当てた部屋を訪ねていた。

信長と嫡子・信忠の亡き後、織田の家督を如何にすべきか。家老衆が清洲に参集したのはそれを定めるためである。然るに、滝川一益《かずます》が未だ顔を見せていない。家老筆頭の勝家を始め、丹羽、池田、そして秀吉は、既に三日を逗留《とうりゅう》している。

「のう修理殿。もたもたしとる間に、他所《よそ》の国が攻めて来たらどうするんかや」

「やかましい。織田の行く末を定める一大事ぞ。家老の皆が揃わねばなるまい」

勝家はそう言って、秀吉の後ろにある二人、丹羽と池田に目を向けて同意を求めた。が、返る言葉は冷ややかなものであった。

「他に隙を見せるなという筑前が申しよう、道理ではござらんか。五人のうち我ら四人が揃ったのだから、十分にこと足りると思うが」

丹羽が宥めれば、池田も「然り」と続く。

「筑前は弔い合戦に臨んで明智を討った。かく申すそれがし、丹羽殿も参陣した。修理殿とて魚津城を攻め落とし、返す刀で明智討伐の兵を動かしたろう。然るに一益はどうだ」

滝川が遅れているのには訳があった。

この年の三月、織田は甲信《こうしん》の大国・武田《たけだ》を滅ぼした。滝川は旧武田領に新恩を受け、これを宣撫《せんぶ》していたのだが、そこで信長横死の凶報を受けた。当然ながら将兵は動揺、混乱に陥る。そこを関東の雄・北条《ほうじょう》に攻められて大敗、逃げ帰って来る最中だった。

「誰もが織田の者らしく動いていたと申すに、一益だけは」

織田の者らしく——池田の言葉を耳にして、秀吉はわずかに口の端を歪めた。勝家にとって、これは効く。信長が生きていたら同じことを言ったはずだからだ。

「一益は……。されど、未だ三介様も三七様もお見えになっておらぬ」

勝家は唸りつつも言い返した。実際は秀吉の戦だったとは言え、弔い合戦の大将は三七郎信孝である。三介信雄とて、伊賀《いが》までは兵を動かしていた。嫡男の信忠が討ち死にしたのなら、二人のどちらかが跡目を継ぐことになろう。それが参じていないのに評定を始めるのはおかしい、と。

道理ではある。しかし秀吉は心中に「馬鹿め」と嘲った。この言い分を退ける材料は、既に揃っているのだ。

「何じゃ修理殿。聞いとらんかったんかや」

「何をだ」

さも「意外」という顔を作って問えば、勝家が強く眉を寄せる。そこで、ひょこりと歩を進めて部屋に入った。膝詰めという辺りに腰を下ろし、少し声をひそめて困り顔を向ける。

「お二方はのう。あれよ、犬猿の仲ちゅうか何ちゅうか」

「散々、知っておるわ」

家中に信雄と信孝の不仲を知らぬ者などいなかった。

二人はそれぞれ次男と三男だが、母が違い、年は同じである。生まれで言えば信孝の方が少しばかり先なのだが、次男とされたのは後から生まれた信雄だった。信孝の生母が身分の低い女だったからだ。

この辺りも不仲の原因ではあろう。だが何より大きいのは、父・信長でさえ認めた信雄の愚昧である。それを知るがゆえ、弟は兄を軽んじるようになった。

「さりとて、お二方抜きで評定という訳にもいくまい」

勝家の弁に、秀吉は大袈裟に目を丸くした。

「ほんに、何も知らんのかね。修理殿がお出《い》でになるまでの間に、お二方は戦を始めようとしたんじゃぞ」

「は？」

開いた口が塞がらない、という顔であった。さもあろう。信長と信忠、間違いなく織田の大黒柱たる二人が鬼籍に入り、心を乱す家臣とて多い折、兄弟で争っていると聞けば、誰でもこういう顔になる。

「まことの話か」

訝しむ目を向けられるも、秀吉は落ち着き払って返した。

「木曽川《きそがわ》を挟んで、黒田《くろだ》と岐阜《ぎふ》で睨《にら》み合うとった。誰に聞いてくれても構わんがね」

勝家はまた唸って、ちらりとこちらの目を窺《うかが》った。

向けられた眼差しに滲む思いは、恐らくこうである。黒田は尾張一宮《いちのみや》の北、木曽川を挟んで岐阜城まで十四里の地。近辺の百姓を当たれば真偽は確かめられるが、もし秀吉が鼻薬を嗅がせていたとしたら――と。

秀吉は「とんでもない」とばかり、小さく首を横に振った。利を以て百姓に言い含めるにせよ、この短い間に隅々まで行き渡らせることはできないと、面持ちで語る。

「わしが仲立ちして、三介様に兵を退いてもろうたんだがね。ともあれ、そんな話の後じゃぞい。お二方を同じ席になんぞ、なあ？」

「……仕方あるまい」

勝家はようやく重い腰を上げ、部屋を出ると、秀吉を置き去りにして広間へ進み始めた。丹羽と池田がその後に続き、三人で連れ立って歩く。秀吉は少し遅れて付いて行った。

広間に入ると、勝家は主座を空けて右手の筆頭に座った。その右隣、下座には恒興が腰を下ろし、恒興の向かいに長秀が座する。最後に、秀吉が勝家の正面に座った。

「然らば評定を始める」

秀吉が腰を下ろしきる前に、勝家が声を上げた。己こそ、この席を取り仕切るのだという示威であった。

「上様ならびに信忠様がご遠行となった今、早々に織田の跡目を定めねばならぬ」

続けられた言葉に、池田が「うむ」と頷いた。丹羽は背を伸ばし、秀吉は背を丸める。

それらを見回し、勝家は再び口を開いた。

「織田の家督は三七様が相応しかろうと思うが、異存ないか」

隠れなき愚夫より、大器の呼び声高い信孝である。織田家を守るなら他に道はあるまい。

皆を見回す目には、否やを言う者などあろうものか、という自信が見て取れた。

だが――。

「そりゃあ、おかしいがね」

三つと数えぬうちに、秀吉は異を唱えた。勝家が、じろりと睨んで身を乗り出す。

「なぜだ。まさか三介様に家督をと申すか」

「いやいやいや、違うがね。安土が燃えたのもよ、狼藉者《ろうぜきもの》の仕業じゃったが、三介様がやったって言われとったぐらいだがや」

これほどの蒙昧《もうまい》に誰が付いて行くものかと、失笑交じりに匂わせる。然る後にその笑みを、挑むような強気に染め変えた。

「三法師《さんぼうし》様がおられるじゃろ。上様のご嫡孫ぞ」

「いや待て。おかしいだろう、それは」

勝家が明らかな困惑を湛えた。自ら察したか、ひとつ咳払いして仕切り直す。

「三法師様は三歳を数えたばかりぞ。織田の家督など務まる訳があるまい」

故地の尾張に加え、美濃、近江、京のある山城を抱え、畿内から山陰・山陽、北陸路を従える大国なのだ。多くの所領、山ほどの家臣、そして何より天下の重責、これを三歳の稚児に負わせるつもりかと困惑を漂わせている。

　だが秀吉は、こともなげに応じた。

「そんなもん、わしらが談合して守り立てりゃあ何とでもなるがね」

「当主を守り立てるなど当たり前だ。されど、それなら三七様の方が良い。御歳二十五を数え、先には弔い合戦の大将も務められた。三七様の家督なれば家中の皆が安堵しよう」

　勝家の反駁《はんばく》に、丸めていた背を伸ばした。

「じゃがのう、嫡孫を差し置いてとなるとなあ。家中の者らも後ろめたい気持ちになるんじゃにゃあかや。それよりは、筋目を通す方がええと思うが」

　古来、嫡流を差し置いて家督を定めた家に、跡目争いの話は後を絶たない。ゆえにこそ武家は筋目を重んじる。その道理を持ち出されて、勝家が歯軋りした。百姓上がりの身が、と忌々しい気持ちを持て余しているらしい。

　秀吉は肚の内で笑っていた。ことほど左様に、おまえは武士なのだと。仕来《しきた》りや恩に縛られてしまった身の何と哀れなことか。百姓上がりと蔑んできた相手の言い分に、何を言い返すこともできないとは。追い討ちをかけてくれる――。

「だいたい、三七様が家督を取るって聞いて、三介様が認める訳がにゃあて。当主を決めて早々にお家騒動なんぞ、余計に家中を乱すわい。三法師様なら、三介様も三七様も文句は言えんじゃろ」

　ゆっくりと諭すように発し、目で「間違っているか」と問う。勝家は苛立ちを募らせ、丹羽と池田に目を向けた。

「五郎左《ごろうざ》、勝三郎《しょうさぶろう》。お主らの存念は」

だが丹羽は瞑目して、腕組みのまま動かない。池田は落ち着きのない眼差しを泳がせるのみであった。

「おい。何とか言ったらどうだ」

　ここに至って、勝家も慌てたらしい。止《とど》めを刺す頃だ。

「二人とも、わしがおったら何も言えんじゃろ」

弔い合戦の、真の大将には逆らえまい。そう含ませて、秀吉は「ひひ」と笑った。如何に家老筆頭の威を示そうとしても、無駄なのだと見せ付けるように。

「それに、ちと腹が痛うなってきたもんでよ。向こうで薬でも飲んで休んどるから、話が終わったら呼んでくれや」

　言うなり、さっさと立ち去った。

　廊下を進みながら、哄笑《こうしょう》を抑えるのに苦労した。三人の談合に任せたとて、必ず自らの思いどおりになる。なぜなら――。

*

「やれやれ。ちいと休みに来た」

自身に割り当てた部屋に戻り、子飼いの若武者たちに声をかけた。市松《いちまつ》こと福島正則《ふくしままさのり》、虎之助《とらのすけ》こと加藤清正《かとうきよまさ》の二人がいた。

「評定は如何になりました」

清正の問いに、秀吉は薄笑いを浮かべた。

「まあ、信じて待っとれ。丹羽殿と池田殿は味方じゃ」

勝家がこの清洲に入るより前、二人には利を説き、情を煽《あお》って助力を頼んでいた。

丹羽も池田も、昔は身分の低い秀吉を侮っていた。が、今ではこちらの力量を認め、非礼を謹んで重んじるに至った。一方で二人は、付き合いの長い勝家とは気心が知れている。秀吉と勝家、どちらが織田の舵を取ろうと上手くやって行けるはずだった。

だが丹羽と池田には、武士なればこそ、ひとつだけ譲れないところがあるはずだった。すなわち、二人が信長の弔い合戦に参陣したという事実である。

明智討伐の戦に間に合わなかった勝家が、各々の功を論じ、明智旧領の国割りを仕切るとしたら。たとえ勝家が自らに加増しなかったとしても、それはおかしな話ではないか。

　ならば、この秀吉に味方してくれ。信長の遺児、信雄と信孝のどちらかに家督を取らせれば、もう一方が必ず叛乱を起こす。だからこそ嫡孫・三法師なのだ。それに、もしも三法師が家督を取れなければ、長じて後に火種となるやも知れない。

　信雄、信孝、三法師。誰が火種となったとしても、家老衆が織田を支えていれば、大火にはならぬのかも知れない。とは言え、それは飽くまで家中に限った話であろう。越後《えちご》には強豪・上杉がある。西国には毛利がある。四国には長宗我部《ちょうそかべ》が、関東には北条がある。織田を取り巻くそれらの国が、果たして黙って見ていてくれるのか。

　内に乱れあらば、外を防ぐなど覚束《おぼつか》ない。織田家を長く残すため、この秀吉に助力して欲しい。明智の旧領を含めた国割りでは必ず篤く報いよう――そう言って、丹羽と池田に頭を下げた。

　幾日か前のことを思い起こし、秀吉は「ふふん」と鼻を鳴らした。

「武士ちゅうのは、形どおりに踊ってくれるもんだがや」

　勝家に限ったことではない。丹羽も池田も同じなのだ。文字どおり「織田のため」で動く勝家に対し、己は「織田のため」を道具に使おうと思っている。だが丹羽と池田は、こちらに靡《なび》いた。当然である。勝家と同じ言葉を唱え、かつ、より多くの道理と益を示したのだから。

　気分が良くなって、二人の子飼いに笑い声を向けた。

「おみゃあら、気張れよ。わしゃ天下を取るんじゃからな」

丹羽と池田も、いずれはこちらの肚を見抜くだろう。だが、今すぐではない。幾許《いくばく》かの猶予がある。織田家、信長という空前絶後の英主が築き上げた大国。この力を己が得てしまえば、誰が逆らえるものか。ただひとり、柴田勝家を除いては――。

「あ？」

勝家だけは諦めず、最後まで抗うだろう。この男を下した時こそ、織田の全てが我がものとなる。そう思ったのに。頭の中には違う男、佐久間盛政の顔が浮かんでいた。

「ふは」

気の抜けた笑いが漏れた。盛政を思い出したのは、諦めない男がいると考えたせいだろう。何しろ盛政は、あの信長に「諦めが悪い」と評され、そこを買われていた男だ。

「如何なされました」

福島正則が怪訝な声を寄越す。秀吉は「いや」と苦笑した。

「大事ない。ちと、考え過ぎとった話があっただけじゃ」

そうだ。考え過ぎである。盛政は勝家の下知を受ける将に過ぎない。この先の障りになるような者ではあり得ないと、軽く息をついた。

ごろりと横になって吉報を待つ。どのくらい過ぎたか、一刻（一刻は約三十分）は経っていないだろう頃になって、開け放った障子の端に池田恒興が顔を見せた。

「こりゃあ池田殿」

　秀吉が身を起こすと、池田は小さく頷いた。

「筑前の申すとおりになった。されど修理殿が、三法師様はやはり御歳三つの稚児にあせられるゆえ、後見は是非とも要ると申されてな。それを三七様にお願いしたいと」

「十分、十分」

　満面の笑みで幾度も頷き、さて、と立ち上がった。

　池田と連れ立って評定の広間に戻れば、勝家は苦虫を嚙み潰したような顔であった。ざまを見よと胸の内にせせら笑い、朗らかに語りかけた。

「いやあ修理殿、分かってくれたか」

「……腹の具合は、もう良いのか」

　こうなることを見越して外したのだろうと、言外に含ませている。せめてもの腹いせであろう。秀吉は「よっこらしょ」と座りながら、薄笑いで応じた。

「なに、修理殿もご存じじゃろ。いつもの癪《しゃく》よ。薬ひとつですぐに良うなる」

　勝家の前で急な腹痛を訴えたのは一度きりである。かつて信長の下知を奉じて勝家の援軍に参じ、しかし戦の進め方で言い争いになった時だ。秀吉は腹が痛いと言って軍評《いくさひょう》定《じょう》の席を立ち、そのまま兵を退いて帰ってしまった。それを持ち出して厭味に意趣を返すと、勝家は悔しげに目を吊り上げ、語気も荒く言い放った。

「三法師様の家督は認めるが、後見は三七様ぞ。忘れるな」

「そりゃあ当たり前よ。何ちゅうても弔い合戦の大将なんじゃから。いやいや、修理殿のお考えは実に深い。まさに家老筆頭じゃ」

即座に頷いてやる。勝家は拍子抜けしたようであった。信孝も秀吉を嫌っているのに、何ゆえこの裁定に笑っていられるのか、という顔だ。

秀吉は「阿呆めが」と胸中に嘲笑った。こちらは勝家や信孝の出方を幾通りも考え、その上で評定に臨んでいる。勝家の出した条件は、想像した中でも最も単純なものだ。やはりこの男は、信長の恩と武士の道理に凝り固まっている。どうやら全て思うがまま――そう思うと、続く声も晴れやかなものになった。

「さて、家督の話は決まった。次は国割りじゃ」

「待たぬか！　なぜ、うぬが国割りを云々《うんぬん》する。三法師様が家督、三七様が後見と定まった。国割りこそ三七様を交えて話さずばなるまい」

凄《すご》む勝家に、甲高く「ひひ」と笑って返した。

「その三七様と、それから三介様が急《せ》かすんじゃ。評定に顔を出すのはやめるから、さっさと国割りを済ませてくれ、ちゅうて」

「戯《たわ》けたことを。お二方とも御自らこそ織田の跡目と思うておられたはずだ。評定には加わらずとも、いずれご自身の手で国割りをなさるつもりでおられたろう」

睨み付けてくる。と、丹羽と池田が声を上げた。

「修理殿」

「お待ちなされ」

秀吉は無言で左手を伸ばし、二人を制した。そして胸を張る。

「御自らこそ織田の跡目って、よう。つまり修理殿は、ご両人が左様に不遜なことを考えとった、ちゅうんかや」

「わしらのみで決めることではないと申しておる」

なお眼差しを強めてきた。が——。

「駄々を捏《こ》ねるのも、いい加減になされい」

丹羽であった。温厚な男が珍しく怒気を顕《あらわ》にしている。

「上様の遺《のこ》された領を子らで分けるに、三七様だけにご意向を伺うのでは、三介様とて心穏やかではおられまい。家臣のみで決めるは僭越《せんえつ》やも知れぬが、不仲のお二方を同じ席にお招きできぬとあらば致し方なかろう」

いささかの驚きを湛えて、勝家が問い返した。

「家老衆の談合なれば、恨みを残さぬと申すか」

「上様のなさり様に倣えば良い。功に応じて力を持つのが織田の家風、これに従って明智の領国を分けるべし。恨みつらみを言う方が間違っておる」

信長のやり方を持ち出され、勝家は返す言葉がないらしい。ひたすらに無念を堪えんとしている。秀吉はちらりと丹羽に目配せして、おもむろに口を開いた。

「それじゃあ、国割りの話じゃな。まず、わしは山城と河内《かわち》と丹波をもらう」

「待て！　談合であろう。勝手に決めるな」

弾き出された勝家の怒声に向け、秀吉は無上の嫌気を湛えて声を低くした。

「何ごとも功ありきじゃて、五郎左殿が申されたがや。聞くが、明智の領国を分けるのに、どの功を取り上げたらええ」

当然、弔い合戦である。遅れた身に何を言う資格もなかろう。その含意を悟ってか、向こうはただ唸るのみ。にんまりと笑ってやった上で、秀吉は自信満々に声を張った。

「まあ終《しま》いまで聞いてくれんか。道理は弁《わきま》えとるからよ」

山崎の戦いでの、真の大将は秀吉である。功績第一は明々白々、これまで従えていた播《はり》磨《ま》に加えて山城、河内、丹波を取り、四ヵ国の大身となる。

丹羽長秀には旧来の若狭《わかさ》に西近江の高島《たかしま》・志賀二郡を加える。池田恒興には大坂《おおさか》、兵《ひょう》庫《ご》、尼崎《あまがさき》を加増、従来の領と合わせて摂津《せっつ》一国の主とする。

信長の遺児二人について、織田信雄は南伊勢《いせ》と伊賀を安堵した上で尾張一国を加え、織田信孝は美濃一国を得る。

「美濃は亡くなられた城介《じょうのすけ》様の領国じゃ。織田の真ん中、ちゅうてもええぐらいよ。山崎で大将を務められた三七様には持って来いじゃろ」

信長は最後まで織田の主であり続けたが、家督そのものは秋田《あきた》城介——嫡子・信忠に譲っていた。信忠が居城とした岐阜は、安土城が築かれるまで信長が腰を据えていた城である。今まで明らかな所領のなかった信孝に対しては、確かに厚遇と言えた。

　秀吉は、さらに続けた。

「三法師様は皆の上に立つんじゃから、国割りは関わりのにゃあ話だがね。焼けてしもうた安土の城を建て直して、お入りいただく。無論、後見の三七様が普請の旗振り役じゃ」

　そして勝家に向いた。

「すまんが、修理殿には加増できんわな」

　弔い合戦の功を論じる以上、これに否やを言うつもりはないらしい。だが、ただで退く気もないようで、押し潰した声音を向けてきた。

「ひとつだけ、無心したい。まずは道理としての話だが、三法師様が安土にお入りあそばされるなら、守り立てる我らは、如何なる時もすぐ参上できるよう備えずばなるまい」

「なるほど。如何にも」

「されど我が領国は雪国、冬場はそれも儘《まま》ならぬ。ゆえに、他には望みを申すべくもないが、長浜を渡してもらいたい」

秀吉が初めて持った城である。これを寄越せという言い分に、残る二人が面倒そうな顔を見せた。

嫌がらせのつもりなのだろうか。それだけとは思えないが――。

「全ては三法師様の御ためぞ」

勝家の目つきが、挑むものになっていた。自ら担ぎ上げた大義名分を、今この場で覆すつもりか。それでは家督の話も振り出しに戻るのだ。さあどうする、と。

「……まあこの先、わしにとって長浜は飛び地になるからのう。新たな所領に力をまとめた方が、織田のためにも良かろうて。分かった。長浜、修理殿にお任せ致す」

どう転ぶか、まずは相手の出方を見極めねば。思って、秀吉は苦笑交じりに頷いた。勝家の目に、得体の知れぬ笑みが浮かんだ。

＊

美濃・岐阜城は金華山《きんかざん》に城郭を備え、城主居館は麓にある。この居館から少し離れた辺りの侍詰所、宛がわれた一室で、盛政は叔父・勝家を待っていた。

清洲の評定で決められた諸々については、信長の遺児、信雄と信孝から起請文を取る必要があった。信雄には秀吉が、信孝には勝家がその役に当たる。勝家以下がこの地を訪ねたのは、そのためであった。

「遅いな。親爺殿、どうしたのやら」

共にあった前田利家が、待ちくたびれたように息をついた。確かに遅い。居館に信孝を訪ねてから、ずいぶんと経つ。昼餉の後ですぐ出たというのに、小腹が空《す》き始める頃になっていた。

「評定では散々にやり込められたようですからな。お叱りを頂戴しておるのやも知れず」

応じつつ、盛政は考えた。

秀吉には策が多い。丹羽長秀や池田恒興が三法師の家督を認めたのは、恐らく初めから抱き込んでいたのだろうと言って、勝家も悔しがっていた。

信義や情に篤い叔父が負けたのは、当然だったのかも知れない。何しろ秀吉が得意とする策とは、人の心がどう動くかを読んで立てるものなのだ。

このままでは先々も押されどおしだと、叔父も信孝も承知していよう。目通りが長くかかっているのは、如何にして秀吉を出し抜くかを云々しているのに違いあるまい。とは言え、柴田麾下には秀吉に勝る智慧者《ちえしゃ》がいない。信孝に妙案があれば良いのだが――。

と、ひとつの足音が廊下を近付いて来た。

「今、戻った」

叔父・勝家である。が、どうしたことか少し声音がおかしい。怒りと戸惑いの裏に、弛《ゆる》んだ喜悦が見え隠れしている。

「如何でした」

利家が問う。勝家は「む」と唸り、廊下から中に入ったばかりの辺りで無造作に腰を下ろした。

「三七様は、当主後見のお立場を使い、あの猿めを叩くおつもりじゃ」

これからの織田家では否応なく秀吉が重きを成す。だが後見は三法師の身柄を預かるとあって、この稚児が長じるまでは天下人と変わりない。

「ゆえに、我らは三七様と手を組む」

勝家にも思うところはあったようで、それを話すと信孝も同意したという。

清洲の評定で定められたとおり、後見となった信孝は、焼け落ちた安土城の普請を取り仕切らねばならない。だが、今すぐでない方が良い。

城普請は長くかかるものだ。特に安土の如く壮大な城なら、かつての威容を取り戻すには向こう三、四年を要する。それだけの時を経て三法師を安土に据え、然る後に信長の葬儀を盛大に執り行なえばよい。さすれば家中の目は嫌でも後見の信孝に向く。それが勝家の腹案であった。

盛政は、軽く眉を寄せた。

「されど叔父上。時をかけ過ぎでは」

秀吉の顔が脳裏にちらつく。あの男が三年も四年も黙って見ているとは思えない。

勝家は、溜息交じりに頷いた。

「気懸かりなのは分かる。だが急げば急いだで、猿の思う壺ぞ」

信長の弔い合戦を終えたばかりの今、誰もが秀吉の功を大きく認めている。諸々を手早く片付けては、この流れのままに全てが決まってしまう。

「ゆえに、我らには時をかける必要がある。弔い合戦の功が埃《ほこり》を被るまで……な」

痛し痒《かゆ》しというところか。やはり清洲の評定に於いて、信孝が外されたことは大きい。

「そも、大事な評定の前に三介様と角突き合わせておるから」

盛政は悔し紛れに呟いた。が、勝家がすぐに「そうではない」と遮った。

「それも、猿に嵌《は》められたようなものだ」

「どういうことです」

「お二方は確かに、岐阜と黒田で睨み合うておられた。が、三七様が仰せられたのだ。あれを戦と言われては堪らぬと」

聞けば、信雄が急に兵を向けて来たのだという。これを見て信孝は、信雄のような盆暗に難攻不落の岐阜を落とせるものかと、相手にしなかった。ただ、もし信雄が破れかぶれになったら、何をしでかすか分からない。ゆえに物見の数を増やし、蔵から矢玉だけは出しておいた、と。

「そこで猿が清洲に入った。三七様は、三介様に兵を退かせるよう、猿に命じられた」

「……なるほど。読めましたぞ」

勝家の話を聞いて、盛政は奥歯を噛み締めた。

信孝の命を聞くに当たり、秀吉は恐らくこう言ったのだろう。信雄には必ず兵を退かせるが、評定の席で兄弟が顔を合わせれば、あなたの命が危うくなるかも知れないと。

「そして、こう続けた。三介様の家督はきっと防ぐゆえ、三七様が清洲へお出ましになるのも控えてくれ……。違いますか」

「そのとおりだ」

勝家は忌々しげに頷いた。今の見立て、まさにそのままだと。

「三介様が兵を出したのも、猿にけしかけられたからだろう」

全ては信孝を評定から弾き出すため。勝家を孤立させ、秀吉が全てを取り仕切るためだったのだ。

「勝て――」

我らはあの男に勝てるのか。言いかけて、自身に「何を」と喝を入れた。弱気は諦めの証だ。それで何を成すことができよう。意地や気概のない者は、金輪際、力に勝る者との差を埋められない。

「勝つためには、なお味方を募るが肝要と存じます」

言い直して、盛政は目元を引き締めた。勝家の顔が「それでこそだ」と峻厳《しゅんげん》なものになった。

「終わってしまったことは、やり直せぬ。ならば取り返すまでよ。そのために、三七様と我らに加え、一益も抱き込む」

清洲の評定から外されたことを鑑みれば、滝川一益とて秀吉には含むところあって当然だ。越前、加賀、能登、越中の四ヵ国を治める勝家、美濃の信孝、北伊勢の一益が揃えば、秀吉を囲むことができる。さらに信長が目をかけていた徳川家康《とくがわいえやす》、北条氏政《うじまさ》にも助力を請うべし。信孝と、それを確かめ合ってきたという。

「あの、親爺殿」

先ほどから黙っていた利家が、頼りなげな声を出した。

「筑前と戦う……ということでしょうや」

利家と秀吉は古くからの付き合いで、仲が良い。それゆえの戸惑いを察してか、勝家は幾らか面持ちを和らげた。

「他に手がなければ、そうならざるを得ぬ。が、まずは織田家中の引き締めじゃ。猿の奴が三七様と柴田に手出しできぬよう、時を稼ぐ算段がある」

「と、申されますと？」

やや安堵したらしい利家に、勝家はひとつ咳払いして返した。

「実はな。その……わしが、お市《いち》様を嫁に取ることになった」

市は信長の妹で、絶世の美女と謳われる女である。かつて北近江の浅井《あざい》長政《ながまさ》に嫁していたが、浅井が織田に叛旗を翻し、信長の手で滅ぼされて以後は清洲城に引き取られていた。これを妻とすれば、勝家は織田一門である。確かに重みは増すだろう。しかし。

「三七様がな。その、当主後見として口を利いてくださると。それだけ、わしに信を置いておられるということぞ」

初めに感じた叔父の弛みは、このせいであったか。今まで妻を娶《めと》らずきた勝家にとって、美女の呼び声高い市を迎えるというのは、目も眩むばかりの話であるはずだ。

しかし、いささか浮かれている。それではならじと、盛政は硬い声音を向けた。

「然らば、その信にお応えせずばなりませんな。気を引き締めて参りましょうぞ」

「お？　おお。無論だ」

咎めるが如き言葉を受けて、勝家は少し恥じたらしい。赤らめた顔をひとつ二つと強く振り、猛々《たけだけ》しい気勢を剝き出しにした。

「我が身の喜びを思うておる時ではない。わしが成すべきは、織田を守り、上様の恩徳に報いることぞ。お市様にも、そのために負うていただく役目がある」

盛政は胸を撫で下ろした。この分なら、叔父は大事を見失うまい。市という女のあることを、きっと力に変えていってくれる。

この後、利家と盛政は、秀吉から譲られた長浜城へ向かった。勝家は少し遅れる。清洲にある市を迎えて妻とし、本拠の越前・北ノ庄に送り出さねばならぬためであった。

三　大徳寺

「これにて長浜は我らが城である」

叔父・勝家が面持ちを引き締めて発し、居並ぶ皆が「はっ」と応じる。盛政は主座左手の筆頭にあり、自らを奮い立たせるべく、誰よりも大きく声を張った。清洲での評定からひと月近くが過ぎ、秋七月も半ばを迎えていた。

明智が討たれたと聞いた時には、気が抜けて呆ける思いであった。だが最も悔しい思いをしたであろう叔父が諦めていない。明智が消えた今、追い落とすべきは秀吉のみ。必ずや織田の柱石たる地位に返り咲き、主家をして天下布武を為さしめん。その気迫が主座にある人を大きく見せている。

ならば己とて諦めてはならない。おまえは諦めが悪い、だからこそ手を伸ばそうとするのだと、信長も言ってくれたではないか。そこをこそ買ってくれたのだ。

盛政は「よし」と思い定めて発した。

「然らば城代を定め、長浜に兵を動かさねばなり申さぬ」

長浜は水陸の要衝であり、また秀吉への楔《くさび》である。いずれ叔父本人がここを居城とすることになろうが、それまでを繋《つな》ぐ者がなくてはならない。己こそ、その任に当たるべし。それが盛政の胸中であった。

「そうだな」

勝家は腕を組む。ややあって右手に顔を向けた。

「勝豊を城代に任ずる」

主座右手の二番目、柴田勝豊が「承知仕りました」と生白い顔を血気に染める。その上座では盛政の弟にして勝家の養子、柴田勝政が憤然とした面持ちを見せていた。

盛政は思わず声を上げた。

「お待ちくだされ。城代の任、是非とも俺にお申し付けを。きっと羽柴筑前を睨み、如何なる動きをも食い止めてご覧に入れる」

正面の勝政が幾らか溜飲《りゅういん》を下げたように頷く。だが、その隣にある勝豊は目を吊り上げた。

「何を申す」

そして少し咳をする。口元を拭い、ごくりと唾を飲み込んで、言葉が続けられた。

「わしでは心許ないと申すのか」

「誰も左様なことは申しておらぬ」

そう返すも、心中は当の勝豊が言ったとおりであった。有り体に言って頼りない。勝豊は体が弱く武芸に見劣り、肝も据わらぬ男である。軍略にも暗いとあって、齢《よわい》三十を越えた今まで満足に戦をしたこともないのだ。

その勝豊が、鼻でせせら笑った。

「ならば手柄を横取りせんとするのだな。卑しい奴め」

「何を申す」

呆れ声で返し、思った。いつもこうだ。己や勝政ばかり重用されることを妬み、何かと言えば不平を漏らしてばかりいる。だから、お主は疎んじられる——胸中に毒づいて、うんざり、という目になった。

負けてなるかとばかり、勝豊が睨み返してくる。初めて命じられた大役を手放すまいと、頑《かたく》なになっているらしい。

「やめい」

勝家のひと声で、盛政は主座に向いた。叔父はどことなく苦しそうな面持ちである。だが、額の骨が出張った青瓢簞の顔を見ているよりは気が落ち着いた。

「盛政。おまえは兵をどれだけ連れている」

「千五百にございます。叔父上とてご存じでしょう」

本来もっと多くを整えられるのだが、弔い合戦のつもりで急ぎ掻き集めたとあって、この数であった。己のみではなく、他の皆もそうだ。従父とて一万二千を揃えられるが、今は四千を連れるのみである。

勝家はひとつ頷き、然る後に「されど」と続けた。

「猿は四ヵ国の国主となったのだ。左様な数では脅しにもならぬ」

すると勝豊が得意げに発した。

「いかにも。わしは六千を率いておりますゆえな」

せっかく顔から目が逸れたのに、声を聞くと苛々が募る。腹の中に熱いものを感じた。それほどの兵を連れているのは、六月までの魚津城攻めに参陣していなかったから、ただそれだけのことではないか。本能寺の一件が報じられた晩、勝家は兵を整えるべく領国に早馬を飛ばした。勝豊がいち早く応じられたのは、留守居を命じられた怪《け》我《が》の功名でしかない。

ちらりと勝豊を見て、しかし、と思い止まった。ここは退かねばならぬだろう。織田家中を束ねるには、まず秀吉に見くびられてはならぬ。ある程度の数はやはり必要なのだ。

一応の得心を読み取ったか、勝家は安堵したように付け加えた。

「それに、わしの子が長浜に入る方が効き目はあろう。今や柴田は織田一門ぞ。これを貶《おとし》めんとするなら、猿にもそれなりの支度が要る。良いか勝豊、わしが兵を連れて参じるまで、しかと睨みを利かせるのだぞ」

すると勝豊は「え？」と驚いた顔を見せた。

「わしにお任せくださるのでは」

どうやら世の流れすら読み取っていなかったらしい。今度は勝家に嚙み付いた。

「時が来たら、また越前に引き下がれとは。義父上《ちちうえ》は、わしをそうまで軽んじなされますのか」

「そうではない」

勝家ですら嫌気のさした声になった。

「家中の舵取りは猿との綱引きだが、それに感《かま》けて他国を疎かにしてはならぬ。越中では上杉と向かい合っておるのだ」

佐々成政が富山城を固め、前田利家も能登の七尾城に控えているが、いずれ利家は長浜に連れねばならぬ。その時に成政の後詰をする者が要ることを、丁寧に説く。

「わしが猿と争うのは、織田を守るためだ。ならば上杉に備えるのも同じことぞ」

「……はあ」

やっとのことで折れた勝豊に呆れ、再び叔父に目を向けた。左目を半分だけ閉じるような目配せが返される。幾らかの迷いとでも言うべきものが垣間見えた。長浜を譲らせるに当たっては、端《はな》から勝豊を置くと決めていたのだろう。だが相変わらずの不肖ぶりを見て、心許ない思いを濃くしているらしい。

ならば急がねばならぬ。促すべく、盛政は問うた。

「して、我らはいつまでに兵を整えれば良うござろうか」

「すぐに……と言いたいところだが。明くる春にならざるを得ぬ」

思いもかけぬ返答であった。盛政は「は？」と呆け顔を見せ、小刻みに頭を振って面持ちを引き締め直した。

「恐れながら、筑前は謀《はかりごと》に長《た》けた者にございますぞ。左様に悠長なことを仰せられては」

「大軍を率いて猿を睨むには、山ほどの兵糧が要る。越中攻めで多くを使ったのを忘れたか」

勝家は言う。今年の刈り入れを終え、年貢を召し上げてからでなければ、二万三万の兵を動かして秀吉を圧することもできぬ。支度が済む頃には、越前は雪に閉ざされているのだと。

「勝豊の六千なら長浜の年貢で足りよう。兵を動かせるようになるまで、わしらは他にも味方を集めねば」

つまり、それまでは駆け引きで秀吉の動きを封じねばならぬ。とは言え、叔父にできるのだろうか。侮っているのではない。常々言われているとおり、己は叔父によく似ている。似ているからこそ分かるのだ。

武勇と心配りで人を奮い立たせ、どこまでも真っすぐで裏表がないのが勝家である。ゆえに信長の信を勝ち得たのだろうし、下に付く者とて喜んで従ってくれる。武士、大将とは斯くあるべしと思う。

秀吉は違う。人柄そのものは悪くないはずだ。かつて「信長に従って上を見よ」と言われた日を思うに、また、秀吉を慕って麾下に参ずる者が多いことからも、それに間違いはあるまい。

しかし。一朝ことあらば手段を選ばぬ、そういう冷酷さをあの男は兼ね備えている。当人が「武勇なきを補うために何でもする」と言ったとおり、曲がった行ないに躊躇《ためら》いがない。清洲でのことを聞いて、そういう男だという見方を強くしていた。斯様な者と謀で張り合わねばならぬとは。

「評定はこれまで。越前に帰る皆は忙しくなるぞ。心しておけよ」

勝家の声で我に返った。三々五々、広間に集まった皆が腰を上げている。

「叔父上」

本当にできるのか。思いを胸に声をかける。勝家は何とも肚の据わった眼差しだけを返した。無言の中に「弱気は敵」と並々ならぬ決意を感じる。

できるか、できぬかではない。盛政は己を恥じ、胡坐の膝を両手で強く張った。織田家中で登り詰めるには、やらねばならぬ。秀吉を追い落とすより外にないのだ。

＊

秀吉を封じ込めるには、長浜に柴田勝豊を残すだけでは足りない。一にも二にも動かねばならなかった。九月、盛政は居城・尾山《おやま》城の大手門で馬に跨《またが》り、十幾つも年嵩《としかさ》の家老・安井《やすい》左太夫《さだゆう》を見下ろした。

「然らば行って参る」

「はっ。後のことはお任せあれ」

安井の言う「後のこと」とは年貢の取りまとめであり、また足軽の雇い入れであった。任せきりにするのは気懸かりだが、人にはそれぞれの役目というものがある。自らは勝家に従って京に上らねばならなかった。

「頼むぞ。五千を雇うには、少しばかり足が出るやも知れぬが」

「はっ。その折には百姓衆への年貢を増し、それで足らねば我が扶持《ふち》から賄いまする」

盛政は「そうではない」と苦笑を浮かべた。

「我が下命で集める兵ぞ。百姓にもお主にも無理を強いる気はない。蔵の蓄えは少ないが、それをお主に委ねるということだ」

「は。承知！」

安井の清々《すがすが》しい笑みに頷いて応え、盛政は前を見て発した。

「進め」

下知ひとつ、供を務める青木《あおき》勘七郎《かんしちろう》が五間も先で馬の腹を軽く蹴った。これに続いて盛政の馬廻衆《うままわりしゅう》が進む。それらの者に周囲を守られ、盛政も南西へと手綱を取った。

平山城《ひらやまじろ》の尾山から五里も離れると、右手には見渡す限りの田が広がっている。盛政の領する加賀石川《いしかわ》郡は雪国で、尾張や美濃、近江などと比べると米の刈り入れが幾らか遅い。それでも晩秋九月を迎えた今、ひととおりの地には土と稲の切り株を見るばかりであった。田の向こうには砂浜が真っすぐに伸び、海の上には漁師船がいくつも浮かんでいる。焦げたような土の黒、濡《ぬ》れたような砂浜の黒、底深さを思わせる海の黒、それぞれ違う黒が折り重なるようになると冬も近い。

「左太夫なら上手く遣り繰りしてくれるだろうが……。冬の長きを思えば、いざという時の蓄えは残したいものだ」

盛政が呟くと、前を行く青木勘七郎が馬上で半身になり、にこやかな顔を見せた。

「今年は米もよく採れ申した。ご案じ召されますな」

家中が成す和の心強さに、盛政は「そうだな」と笑みを見せた。越前北ノ庄までは概ね百里の道のりゆえ、今日中に中途の小松《こまつ》まで行かねばならぬ。手綱で軽く馬の首を叩いて足を速めさせると、それに合わせて徒歩の馬廻衆が駆け足になった。

二日後、盛政は北ノ庄に入った。本丸館を訪ね、広間へと進んで頭を垂れる。勝家は満足そうな声音を寄越した。

「一日早う着いたな。良いことだ」

「筑前殿を制するには此度のことが肝要ゆえ。三七様は既にお着きでしょうや」

発して顔を上げると、勝家は「いや」と首を横に振った。

「岐阜から真っすぐ京へ上られるそうだ。おまえが早く着いたのなら、わしらも明日には発つとしよう。お市殿の駕籠《かご》もあるゆえな」

盛政を始め、柴田麾下の者は年貢の取りまとめと足軽の雇い入れに奔走していたが、皆を束ねる叔父には別の役目があった。即ち織田家中での味方を勝ち取ることだ。此度の上洛はそのための一手である。

信長の葬儀は、弔い合戦の功が色褪《あ》せた頃を狙い、家督を継いだ三法師を喪主に立てて執り行なうと聞いている。もっとも、それまで何もしないのでは家中に不満が燻《くすぶ》るだろう。ゆえに来る九月十一日、山城妙心寺《みょうしんじ》に於いて百箇日の法要を先に催すことになっていた。法要では勝家の室となった市が施主を務める。織田一門に加わったことを強みと為し、柴田こそが主家を支えると示す算段であった。

「お支度は抜かりなく？」

盛政の問いに、勝家は目に喜悦を滲ませた。

「家中の大身をひととおり招いてある。猿の悔しがる顔が目に浮かぶわい」

翌日、北ノ庄から百の兵が京を指した。兵の多くは市の駕籠を守るためのもので、それら徒歩衆を率いるのは柴田勝政であった。この一団の前には勝家の小姓頭・毛受勝介《めんじゅかつすけ》が十ほどの徒歩を率い、露払いとなっている。

盛政は勝家と共に行列の後ろに着き、ゆったりと馬を進めた。

市の駕籠は三重に守られている。黒漆塗りの上品なもので、轅《ながえ》の上の屋形には紫と金の糸をあしらった御簾《みす》が下ろされていた。勝家にとって市は織田家を握る手札だが、それ以前に、ことの外の執心を抱いているらしい。駕籠を見遣る眼差しは何とも熱っぽく、歳を思わせぬほどの瑞々しい生気に満ちていた。

九月八日、一行は京に入り、妙心寺の僧坊を借りて宿所とした。

翌日、翌々日と、織田家中の将が次々と参集して来る。当主後見・三七郎信孝は三法師の名代として参じた。家老衆も丹羽長秀、池田恒興、滝川一益が上洛する。次いで信長次子・三介信雄、大名衆からは細川藤孝《ほそかわふじたか》、筒井順慶《つついじゅんけい》、蜂屋頼隆《はちやよりたか》、蒲生氏郷《がもううじさと》、氏家行広《うじいえゆきひろ》、稲《いな》葉《ば》貞通《さだみち》——そして羽柴秀吉も。佐々成政や前田利家など、敵国に備えねばならない一部を除き、大方の者が顔を揃えていた。

十一日、百箇日法要は厳かに執り行なわれた。

本堂の中、見下ろす釈迦如来《しゃかにょらい》像の正面で、施主の市は俯《うつむ》きがちに身動きひとつしない。

勝家は夫として市の右手に座を取っていた。余の者は一間ほどを隔てた後ろに列を成す。
盛政は二列めの右端にあって、淀《よど》みなく流れる読経を聞いた。

　焼香を済ませ、経が終わると、市が皆を向いて細い声を発した。

「上様の恩徳を忘れずに参じられたこと、有難く思います。皆々、努めて三法師殿を守り立て、昔日と変わらぬ忠節を保たれますよう」

　法要の次第が終わると、皆がばらばらと寺を後にする。盛政は南総門の内に立ってそれらを眺めた。どの顔にも幾らかの影が差していた。

「どうだ」

　右手――本堂の側から、小声と共に勝家が歩を進めた。盛政は首を傾《かし》げるように振り向く。

「どうだ、とは？」

「わしに従おうという者は、どれほどと見える」

「それは何とも」

　盛政は小さく頭を振った。

　信長が落命して未だ三ヵ月である。彼の人の死は既に皆が受け入れているが、ありし日を偲ぶ以上のものは誰からも感じられない。もっとも今、向こうを通り過ぎようとしている丹羽長秀や池田恒興からは、少しばかり後ろめたい空気が漂っていた。或いは、清洲でのことを聞かされているから、そう思えるのかも知れない。

そこへ秀吉が本堂から進んで来た。こちらの姿を見ると「おう」と手を上げ、微笑を湛えて少し足を速める。

「修理殿。法要の一切、ご苦労じゃったのう」

盛政が軽く会釈する隣で、勝家は面白くなさそうに返した。

「上様の妹御を娶ったからには当たり前のことだ。労《ねぎら》いなど無用ぞ」

秀吉は「とんでもない」という顔を、二度、三度と横に振った。

「いやいや。これほど多くの者を集めたんじゃ。根回しから何から、さすがは家老筆頭ちゅうことよ」

と、勝家が奇妙な空気を発した。嫌気に満ちたものを漂わせたかと思うと、それを覆うようなものが染み出てくる。

「まだまだ、やらねばならぬことは多い。三七様には安土の普請を急ぐよう言上しておる。それが終わったら、三法師様を喪主に戴いて葬儀をせねば」

そして、背中をくすぐるような、何とも気色の悪い声を出した。

「その時には筑前、其方も力を貸してくれい」

懇願するような言いようを聞き、盛政は心中で頭を抱えた。だが秀吉は何も感じないとばかりに、うん、うん、と頷いた。

「それこそ当たり前だがね。何なりと申し付けてくだされ」

あまりに芝居がかった勝家とは反対に、いつもどおりの受け答えであった。盛政はそこに薄ら寒いものを覚えて秀吉の顔色を窺う。だが先の微笑のまま、何ひとつ変わっていない。

叔父のむず痒い態度に眉ひとつ動かさなかったのは、わざわざ咎めて言い争いになることを嫌ったから、と思えなくもない。だが、何かおかしい気がした。秀吉は、人の思いを読むことが肝要の調略や謀略を得意とする。或いはこちらの思惑を見通していながら、知らぬ振りを決め込んでいるのではあるまいか。

「ともあれ、ほんにご苦労じゃった。次には必ず、わしにも手伝わせて欲しいがや。何もせんでは立場もにゃあでよ」

秀吉は「はは」と笑って会釈し、去って行った。しばし黙って見送る。門をくぐり、やがて姿が見えなくなると、勝家が忌々しそうに漏らした。

「……猿め。何を企《たくら》んでおる」

「もしや、そのために？」

敢えて芝居丸出しの言葉を吐いたのか。勝家は「違う」とだけ返し、軽く身震いした。先の自らの物言いを思い出したと見える。

「嫌そうな顔のひとつでも見せおれば、疑うこともなかったろう。だが……」

盛政は頷いて、ひとつを進言した。

「透波《すっぱ》を残されませ。筑前殿が何か企んでおったとしても、いち早く知って手を打たば大事には至りますまい」

勝家は「元より承知」と頷き、すぐに宿坊へと返して透波を召し出した。京までの行列に加わってはいなかったが、野に伏せ、山に潜んで共に上洛した者が十数人いる。勝家はそれらに三人ずつの組を四つ作らせ、それぞれ播磨、山城、河内、丹波、秀吉が治める国に潜ませた。

*

秀吉の領国に残した透波からは、逐次諸々の報せが届く。一報はまず勝家の居城・越前北ノ庄にもたらされ、その後に加賀の盛政、次いで能登の前田利家、越中の佐々成政へと伝えられた。とは言え、取り立てて「これ」ということが報じられるでもない。

否――昨日まではそうであった。十月十二日のこと、耳を疑う報せが届けられた。

「それは、まことか」

尾山城本丸館の一室に透波を引見し、盛政はきつく眉根を寄せた。透波が当惑したように顎を引く。

「此方《このほう》に左様な厳しいお顔を向けられましても」

「咎めておるのではない。されど聞き捨てならぬ。叔父上は如何様に仰せであった」

「今の玄蕃様と同じで……。ふざけるな、と」

人となり、顔つき、ものの考え方、何から何まで似通った二人である。こういうところまで同じだと知り、前のめりになっていた気持ちが踏鞴《たたら》を踏んだ思いがした。盛政は口をへの字に結んで喉だけで咳払いし、取り繕うように発した。

「これから能登と越中を回るのであろう」

「そのとおりにござりますが」

「ならば、しばし尾山に留まれ。北ノ庄に向かい、叔父上と向後のことを話し合うて来るゆえ、それも併せて報じるが良い」

承知、と返す透波を残し、盛政は急ぎ城を出た。供は馬廻衆のうち、出仕番として城にあった四名のみである。数は少ないが、急がねばならぬ時にはかえって都合が良い。ろくに休みも取らず、皆で馬を追い立てる。いつもなら丸二日、兵を率いた行軍なら三日半かかる道のりを一日と少しで駆け抜け、翌日の夕刻には勝家の居城・北ノ庄に到着していた。

居室に参じると、勝家は不機嫌なものを撒《ま》き散らしながら酒を含んでいた。

「何しに来た」

「透波から聞き、どうなさるのかと」

「どうもせぬわい。猿め、阿呆なことを抜かしよって」

昨今、秀吉が京の辻々に高札を立て、勝家と信孝の不義理を喧伝《けんでん》していた。三法師を安土に置くという清洲での談合を、二人は守っていない。織田家を私するつもりだ――ほんの一ヵ月ほど前には妙心寺で勝家を労い、次は必ず手伝うと言っていた男が、舌の根も乾かぬうちに。

勝家と信孝は、秀吉の功が薄れる頃に安土の普請をする肚であった。もっとも清洲の評定からまだ四ヵ月足らずである。あれほど壮大な城を建て直すなら、どう急いでも仮普請の形すら整わぬ頃なのだ。三法師が未だ織田信孝の岐阜城にあるのは、あらゆる意味で当然であった。

盛政とてそれは承知していたものの、勝家の「どうもしない」という言い分には危ういものを覚えた。

「筑前殿は、戯けた言い種《ぐさ》と承知の上で騒いでおるのでは」

勝家は「馬鹿な」と応じた。

「左様な話に家中の誰が踊らされる」

「織田家中はそれで良しとしても、城のことなど何も知らぬ領民は惑わされます」

こう聞くと、勝家は虚を衝かれたように「む」と唸った。

「民を乱されては」

領国を治めるに於いて民を思うこと、叔父・勝家の右に出る者はない。この呟きは、それゆえであったろう。だが勝家にとって最大の懸念は他にある。民心の乱れは、戦ごとに雇われる足軽に及び易い。柴田には雇われたくない、そう思われては首が絞まる。

「盛政。兵はどれほど集めた」

「未だ四千に満ちませぬが、年内には五千に届く見通しにて」

「ならば、まずは祝着《しゅうちゃく》じゃ。が、猿智慧《さるぢえ》も挫かねばな。三七様にご存意を伺うた上で手を打つ」

「是非に。お早い方が良いでしょう」

「明日にでも文を送ろう。今日はもう遅いゆえ、おまえも北ノ庄に留まるが良い」

厚意に従い、盛政は叔父の城で一夜を明かした。

しかし、その「明日」には別の一報が舞い込んで来た。

「何だと」

透波を前に、勝家が広間の主座で勢いよく立ち上がる。傍らに侍した盛政も腰を浮かせた。

「わしには何も言うて来ておらぬ」

がなり立てる勝家に、透波は平伏して告げた。

「されど、筑前様が信長公のご葬儀を支度しておられることは間違いなく。参列のため、既に畿内や西国の衆も京へ上っておる由にて」

「三七様は」

「上洛なされておりませぬ」

「……やられた」

勝家はゆっくりと腰を下ろした。額に右手を当て、何やら考えている。盛政も、ごくりと喉を鳴らして強く奥歯を嚙んだ。

百箇日法要の後、或いはもっと前からかも知れぬが、秀吉は裏で信長の葬儀を支度していた。勝家と信孝の不義理を云々したのは、二人を葬儀に招かない口実とするためだろう。

勝家がこちらを向いた。見過ごしてなるかと、ぎろりと剝いた目を炯々《けいけい》と光らせている。

「我が名代として京に上れ。すぐにだ」

盛政は「承知」と返し、すくと立つ。

「必ずや食い止めて参ります」

「頼む。わしは三七様と談合を急ぐ」

盛政は飛ぶように城を出て、尾山城から連れた馬廻の四人と共に京を指した。乗り潰すつもりで馬を励まし、北国街道を疾駆する。見知った景色が飛ぶように後ろへと流れ去った。

「筑前め」

清洲では筋目だ何だと言ったそうだが、当主後見や家老筆頭を差し置いて葬儀を催すなど、それこそ筋目に反するではないか。そもそも岐阜の信孝を招かねば、当主・三法師すら列席できないのだ。斯様な葬儀に何の値打ちがある。

「はっ！」

右手の鞭で馬の尻を二度、三度と叩く。手綱の左側を引き、馬首の向きを変えて栃ノ木峠を指した。今日は十月十四日、京の大徳寺《だいとくじ》で行なわれる葬儀は明日、十五日だという。猶予がない。だが何としても間に合わせねば。

激しい焦燥を胸に峠道を駆け登る。次第に馬の息が上がり、やがて首を持ち上げて左右に振り始めた。いつもなら休ませるところだが、生憎《あいにく》そういう訳にもいかぬ。

しかし盛政は、そして供の皆も手綱を引かざるを得なかった。行く手には多くの木が倒れ込んで、峠道をすっかり塞いでしまっていた。

「これは」

鞍から飛び降りて駆け寄る。大人二人でひと抱えという大木が、何本も無造作に積み重なり、見上げるばかりの小山を作っていた。木の皮に手を掛け、よじ登って向こうを見れば、同じようなものが数間置きに幾つも見て取れた。

「……猿が」

小さな罵声が漏れる。先に摑んだ皮の、未だ生気を湛えた手触りが告げていた。これは朽ちて倒れたのではない。

念を押すように、供の者が声を寄越した。

「斧《おの》の痕《あと》が、はっきりと」

「分かっておるわ！」

怒鳴って返すと、声の主はびくりと身を震わせた。右手の拳に無念を込め、盛政は何度も木の肌を殴り付けた。

「糞《くそ》ったれ。糞ったれが」

節々の皮が破れて血が流れる。痛みなど感じなかった。

「あの、殿。我らは……如何すれば」

おずおずと声が渡る。殴る手を止め、怒髪を逆立てて振り返った。

「知れたことだ。馬を捨て、踏み越えて行く。続け」

命じるなり、率先して倒木の山を越える。次の山、また次の山、次、次、次——栃ノ木峠を過ぎた頃には、とっぷりと暮れていた。

昼なお暗い峠道である。冬を迎えて木々も多くの葉を散らしていたが、漏れ入る月明かりはわずかなものであった。幾度も夜の戦場に出た身とは言え、透波ほど夜目が利くではない。あまりに慌しい出立ゆえに松明《たいまつ》の支度もなく、無闇に走って進む訳にもいかなかった。

　ようやく国境を越え、近江柳ヶ瀬の辺りに差し掛かった頃、空が白み始めた。これなら、と盛政は再び駆け足で進んだ。京まではまだ百五十余里を残している。間に合うはずがないと分かっていながらも、なお、胸も潰れよと走り続けた。

　そろそろ朝五つ（八時）という頃か、左手の山向こうから日が差し込んだ。遥か遠くにぼんやり浮かんでいた影を、はっきりと見通せるようになる。本丸の郭が水際まで張り出し、遠目には琵琶湖に浮かぶと見える城は、柴田勝豊が預かる長浜城であった。

　それを目にして、盛政の胸に「もしや」と甘い期待が漂った。透波の報せは勝豊の許にも届けられたはずだ。ならば勝豊が先んじて京に上り、秀吉を食い止めてくれたのでは――。

　思いつつ、走りながら激しく頭を振った。己や叔父は秀吉の狙いを見通せなかった。駆け引きにも策にも二人よりずっと暗い勝豊に、それを求めるのは愚の骨頂だ。だが長浜まで辿《たど》り着けばと、なお一縷《いちる》の望みを抱いて駆けた。

「開門、開門！　佐久間玄蕃だ。馬を五頭、借り受けたい」

　乱れきった息で捲《まく》し立てると、大手門の内にある物見櫓からひとりの兵が顔を覗《のぞ》かせた。

　その男はいったん怪訝な面持ちを見せたが、こちらの顔をじっくりと見ると、やがて慄いたように頭を下げて「お待ちを」と発した。

だが、すぐに門が開かれるのかと思いきや、そうではない。焦《じ》れる胸の内を持て余しながら一刻近くも待たされた。挙句、再び櫓の上から寄越された返答は酷いものであった。

「如何なる御用向きに馬を使われるのか、お聞きして来いと」

勝豊か、或いは家臣か、どちらにしても愚かしい。

「俺が斯様に急いでおるのだ。大事あって使うのに違いあるまい」

「いえ、それをお聞きせよと仰せ付けられまして。お教えいただければ、またお取次ぎします」

苛々が募る。盛政は櫓の上を「もう良い」と一喝し、再び走った。

急ぐために長浜に立ち寄ったのに、とんだ道草になってしまった。間に合うはずがない。しかし諦めることなどできぬ。急がねばならぬのだ。額から滝の如く汗が流れ、目に入って滲《し》みる。小袖でぐいと拭い、目を半開きになお走った。先には遠かった左手の山影が、近くなってきた。長浜からどのくらい走ったろう。どれほどの時を無駄にしてしまったことか。

思ったところで、盛政は歩を緩めた。駆け足が鈍くなり、然る後にぼんやりと歩を進め、やがてその場にくずおれる。汗みどろの体で、吐いては吸い、吐いては吸い、渇ききった息を忙《せわ》しなく繰り返す。後ろからは、供の者の悲鳴にも似た荒い息が聞こえた。左前に見える佐和山《さわやま》からひとりの男が駆け下り、こちらへと向かっていた。疾風《はやて》の如き駆け足は透波である。

「終わ、って……しもうた、か」

弾む息で嗄れた声を絞り出す。透波は「玄蕃様」と目の前に跪き、俯くように頭を垂れて仔細《しさい》を報じた。

十月十五日、秀吉は京都大徳寺で信長の葬儀を滞りなく終えた。

本能寺で果てた信長の亡骸《なきがら》は既にないが、秀吉は香木で像を作らせ、これを棺に納めて寺から蓮台野《れんだいの》の火屋まで行列した。あたかも、世の中の全てに見せ付けるように。棺は金紗金襴《きんしゃきんらん》で華やかに飾られ、それを乗せる輿《こし》も金銀の擬宝珠《ぎぼうし》、黒漆塗りの柱や轅を備えた荘厳なものだったという。檜皮葺《ひわだぶ》きの火屋は大徳寺の本堂と同じほどの大きさで、紫と白の幔幕《まんまく》で覆われ、中には見上げるほどの釈迦如来像が置かれていた。

朝廷から公卿《くぎょう》を招いて列席させ、楽人に音曲を奏でさせる中、京の寺から集めた三千余の僧が経を読む。それらが成す人の壁の間を、秀吉らの行列は粛々と進んだ。棺を載せた輿の前には信長の乳兄弟・池田恒興が進み、後ろには信長の四男――秀吉の養子となった羽柴秀勝《ひでかつ》が続く。秀吉自身はこれらに続いて太刀を持ち、二万余の武士を従えていた。

「二万とは」

未だ整わぬ息で、盛政は呆然と呟いた。重臣のみならず、軽輩の者、それぞれの陪臣《またもの》から小者に至るまでを集めなければ、それほどの数にはならない。この葬儀は間違いなく、勝家が催した法要を遥かに凌駕《りょうが》している。

信長の棺を納めると、火屋は紅蓮《ぐれん》の炎に包まれた。立ち上る橙色、巻き上がる火の粉は、京のどこにいても見えるほどだった。吹き飛ばされそうな熱気を前に、秀吉は声を上げて泣いたそうだ。

「何たることか」

一々を聞き、盛政は身を震わせた。話だけで卒倒しそうなほど盛大な葬儀である。

勝家や信孝とて同じことはできたろう。だが秀吉は二人を陥れ、出し抜いてしまった。恐るべき男だと思う一方、目を欺かれた透波には苛立ちが募った。

「其方らは、いったい何を見ておったのだ。そんな火屋など、どうして気付かなかった」

怒鳴り付けると、透波は「はっ」と頭を下げた。

「それが、一昨日までは何もなかったのです。俄《にわ》かにあのようなものができ、急ぎお報せした次第にて」

「あ……」

思い出した。かつて美濃墨俣《すのまた》に一夜で城を築いたように、こういうことは得意中の得意という秀吉である。しかも火屋は建物ごと燃やしてしまうのだから、土台を造る必要もない。

「いやさ、材木は。大掛かりな注文があれば、樵《きこり》や町衆が浮かれておったはずだ」

「そちらも探ったのですが。どこを当たりましても、戦で荒れた京の町を直すために筑前殿が注文をくださった、としか」

聞くほどに歯軋りが強くなった。そもそも民に本当の訳を聞かせるはずもない。葬儀に参列する者を集めるにせよ、羽柴家中でも忠実な者だけに手配りを命じ、一切外に漏らさぬよう固く口止めすれば済む。透波そのものが秀吉の近習にでもならぬ限り、探りようがないのだ。

「そうであったか」

盛政は乱れた息で透波に頭を下げ、固く目を瞑《つぶ》った。

皆が信長の弔い合戦を鮮やかに覚えている。これだけの葬儀を目の当たりにすれば、民百姓や足軽のみならず、織田家中とて心を揺らすだろう。当主後見も家老筆頭も、何もしていない。秀吉がいなければ何もできないのだと。

盛政はうな垂れ、閉じた目を両手で覆う。そして玉の汗を湛える額に爪を食い込ませ、指を震わせた。しばしの後、その震えが、ぴたりと止まる。

「俺は……甘かった」

ぽつりと漏らし、顔から手を離して見つめた。

二年前の九月——信長に召し出された安土城で顔を合わせた折、秀吉は言った。常に上を目指せという信長の言に、必死で応えようとしているのだと。己は秀吉の言を信じた。

気に食わぬ男だが、人となりの根本が悪い訳ではないと見直したのだ。

だが違った。目に映る自らの手と秀吉の手は、同じものを掴み取ろうとしていたのではない。否、あの時は同じだったのだ。しかし本能寺の一件を境に、二つの思いはそれぞれ別の道を辿るようになった。

信長という巨人が消え、織田を継ぐべき信忠という英邁《えいまい》が去った。しかも二人を討ったのは家臣第一席と目されていた明智光秀である。明智を討てばどうなるか。己は織田家の第一席になれると考えた。秀吉は、織田を出し抜けると考えたのだ。三法師の家督を唱えたのも、天下そのものを掠《かす》め取る布石だったのに相違ない。

だから織田信孝を葬儀に招かなかった。あまつさえ勝家に対しては、道を塞ぐような細工を施したのだ。秀吉にとって織田は、既に自らの力を誇示する道具でしかない。

「……猿め。うぬが、その気なら」

秀吉、討つべし。

心に定まった。己が、そして勝家が為すべきは、その一事のみ。

武勇なきを補うために策を練るのだと、秀吉は言った。その策、駆け引きに於いて勝つことはできまい。しかし、策に劣るを補うだけの武勇がある。

盛政はすくと立って、跪いたままの透波に命じた。

「急ぎ北ノ庄に走り、叔父上に仔細を報じるべし。俺もすぐに戻る」

「承知」

風のように走り去る透波を見送って、未だ総身を投げ出したままの馬廻衆に向いた。

「すまなんだ。おまえたちにも無理をさせたな」

そして、ひとりずつ手を引いて立たせ、来た道を引き返して行った。

＊

どうなるのか。どうしたら良いのか。盛政はこのところそればかり考えている。

大徳寺の葬儀が報じられて以来、勝家は岐阜に赴いていた。初冬十月も末、雪が積もる前に織田信孝と今後のことを話し合わねばならぬからだ。盛政は北ノ庄に留まって談合の結果を待っていたが、首を長くするばかりの毎日には、さすがにうんざりしていた。気ばかり急いてどうしようもない。

くさくさした胸中を持て余し、胡坐の膝をパンと叩く。少し気分を変えようと、逗留に宛がわれた部屋の障子を開けた。廊下に出れば、吹き抜ける風は既に冷たい。空にはどんよりと鈍色《にびいろ》の雲が垂れ込め、細かな風花が舞っていた。

真っすぐ西、見下ろす先には侍屋敷が立ち並び、さらに向こうには城下町が扇形に広がっていた。瓦葺と茅葺《かやぶき》が斑《まだら》に混じり合った中、構えの大きな屋根は商家だろうか。それらの端には雪下ろしに備えて梯子が頭を覗かせていた。町の外を囲む一面の田は、雪の重みで土が固まってしまわないよう掘り起こしてあり、刈り入れが終わった頃よりも黒々として見えた。

「恨めしい」

いつもと同じ冬支度の景色に、ぽつりと呟いた。兵を動かせぬ季節をこれほど焦れったく思ったことはなかった。

「兄者」

背後から声がかかる。勝家の養子となった弟・勝政である。

「叔父上か」

振り向いて問うと、勝政は大きく頷いた。

「夕刻にはご到着と先触れがあり申した。前田殿も義父上と同じ頃に参られるそうで」

岐阜での談合が終わり、越前や能登の各地から寄騎衆を呼び寄せているのだという。ひととおりを聞いて、盛政は「ふう」と長く息を漏らした。

一時《いっとき》半（一時は約二時間）ほどの後、辺りがだいぶ薄暗くなった頃になって、前田利家が参じた。盛政は勝政と共に利家を迎え、広間へと導いた。

「内蔵助殿は？」

歩きながら、佐々成政も来るのかと問うてみる。答は否であった。

「上杉に備えねばならんからな」

昨今の上杉は領国・越後に謀叛を抱えているそうだが、それでも大国ゆえに油断はならない。佐々は引き続き越中富山城でこれを睨む。岐阜での談合の内容は、これから開かれる評定の決定と併せ、追って勝家から報じられることになるだろう。

広間に入ると、主座の右手筆頭に勝政が腰を下ろす。盛政は一間を隔ててその正面に、利家は盛政の左隣に座を取った。

腰を落ち着けると、勝政が控えめな声を寄越した。

「戦になるのでしょうや」

盛政は口を噤んだまま、眼差しで「近いうちに」と示した。

やがて余の者が評定の席に参じる。越前大野《おおの》郡から参じた金森長近《かなもりながちか》や原長頼《はらながより》などの寄騎衆、毛受勝介や上坂《こうさか》左文《さもん》、住友政行《すみともまさゆき》らの柴田家臣が広間に入り、左右の下座に腰を下ろしていく。最後は柴田の家老・山中長俊《やまなかながとし》であった。主座の右手、勝政の斜め前に胡坐をかいて座り、朗々と声を張る。

「殿の御成《おなり》である」

声に続き、怒りと苛立ちを踏み潰すような荒い足音が届く。一同が頭を垂れる中、勝家が広間に進んで、どさりと座った。

「面を上げい」

声に従い、叔父を見遣る。思ったとおり、荒武者の本性剝き出しの面持ちであった。

「猿を討つ」

開口一番である。評定の席が、ざわ、と波立った。

「陣立ては」

右手筆頭の勝政が血気に逸《はや》った声を上げる。勝家はそちらをじろりと一瞥《いちべつ》し、皆に向けて首を横に振った。

「すぐにでも、あの胸糞悪い面を切り刻んでやりたいがな。今はいささか分が悪い」

何しろ秀吉は、信長の葬儀を盛大に営んで名を上げたばかりなのだ。反面、勝家と信孝は何もできなかったと見られている。

だが勝家と柴田家中は、秀吉が何をしたか知っている。怒りに彩られた澱《よど》みが座に満ちる中、家老の山中が口を開いた。

「なれば、先からの手配りを続けるのですな」

秀吉を取り囲むべく、諸国の大名を味方に付けることであった。大徳寺の件で駄目を押され、家中での綱引きに勝ち目がなくなったからには、外の味方は必須である。

「殿がお留守の間、四国の長宗我部から、味方を約する書状が届いております」

山中の言を聞いて、勝家は厳しい面持ちを少しも崩さずに「祝着だ」と返した。そして問う。

「徳川、北条、毛利はどうか」

「徳川と北条は何とも。両家は上野《こうずけ》と信濃《しなの》で互いに争っておる由にて、こちらに手を貸しておる暇もござらぬのでしょう」

腹立たしそうな返答に、勝家は「はは」と剣呑《けんのん》な笑い声を向けた。

「ならば猿に味方する暇もないということだ。それで良い。だが毛利は動かさねばならぬ」

そして左手、盛政と利家の下座にある不破《ふわ》光治《みつはる》を向いた。

「光治、ひとつ文を書いて送れ。毛利は将軍を迎えておるだろう。其方なら、あれを動かせると思うのだが」

かつて信長の手で将軍の位に就けられ、後に反目して京から追放された足利義昭である。信長が義昭を奉じるに当たり、迎えの使者として出されたのが不破であった。

その不破が、当惑した声を出した。

「確かにお見知り置きいただいておりますが、あの御仁には何の力もございませぬ。毛利とて身柄は引き受けたものの、持て余しておるのでは？」

そもそも毛利が義昭を迎えたのは、織田に抗う旗印とするためだった。信長が世を去った今、もう値打ちなどない。しかし勝家は「いいや」と大きく頭を振った。

「力がないのは承知しておる。だが義昭殿が騒げば、毛利が猿を襲う大義名分にはなる」

信長横死の折、秀吉は備中高松《たかまつ》城で毛利と戦を構えていた。それが、あの神速とも言える大返しである。本能寺の変をひた隠し、急いで和議を取りまとめたからこそであった。言うなれば毛利は秀吉に騙されたに等しい。この経緯を思い、盛政は「おお」と感嘆の声を漏らした。

「長宗我部に加え、羽柴憎しで毛利が動きを見せれば」

勝家は「それよ」と、こちらを指差した。

「わしらは冬の間、兵を動かせぬ。春まで猿を釘付《くぎづ》けにしてくれる駒が要るのだ」

雪融けを迎えたら一気に秀吉の背を襲う。挟み撃ちの格好になれば蹴散らすのも容易《たやす》い、というのが勝家の目算であった。

不破は得心顔を見せたが、ふと思い出したように問うた。

「羽柴を叩いた後、毛利とは如何様になさいます」

勝家は「ふふん」と鼻を鳴らした。

「先に其方が申したとおり、毛利は義昭殿を持て余しておろう。これを引き取ってやれば、和議を結べるのではないか。義昭殿には、そうよな……小豆島《しょうどしま》にでも幕府を開いてやるわ」

できないことではない。駆け引きでは一枚上手の秀吉も、いざ兵を動かせば勝家の猛勇に敵《かな》うものではないのだ。満座がざわめきを湛えた。秀吉への鬱憤に粘ついていた空気が、熱を湛えてゆく——。

「ひとつ、よろしいでしょうや」

盛政の左脇で利家が声を上げた。勝家が「どうした」と問う。

「その、毛利との和議……と聞いて思うたのですが」

皆の目が集まったせいか、利家はやや口籠もりがちであった。

「筑前と、親爺様で、ですな。和議を結ばれてはと」

途端、皆が怒号を浴びせた。利家は身の置きどころがなさそうな顔をしている。盛政もこの言い分に眉をひそめ、声を荒らげた。

「又左殿は、筑前とは戦えぬと仰せか」

「いや、そういう訳では。されど、のう。毛利が、我らの思うとおりに動いてくれるとは言えぬだろう。二の矢、三の矢が、だな。その……要るのではないかと。時を稼ぐだけなら、和議という道もあるという話に過ぎぬ」

必死、という弁明である。言い訳だろう。だが策略に長けた秀吉が相手だけに、第二、第三の手管をというのには一理ある。先まで喧騒に包まれていた広間の面々も、これを聞いて少しばかり落ち着きを取り戻した。

勝家は利家に値踏みするような目を向けた。

「猿が何のために動いておるか、分からぬはずはあるまい」

「されど、もし筑前が心を入れ替えるなら、何も戦うことはございますまい。勝ったとて我らも傷は負うのですぞ」

勝っても無傷では済まぬ。これも正しい。既に秀吉は織田家中の多くを丸め込み、相当の兵を動かせるようになっているのだ。

「如何にござろう。古くからの友である俺が遣いに立てば、筑前も折れるかと」

なお継がれる利家の言葉は、懇願といった響きを湛えていた。

盛政には得心するところがあった。利家は秀吉との旧交に縛られているが、一方では勝家から施された恩にも背けないでいる。両者が戦うことそのものを防ぎたい、それが偽らざる本心なのだろう。

さて、どうする。盛政は腕組みをして「ううむ」と唸り、ちらりと主座を見遣る。叔父も全く同じ格好で唸っていて、こちらと目が合うと、ばつが悪そうに咳払いして利家を向いた。

「当てにはしておらぬ。和議が成らなんだら、すぐに戻って戦支度じゃ。それで良ければ、遣いにでも何でも立つが良かろう」

「よろしいのですか」

ぱっと顔を明るくした利家に、勝家は苦笑とも失笑とも取れる顔で頷いた。

「言うだけなら懐は痛まぬゆえな。それに、お主が遣いとして赴く間だけは、間違いなく時を稼げる。猿と戦って負ける気はせぬが」

板挟みの胸中などお見通し、叔父ならではの心配りだろう。もっとも最後のひと言は「悩みどころ」という口ぶりであった。秀吉に勝って織田家をまとめても、受ける傷の多寡によっては、力を借りた相手――長宗我部や毛利が牙を剝く。それでは元も子もないと先々を見据えたようであった。

四　岐阜城

「又左あ」

叫びながら、秀吉は廊下を走った。小姓がぱたぱたと後ろから追って来ている。

近頃の秀吉は宝寺《ほうじ》城にあるのが常だった。清洲の談合で得た山城国、京の南西に外れた山崎の地である。そこへ、旧友・前田利家が目通りを求めて参じた。本来なら人を遣って本丸館の広間に通すところだが、秀吉はその間すら惜しみ、自ら二之丸の侍詰所まで出向いていた。

「又左！　よう来てくれたがや」

詰所の広間で息を抜いていた利家は、さすがに驚いたらしく、慌てて頭を下げた。秀吉は一尺と離れていない辺りへ滑り込むように座り、旧友の手を取った。

「おお、おお。間違いにゃあ、又左じゃ」

信長の小者だった頃からの仲である。子のない秀吉が利家の娘を養女にもらうほど付き合いは深く、互いの妻も懇意にしていた。

「ここんとこ何やかやで顔も見とらんかったが、息災にしとったかや。あれじゃ、奥方じゃ。まつ殿はどうしとる。おみゃあの名を聞いてよう、うちの寧《ねい》が会いたいて言うとったぞ」

旧交の情を矢継ぎ早にぶつけると、利家は目を白黒させた。だが少しすると「変わらぬな」という笑みを浮かべる。

「筑前殿も息災のようで何よりと存ずる」

「ああ、もう。藤吉郎《とうきちろう》でええんじゃい」

水臭い、と身をよじる。すると利家は少しばかり面持ちを強張らせた。

「なら……藤吉郎と呼ばせてもらうが。俺が参じたは、お主に味方するためではないぞ」

顔を合わせてまず切り出す言葉としては、いささか不躾《ぶしつけ》であった。秀吉は、ぽかんと開けた口をすぐに結び、苦笑交じりに首を傾げた。

「文句でも言いに来たんかや」

「まあ苦言も、あるにはあるのだが」

利家はひとつ咳払いして居住まいを正した。

「このところの、お主のやり様に修理様が大層お怒りなのだ。筑前は織田を乗っ取る肚じゃと仰せられてな。このままでは戦になろう」

「戦に、のう」

「されど」

当惑顔に、やや大きな声を返してくる。そして懐の内から一通の書状を取り出して拡げた。

「このとおり、忝《かたじけな》くも三七様が、お主と修理様の間を取り持たんとしておられる。上様を失うた今、織田家中はいがみ合うておる時ではない。清洲での評定に従い、家老衆の談合で三法師様を守り立てることを改めて誓い合うべし、との仰せだ」

書状を受け取って目を落とす。線が細く、それでいて気の強さを滲ませた右上がりの字は間違いなく織田信孝の手であった。ざっと一読し、丸めた背から顔だけを上げて、利家を軽く見上げる。

「つまり和睦ちゅうことかや」

「いかにも。どうか聞き入れてはくれぬか。俺も、お主とは戦いとうない。かと言って修理様にも大恩を受けた身ゆえ」

「そんでも、誰かが旗を振らにゃあならんがや。何ちゅうたか、船頭多くして、ちゅうやつよ」

利家は「ほう」という顔を見せた。

「つまりお主は旗を振りたいと申すのか。織田を乗っ取る気などないと」

秀吉は背筋を伸ばし、胸を張って面持ちを引き締めた。

「上様から一番恩を受けたのは誰じゃ。わしだがね。乗っ取るなんぞ、露ほども思うておらなんだわい。戦なんて、とんでもにゃあことだがや」

「大徳寺のことは」

「おお、それよ」

やや不服そうな利家を指差し、大きく二度、うん、うん、と頷いて答えた。

「百箇日の時に修理殿が言うとったがや。安土を普請し直して、三法師様をお移し奉ったら葬儀じゃて。三七様と修理殿に任せるのが筋じゃったのかも知れんが、わしゃ、どうしても上様に恩返しがしとうてよ。ほんに、それだけのこっちゃ。信じてちょうよ」

利家は「ふう」と大きく溜息をついた。

「それなら何ゆえ三七様と修理様を招かなんだ。伊勢の滝川様もだ」

「いやいやいや、ちょ、待ってくれや」

ぶんぶんと頭を振り、両手を前に出して同じように動かす。

「遣いは出したんじゃ。まことの話じゃぞ。じゃが、栃ノ木峠が塞がれて通れんかった。回り道で越前に行こうとしても間に合わんから、諦めたって聞いとるでよ」

「誰が道を塞いだと申す」

「思うたんじゃが、道を塞ぐ気でやったこととは違うんじゃにゃあか。あれよ、村と村の諍《いさか》いなんぞで、隣村の山から木を盗もうとして、見つかって逃げたとか。よくある話だがや」

苦虫を噛み潰したような面持ちながら、利家はこちらの言い分を無理やり飲み込んだようであった。そしてなお問う。

「三七様は」

「そっちも遣いは出した。じゃがのう、大垣《おおがき》を通してもらえんかったんじゃ」

大垣城は岐阜の西二十里という地で、美濃衆の有力者・氏家行広の領であった。秀吉はその氏家の名を出し、弁明を続けた。

「あの男にゃあ、どうも嫌われとるようでの」

「滝川様は」

「清洲の談合でも、三法師様を守り立てる家老衆から外されたがや。呼んだところで顔も立たんじゃろうと思うて、呼ばんかった」

利家は「やれやれ」という風に俯き、眉をひそめている。こちらの言い分を全て認めているのではないらしい。だが秀吉にとっては、それで構わぬところであった。今は何より、柴田の側から和議を求めて来たことが大事である。

「ともあれよ、修理殿との和議は喜んで受ける。わしとて戦がしてゃあ訳じゃにゃあで、三七様が間を取り持ってくださるなら万々歳じゃ」

にか、と笑みを見せる。利家は念を押して言った。

「繰り返すが、清洲での取り決めどおり、これからは何ごとも家老衆と三七様の談合で進めることが肝要ぞ。誓うてくれるか」

「誓う誓う。当たり前だがね」

「ゆめ約定を違えてはならんぞ。戦になったら俺は修理様に従い、お主と戦わねばならん。それに上杉、長宗我部、毛利、北条、徳川……周りの国も黙って見ているはずがない」

聞いて、秀吉は「おや」と思った。だが刹那の後、怪訝な顔を見られてはならぬと、深く頭を下げた。

「あい分かった。このとおりじゃ」

そして顔を上げる。部屋に入った時と同じ、旧友との再会をただ喜ぶ、至上の笑みだけを浮かべていた。

「修理殿を説き伏せてくれたんは、お主じゃろ。ほんに、礼を申すでよ。和議の起請文を書くから、何日かこの城で休んでいってくりゃあ。久しぶりに一緒に酒でも呑もまい」

どこか釈然としないものを残した顔ながら、利家は微笑んで頷いた。何よりも和議が成ったことを良しとしている。

秀吉は肩越しに後ろを向いて「おう」と声をかけた。入り口のところで小さくなっていた小姓が「はっ」と頭を下げる。小姓は城内に宿所を定めるべく、利家を導いて行った。

その背を見送り、秀吉は細く長い溜息を鼻から抜いた。

「官兵衛《かんべえ》。来とるんじゃろう」

静かな呼び声に答えるが如く、裏手の一室から足音が聞こえた。不自由な左足を引き摺りながら歩く姿は、秀吉の軍師・黒田《くろだ》孝高《よしたか》である。

秀吉は利家と対面した時のまま座っている。黒田は右脇に来ると、一間ほどを隔て、左足を投げ出す格好で窮屈そうに腰を下ろした。

「あのようなことを仰せられて、よろしいのですか」

「どのことじゃい」

「全てにござる。が、まずは氏家殿のことでしょう。お話は通しておられるのですか」

秀吉は、にやりと口の端を歪めた。

「これから口裏を合わせりゃええ。又左を留め置くんは、その時を稼ぐためでもある」

「然らば手を回しておきまする」

「頼むわ。それにしても……柴田の奴も、やるのう。もう長宗我部を抱き込んだか」

黒田の目が智謀の光を湛えた。

「何ゆえ左様に思われます」

「容易い話よ。順番じゃ」

利家は、上杉、長宗我部、毛利、北条、徳川の順に周囲の大名の名を挙げた。上杉は勝家が目の前に迎えている敵である。北条や徳川は元々が織田の傘下にあった大名で、信長横死の後は旗幟《きし》を鮮明にしていない。だが少なくとも信長と昵懇《じっこん》だった徳川家康がすぐに離反するとは考えにくく、また北条も徳川・上杉という大国の向こう、関東の雄であるだけに、たとえ敵に回っても今すぐに憂えることはない。問題は、長宗我部と毛利の順序である。

「わしらを脅す気なら、毛利をちらつかせる方がええ。じゃが……長宗我部の方を先に挙げよった。もう味方に付いとるぞ、ちゅうこっちゃ。又左なりの忠言なんじゃろうな」

　黒田は「ふふ」と含み笑いを漏らした。

「毛利にも手を回している、ということでもありましょう」

「間違いにゃあでよ。そっちまで敵に回ったら、さすがに動けんわい。そこで官兵衛、おみゃあの出番ちゅう訳じゃ」

「……恵瓊《えけい》殿にござるか」

　安芸《あき》安国寺《あんこくじ》の住持にして、西国の覇者・毛利輝元の智嚢《ちのう》たる僧である。その名を聞いて秀吉は大きく頷いた。

「大返しの時ゃ、恵瓊の世話になった。奴がおみゃあと企んで毛利を押さえ込まなんだら、ああも早う戻ることはできんかったろう」

　その時の繋がりを以て談合に持ち込めるか。眼差しを向けると、黒田は「ふむ」と思案顔になった。

「お任せいただければ。されど既に柴田から声をかけておるからには、一朝一夕には成らぬ談合かと」

秀吉は裏返った声で「ひひ」と笑った。

「味方させるこたあ、にゃあて。どっちに付くか、二の足を踏ませるくらいが一番よ」

黒田は「ああ」と得心したように頷いた。

「油断を誘い、隙を衝いて封じる……ですな。然らば徳川にも、同じように手配りを致しましょう。されど、もうひとつ手を打つべしと存じますが」

「もうひとつ？　はて……。あ、そうか！　そうじゃった。そっちは、わしが何とかするで、おみゃあは毛利と徳川を頼むわ」

にんまりと笑みを交わし合うと、黒田はゆっくりと立ち、来た時と同じく足を引きながら去って行った。密謀は半刻（約十五分）にも満たぬほどの間だったろうか。

利家を導いていった小姓が、ほどなく戻る。すぐに次の命を下して再び走らせると、やがてひとりの若者が歩を進めて来た。

「三成《みつなり》、お召しに従い参上仕りました」

「来たか。早速じゃが、上杉に文を送れ」

対、上杉――それこそ黒田の言う、手を打つべき「もうひとつ」だった。

目の前の若者、石田《いしだ》三成は四年前から近侍させている。計数に明るく、戦支度や諸々の伝令なども巧みで、何を任せても言われた以上の実を上げてきた。上杉との談合という大役に足る切れ者だが、当人は羽柴家中の歴々を差し置いての下命に少なからず驚いたらしい。

「それがしが、ですか」

「できるじゃろ。上杉に『羽柴に従う』って言わせてみい」

「然らば、明日までお待ちくだされ」

それで書状を仕上げると言う。秀吉は「任せた」と三成の腕を叩いて下がらせ、自身も二之丸の詰所を後にした。

本丸へと歩を進めながら、ひとり静かにほくそ笑んだ。

上杉は必ず味方する。何しろ今、越後は国衆の謀叛を抱えながら、柴田方の佐々成政とも睨み合っているのだ。味方が増えることは何より嬉しいだろう。

「じゃが、まあ動けんわな」

ぽつりと独りごちる。越後の実情から考えて出兵は当てにできない。とは言え佐々成政だけでも釘付けにしてくれれば、その分の兵を出したに等しいのだ。加えて三成も場数を踏める。十分な成果であった。

「もっとも」

歩を止めて北東の空——柴田勝家の越前、そしてその向こうにある上杉景勝の越後に思いを馳せる。にたり、と弧を描く目に猛々しい光が宿った。

勝家と戦を構えるに於いて、上杉が兵を出せなければ、約定への違背を以て咎めることもできる。勝家さえ下せば越後は苦もなく手に入ろう。それが秀吉と黒田孝高の狙いであった。

越前へと続く空に向け、秀吉は静かに語りかけた。

「柴田よう。おみゃあは、ほんに骨の折れる敵じゃが……根っこが阿呆じゃ。織田じゃ織田じゃて拘《こだわ》って何になるんかや」

そもそも織田家は、信長を失ったところで終わりなのだ。あの異端の才は天の気まぐれで生み出されたのに違いない。遺児二人のうち信孝は大器の呼び声高いが、天意を受けた信長には及ぶべくもなかろう。信雄に至っては四海の誰もが認める愚鈍である。三法師は幼年ゆえ器のほどは知れぬ。だが戦乱の世は、この子が長じるまで待ってはくれない。

「……わしが継ぐしかにゃあでよ。織田の神輿《みこし》なんぞ邪魔なだけじゃ」

目を前に戻して厳しく光らせ、秀吉は再び本丸の門へと歩を進めた。

＊

秀吉は和睦の起請文をしたため、利家に持たせて越前へと帰した。同時に、答礼の使者に自身の弟・秀長《ひでなが》を出す。柴田勝家との和議はこれにて成立した。十一月も半ばを過ぎた頃のことであった。答礼を出すのはこうした際の決まりごとだが、秀吉には仕来りに則《のっと》るのとは別の思惑があった。

　それは――。

「いざ、進めえい」

　十二月二日、秀吉の軍兵が播磨国姫路《ひめじ》を発した。本拠は宝寺城だが、所領のうち最も実り豊かな地は播磨である。ここに自前の兵を整え、また従属する大名衆の兵を束ねた軍は、実に三万余を数えた。

　姫路から摂津へと海沿いを進む道中、秀吉は馬廻に付く石田三成に問うた。

「上杉には、わしが兵を動かすって知らせたんじゃろうな」

　左手に二騎向こうの馬上で、三成が「はっ」と声音を引き締めた。

「さすがに、柴田との和議が成ってすぐの出陣には驚いていたようですが」

　秀吉は真上を向いて大口を開け、呵々《かか》と大笑した。

「だから、ええんじゃい。奴との和睦を大声で触れ回ったすぐ後だでよ、誰も、わしが兵を動かすなどと思わんで、油断しとったろう。長宗我部とて、今から兵を整えても遅いことは分かろうて」

　柴田に付いた長宗我部元親《もとちか》の虚を衝き、動く機を与えず、向背定かならぬ毛利にも二の足を踏ませ、隙を衝く。そのために守る気などさらさらない和議をまとめたのだ。加えて毛利への押さえには、山陽道に腹心の蜂須賀《はちすか》正勝《まさかつ》を、山陰に宮部《みやべ》継潤《けいじゅん》を残している。摂津には池田恒興を置き、もし長宗我部が動いた場合でも水際で迎え撃てるようにしていた。和議を周囲に喧伝した半月は、同時に秀吉が大軍を整えるための時間でもあった。

「されど、柴田方には三七様と滝川も与しております。長陣になるのでは？」

幾らか心許ないのではないか、と三成は言う。だが、こちらの胸に確かな策があることを信じているようでもあった。

秀吉は鼻歌のように「ふふん」と笑いを漏らし、楽しくて堪らぬ、と相好を崩した。

「誰だってそう思うじゃろうな」

そして語って聞かせた。秀長を答礼に向かわせたのは、このためだったのだと。

「小一郎《こいちろう》がよ、しっかり見て来たんじゃ。越前はもう五尺も雪が積もっとって、帰って来るのに難儀したってぼやいとった。柴田が動けん間にさっさと実を上げりゃ、周りは日和《ひより》見《み》を決め込むわい」

勝家が兵を出せぬ冬の間に、国割りで譲った近江長浜を奪い返す。傍目には羽柴軍の勢いと映るだろう。敵に回したくないと思わせれば良いのだ。

三成が面持ちに得心を滲ませた頃、今度は右手から声がかかった。

「長浜を早々に落とす手立てがございます」

同じく馬廻に従う大谷吉継《おおたによしつぐ》である。縦に長い四角の顔の向こうには、冬晴れの空の下、遠くに淡路《あわじ》の島影が見えた。

「勝豊は六千、こっちは三万じゃ。長浜はわしが築いた城じゃで、知り尽くしとる。力押しで何とでもなるじゃろ」

景色を眺めるのに吉継の顔が邪魔だな、と身を前に倒しながら返す。吉継は、わざわざこちらの顔の前に自らの顔を動かして「それでも」と応じた。

「城に拠《よ》る六千とまともに戦わば、それなりの兵を損じましょう」

「で、策ちゅう訳か。申してみい」

「実は勝豊殿が病を得ているとか。それも、かなり重いと」

秀吉は目を丸くした。

「おみゃあ、何でそんなこと知っとるんかいや。敵の話じゃぞ」

「実はそれがし、勝豊殿の家老・木下半右衛門《きのしたはんえもん》殿とは昔からの知り合いにございまして」

勝豊は養父の勝家に疎まれているそうだが、それでも病の話など本来なら隠して然るべきところだ。本当のことなら、今の長浜は相当に緩んでいる。

「そこを調略するか。されどのう……」

口をへの字に結ぶ。罠かも知れぬのだ。どうしたものか。

「お任せあっても良いのではございませぬか」

左手の三成から声が渡った。向き直って問う。

「上手くいくって思うんかや」

「それは分かりませぬ。が、調略とて吉継が出向くのではございませぬ。透波を差し向ければ済む話なれば、試してみるだけでも良かろうかと存じます」

秀吉は唸って、馬上で腕組みした。鞍の上で小刻みに膝を揺らすと、勘違いしたか、馬が足を速めた。慌てて「おっとと」と手綱を引き、胸を反らせて吉継を見る。

「分かった。任せるゆえ、存分にやれ。戦わずに降るんなら迎え入れてやる」

吉継は嬉しそうに、しかし一方では、痛し痒しという目つきで頭を下げた。

「愚申をお容《い》れいただき、有難き幸せ。されど木下殿の話では、勝豊殿は長くなかろうということです。家中にも、木下殿と山路《やまじ》将監《しょうげん》殿の他は頼む者がおらぬかと見ておりますれば、降らせた後で長浜を任せられぬのが心残りにござる」

「何を言うちょるんじゃ。勝豊はよう、情に篤い修理でさえ見限った奴じゃぞ。そんな阿呆の使いでなんぞ、端から当てにしとらんがね。城を明け渡すまでが役目と思えばええんじゃい」

げらげらと笑い飛ばすと、吉継は当惑したように、口の右側だけをおかしな具合に半開きにした。胸中が薄々察せられた。

「あ。おみゃあ今、何か思うとったろ」

「え？　いえ、その」

吉継の声が裏返った。やはり、そうか。

「大方、三介みてゃあな阿呆と手を組んどるくせに、ちゅうところか」

勝家が織田信孝と結んだように、秀吉も織田信雄を抱き込んでいた。織田家中の誰もが認める凡夫と手を組んだのが何のためか、秀吉は諭すようにゆっくりと言葉を重ねた。

「三介は勝豊も裸足《はだし》で逃げ出す大馬鹿たれじゃがよ、使いではあるぞ。この戦……いやさ、わしの天下は、あの盆暗に懸かっとる」

途端、吉継が頼りなげな顔をする。秀吉は構うことなく「早うせい」と顎をしゃくり、調略を進めるようにと急かした。

摂津から北東へ向かい、山城の宝寺城で一夜を明かした後、秀吉の軍兵は洛南《らくなん》の伏見《ふしみ》を通って近江へと入った。長浜に到着したのは十二月七日のことであった。

長浜城は琵琶湖東岸にあり、西側の本丸が湖岸まで張り出している。秀吉軍はそちらの一方を除き、残る三方を囲んだ。城からわずか一里半を隔てて人の首ほどの高さに柵を設《しつら》え、竹束と盾を内側に備える。そうした個々の陣を十間置きに構えさせ、蟻《あり》の這い出る隙もないと示した。

六日後の十二月十三日、城を囲む陣に篝火が焚かれた中、勝豊は降伏を申し出た。吉継の調略に従い、家老の木下半右衛門が参じたものである。

「遣いの役目、大儀である」

「はっ。何とぞ、我が主君の命をお助けくだされ」

威儀を正した秀吉の前で、木下が額を地に擦り付けんばかりに平伏する。そこで、いつものくだけた言葉に戻した。

「まあまあ、ええて。顔を上げんかい。これよりお主らは味方じゃ。勝豊殿は病と聞くからの、京に移って養生してもらおうと思うんじゃが」

「有難きお言葉を」

ようやく上げられた顔には、薄《うっす》らと涙が浮かんでいた。秀吉は床机《しょうぎ》を立って木下の前まで進むと、微笑の面持ちでしゃがみ込み、ぽんぽんと肩を叩いた。

*

十二月十六日――。

「旗、掲げい」

秀吉の下知によって、本陣に大旗が翻った。そこに描かれているのは秀吉の沢瀉紋ではない。織田の木瓜紋だった。

陣の前、東に二里の先には長良川《ながらがわ》の流れ、さらにその向こうの金華山には織田信孝の岐阜城があった。平地の中に突き出た山は川に沿って東から南西へと伸び、こちらから見れば偃月《えんげつ》の反りが左手に突き出しているようである。山肌はいかにも急峻《きゅうしゅん》で、冬枯れの森は木々の葉を落としてなお鬱蒼《うっそう》とした佇まいだった。

　金華山の南麓には、南蛮様式を取り入れた四重の御殿が聳え立ち、城への関門を成す。そこに至る道は、見上げるほどの石を立て並べた壁が両側に備えられ、あたかも来る者を拒むかのような威を放っていた。御殿の裏手に見上げる山頂では、天守が美濃の平野を睥《へい》睨《げい》している。天守から尾根伝いに配された幾多の郭まで、ひととおりの建物は漆喰《しっくい》の白壁を備え、堅固な石垣で足許を固められていた。信長が安土に移るまで織田の本拠であった城は、今に至って壮麗なことこの上なく、かつ難攻不落を思わせた。

「さて三七と美濃衆はどう出るかのう」

　秀吉がほくそ笑むと、本陣にあった将――大垣城主・氏家行広が「はっ」と傍らに跪いた。

「既に稲葉一鉄《いってつ》殿には遣いを出しており申す。数日で参上致しましょう」

「そうかや。勝蔵《しょうぞう》も、ぼちぼちじゃろうしの。三七の奴、手も足も出まいて」

　勝蔵こと森長可《もりながよし》は織田家中でも屈指の侍大将で、今年の三月、武田勝頼《かつより》を滅ぼした際の大功を以て信濃に新恩を宛がわれていた。だが拠点を移す前に信長が横死したため、故郷の美濃に戻っている。必然、岐阜城主となった信孝の麾下なのだが、昨今では秀吉に近しいひとりだった。秀吉に与する池田恒興の娘を娶っていたからである。

「まあ、奴らが参じるまで、のんびりしとろうかのう」

大笑して氏家の肩を手荒く叩き、秀吉は評定の陣幕を出た。そして裏手、裕福な百姓の家を借り上げた陣屋へと入った。

二日すると、果たして森長可は東美濃で兵を挙げ、秀吉方の旗幟を鮮明にした。同日、西美濃に一方の強勢を張る曽根《そね》城主・稲葉一鉄も四百の兵を率いて参陣する。ここに至って岐阜城は四面楚歌《しめんそか》の体となった。

十二月二十日の朝、秀吉は陣屋の中、庭に面した板張りの間で朝餉を取っていた。そこに伝令が参じ、縁側の向こう、まばらな植木のある庭に片膝を突いて頭を垂れた。

「申し上げます。城より遣いが参じました」

秀吉は湯漬け飯をざらりと口に含み、嚙みながら問うた。

「何ちゅうて来とる」

「はっ。その……殿の逆心を計りかねると。誅《ちゅう》されたくなければ申し開きに参じるべし、とのお話なのですが」

何とも言い辛そうに告げられた言葉を聞き、思わず笑ってしまった。口の中で嚙み砕かれた米や漬物が、ぶは、と吹き出された。

「何を言うとるんじゃ、三七は」

箸を持った右手で何度も膝を叩き、腹を抱える。しばしそうして笑っていたが、やがて目尻に浮いた涙を拭って伝令に命じた。

「あい分かった。すぐに城に上がると伝えとけ」

「承知仕りました」

伝令が、ほっとしたように去る。秀吉は飯の器を膳に置いて大声を上げた。

「市松、虎之助、孫六」

少しの間も置かず、陣屋の外にあった若武者たちが駆け込んだ。福島市松正則、加藤虎之助清正、加藤孫六嘉明である。三人は先の伝令と同じく庭に進み、横一列に並んで跪いた。秀吉は腰を上げ、縁側まで出て命じた。

「岐阜の城に上がるゆえ、供をせい。三七が何ぞ企んどるやも知れんで、気ぃ張っとけよ。万が一にもわしが討たれるようなことがあったら、構わんから三七を縊《くび》り殺してやれ」

すると正則が勢いよく立ち上がった。

「殿を害さんと企てるとは、許せぬ！　すぐにでも城に火をかけて――」

「阿呆」

ひと言で遮ると、正則は呆気に取られた顔になる。秀吉は「やれやれ」と続けた。

「おみゃあの血気は頼もしいが、ところ構わず、ちゅうのは頂けん。ええか、三七に下手なことをさせんように、これだけの兵で囲んどるんだがや。連れて来た奴らと長浜の六千、美濃衆を合わせて四万五千じゃぞ。わしと修理が和議を結んだすぐ後ゆえ、三七は戦支度なんぞしとらん。城におるのは千にも満たんわい」

端から戦にならぬほどの大差である。もし秀吉が討たれたら、在陣の将兵はいきり立ち、たちどころに岐阜城を踏み潰すだろう。信長のような天与の資質には恵まれずとも、織田信孝はこれが分からぬ愚昧ではない。

「されど危ない橋には違いなく」

「お止めなされた方がよろしいかと」

清正と嘉明が口々に諫《いさ》めた。しかし秀吉は大きく首を横に振った。

「危にゃあ橋を避けて手に入るものなぞ、この世には何もにゃあ。火中の栗をどうやって拾うか考えた者の勝ちなんじゃ。行くぞ」

言うと、三人を置いてすたすたと陣屋を出る。若武者たちが慌てて追って来る中、秀吉は手近な陣所に向けて大声で命じた。

「鉄砲三百、すぐに支度させい。火縄を絶やさず、わしの後に付いて来るべし」

そして馬を曳《ひ》かせ、跨る。正則が前、清正が右、嘉明が左に付き、すぐにも一斉射ができる鉄砲兵に周囲を守らせて進み、川の浅瀬を選んで渡った。

金華山の麓には数十の城兵が待ち構えていた。御殿に通じる石壁の道を守っていた面々だが、あまりに物々しい秀吉の備えを見ると、慄いたように頭を垂れる。その中の組頭らしき木っ端武者《こばむしゃ》が震え声を出した。

「これは、如何なることにて」

その問いには正則が答えた。

「三七様の仰せに従うて、申し開きに向かうだけだ。他にどう見える。攻めに来たとでも申すのか！　ああ？　戯けたことを抜かしておると、うぬが首根を引き抜き、く、くら、喰《く》らってやるりゃあ」

些細《ささい》なことで激昂《げっこう》する男である。秀吉が危地に赴くことに変わりはなく、それを思ってか城兵の問いに憤然とし、言葉までおかしくなっていた。

秀吉は敢えてそれを止めず、やんわりと言い添えた。

「何ちゅうかのう。この期に及んで城に入るとあっては、危にゃあって思うのが道理だわな。こやつらは供の者じゃが、わしに何かあったら暴れるやも知れん」

先の組頭に軽く手招きをして続ける。

「三七様は本丸に入っておられるんじゃろ？　おみゃあ、ちょっくら走って申し上げてくれ。互いにおかしなことをせぬ、ちゅう証を立てにゃあ話なんぞできんわな。お手数ではござるが、そこの御殿にご足労いただいて話し合うては如何か……とな」

組頭の男は渋い顔であった。さもあろう、多分に手前勝手な言い分なのだ。だが、それを言うなら、そもそも死を覚悟の上で弁明に上がれというのも無理難題である。

「なあ、どうじゃ」

のんびり発し、周囲の鉄砲方を見回す。組頭はごくりと固唾を呑み、門衛のひとりに「おい」と目配せした。

それから半時も待たされたろうか。やがて信孝はやって来た。ただし二百ほどと見える鉄砲衆を連れて、である。これが全てであるはずはない。山中の至るところに矢玉があると見て間違いなかった。

だが秀吉は敢えて手勢に命じた。

「火縄、消せい」

大将の下知を訝しく思ったか、兵たちはどよめいている。しかし重ねて「早《はよ》うせい」と言われると、渋々といった風に、鉄砲から火縄を外して踏み消した。

「お召しに従うて参上仕りました。三七様も」

火種を取り払うように言うと、信孝もこちらと同じことを手勢に命じた。秀吉は、にこりと笑って見せた。

「それじゃあ、御殿の中でお話を」

「……あい分かった」

互いに供回りをひとりだけ連れて御殿に入ることとなった。信孝は小姓を、秀吉は正則だけを伴った。

四層の御殿は一階に大部屋がある。かつて信長に目通りする者が集められた、待合の一室であった。狩野《かのう》派の襖絵が施された部屋の中、信孝は部屋の奥、上座に進んで腰を下ろした。秀吉は二間を隔てて正面に座る。それぞれの供は主君の右後ろに侍した。

「さてさて。此度の戦、この筑前も弱りきっており申した」

秀吉が口を開くと、信孝は「何を」とばかりに口を極めて罵った。

「何が、どう弱っておると申す。亡き父上……信長公の恩徳を忘れ、当主となった三法師と後見に弓引くとは言語道断ぞ。あまつさえ、修理と和議を結ぶと申したろうに、舌の根も乾かぬうちに兵を挙げるなど！　間を取り持ってやった我が顔に泥を塗る行ないではないか。斯様な狼藉に及ぶからには、うぬは織田を潰して呑み込もうと企んでおるのだろう。明智と同じ、犬畜生にも劣る奴輩《やつばら》ぞ」

秀吉は右手を前に出し、手招きのようにばたばたと動かした。

「いやいやいや、お待ちくだされい。確かにこの筑前は岐阜に兵を率いて参りましたが、おかしな企みなんぞ、これっぽっちもございませぬゆえ」

「ぬけぬけと！」

「いや、ですから、お待ちくだされませ。修理殿との和議は、それがしも、ほんに有難う存じております。されど……我が陣屋を思い出してくだされませ」

「うぬの陣屋が何じゃと申す」

秀吉はさも嫌そうに「はあ」と長い溜息をついた。

「旗にござる。織田の紋、三介様の御旗にござりますれば」

「何？」

憎々しげに剝かれていた目が当惑を映した。秀吉は渋面を向ける。

「上様ご葬儀の前に、それがしが騒ぎましたろう」

「わしと修理が清洲の談合に反しておるという、あれか」

「あれも、実のところは三介様に命じられたことにござった。三法師様の御ために、早々に安土の普請をと仰せられまして」

「戯け。そう易々と普請が整うなら、誰も苦労はせぬわ」

「それがしも左様に申し上げたんですがのう、何しろ三介様にござりますれば」

すると信孝の眼差しが疑念に変わった。

「道理を弁えぬ阿呆には通じぬと申すか」

「はい。それに、こちらが騒ぎ立てても、三七様も修理殿も、何を言い返すでもないものですから。ならば、約定に違背した咎を以て成敗せよと迫られたのでございます。この筑前、如何に大身の扶持を頂戴しておるとは申せ、主筋の仰せには逆らえぬ身にござれば」

信孝は「ふふん」と鼻で笑った。

「ならば当主後見として三法師に成り代わり、筑前に命ずる。其方が成敗すべきは岐阜に非ず、三介じゃ。今すぐ兵をまとめ、尾張と南伊勢を平らげい」

「承知……と申し上げたきところなれど、そうもいかぬのです。何しろ、それがしは形ばかりの大将にござりまして。率いた者の全てが三介様のご下命を拝した者共なれば、それがしひとり寝返ったとて岐阜攻めは終わりませぬ」

　そして、じろりと睨んだ。さあどうする、俺を斬り捨ててみるかと。

　右手の後ろからは身の毛もよだつ気配が漂っていた。供に連れた正則の顔つきは、見なくとも分かる。もしこの身を成敗すると言うなら、外の軍兵を待つまでもなく、おまえはここで命を落とすのだ――気迫を込めて静かに言葉を継いだ。

「されど、三介様が欲しいのは当主後見のお立場にござれば、どうか三法師様を委ねては頂けませぬか」

　信孝は言葉に詰まったものの、寸時の後、毅然《きぜん》として言い放った。

「埒《らち》もない。三法師をあの戯け者に渡せば織田が滅びる。左様なことができるものか」

「そこで、ちとお考えいただきたいのです。もしも三七様のご堪忍を頂戴できますなら、この筑前が誓って三介様を押し止め申す所存にて」

　信孝はやり場のない怒りに震え、唸ったきり何も言わない。秀吉は語気を強めた。

「まずは、三介様お声がかりの兵を退かせることが肝要。何とぞお聞き入れを」

しばし無言の時が流れた。こちらの言い分が嘘である——信雄の名を体よく使っているに過ぎないことは、信孝なら察しているだろう。

だが、と力強い眼差しを向け、心中にほくそ笑む。しばしの無言を経て、震える囁きが寄越された。

「……分かった。三法師を渡そう」

「祝着にござります」

泣き出しそうな声で平伏し、しかし伏せた面には嘲笑を浮かべた。

信孝は頭が回る。だからこそ必ず、この言い分を呑むと思っていた。ここで大軍に蹂《じゅう》躙《りん》されて露と消えるより、柴田勝家、滝川一益という大きな味方があることを思い、後日を期する道を選ぶはずだと。

「然らば」

秀吉は顔を上げた。先までの嘲った面持ちなど綺麗に流し去っていた。

「形だけでも三介様に降ったことにしてくだされ。三法師様の身柄と、申し訳次第もござりませぬが、人質を頂戴しとう存じます。いやいや、我が命に替えましても、必ずや人質の皆様はお守り申し上げますゆえ」

「それで……良いのだな」

「ははっ」

再び平伏し、目通りの間を後にした。

「筑前」

部屋を出ようとする背に声が渡った。すぐに向き直り、先と同じく胡坐をかいて、居住まいを正す。

「何ぞ、ご存念が？」

「いや。何でもない。よしなに頼む」

言葉とは裏腹に、信孝の顔は無念の一色に彩られている。総身から仁王が如き憤怒《ふんぬ》を立ち上らせ、いずれ必ず首を刎《は》ねてやるという決意を剝き出しにしていた。秀吉は気付かぬ風を装って御殿を後にした。

「待たせたのう」

正則を伴って外に出ると、清正と嘉明に朗らかな顔を向けた。二人は心底、安堵したようであった。三人の供と三百の鉄砲方を連れて帰陣する道中、秀吉は岐阜城を振り返って呟いた。

「戦ちゅうのは、戦わんに限る」

そして前を向き、俯いて人知れず頰を歪めた。

この後、秀吉は三法師の身柄を預かって京へと送り、織田信雄の名で信孝の生母と娘を人質に取った。

織田信孝が降ったという一報は、狙いどおりに長宗我部元親の出陣を阻み、また毛利輝元にも様子見を決めさせるだけの力があった。

五　柳ヶ瀬

「然らばお取次ぎの上、案内仕ります」

「案内などいらぬ。退《ど》け」

北ノ庄城、二之丸で応対した門衛を一喝し、盛政は本丸を指して走った。加賀二郡と尾山城を与えられるまで、叔父に従ってこの城にあったのだ。隅から隅まで知り尽くしている。

堀に渡された土橋を駆け抜け、左手に折れて門を抜ける。入ってすぐ右前に豪壮極まる石瓦葺の館が建っていた。玄関の衛兵が「何ごとか」という目を寄越したものの、盛政の顔は誰もが見知っているため、特段に道を遮られるでもなかった。

玄関から廊下と休まずに走り続ける。勝家の居室に至る頃には、年の瀬の寒さにも拘らず汗が浮いていた。

「叔父上」

息せき切らして呼ばわると、先客があった。能登の前田利家である。驚いてこちらを向いた二人を交互に見て、盛政は「あ」と発したきり口を噤んだ。

「無作法なことだ。どうした」

勝家が渋い面持ちで窘《たしな》める。盛政は廊下に片膝を突いて捲し立てた。

「筑前めが狼藉に及んだこと、お聞き及びではございませぬのか」

「とうに知っておるわ。おまえの領より、ここの方が近江に近い。それに」

ほれ、とばかりに顎で利家を指す。たった今まで呆気に取られていた利家が恐縮しきったように身を小さくした。

「又左殿！　筑前との和議とは、いったい何だったのです。これでは——」

「やかましい」

憤然と咎める盛政を、勝家が呆れ声で制した。そして大きく溜息をつく。

「又左はそのことで詫《わ》びに来たのだ。この上、咎めることはすまい」

「されど筑前め、答礼を寄越す裏で兵を整えておったのですぞ。何もかも、甘い顔を見せたからではござらぬか」

やはり利家の見通しが甘かったのだ。しかし勝家は大きく首を横に振った。

「遣いに立つことを認めたのは他の誰でもない、このわしだ。それに長浜は一戦も交えずに降ってしもうた。不出来とは申せ、勝豊は我が子ぞ。彼の地を任せた不明を棚に上げ、又左ばかりを責められるものか」

利家は血を吐くような声で「勿体《もったい》なきお言葉を」と平伏した。確かに利家ばかりを責めて良いことではない。起請文を交わしてひと月もせずに兵を出すという、秀吉の信義に悖《もと》る行ないが全てなのだ。盛政は怒りのやり場をなくし、廊下に突いた自らの右膝を殴り付けて、どさりと尻を落とした。俯いて問う。

「どうなさるのです。五人や十人なら馬を使って雪山も越えられましょうが、万余の兵を送り込むことはできませぬぞ」

どうあっても春まで待たねばならぬが、だからと言って手を拱いていることはできない。秀吉は既に長浜を押さえ、美濃も大半を従えている。岐阜の織田信孝とのやり取りも、今までのようにはゆくまい。

勝家は盛政に答える前に、まず利家を向いた。

「詫びは聞いたゆえ、もう戻って良いぞ。おまえの能登は越前よりずっと雪深い。兵を整えるにも難儀しようからな」

「はっ。急ぎ支度を進めます」

何とも苦しそうな声で返し、利家は座を立った。盛政に会釈して脇を通り過ぎんとする。

勝家はそこで再び口を開いた。

「又左、もうひとつだ」

「はい」

振り向いた当惑顔に、柔らかい笑みが向けられた。

「わしは猿が嫌いじゃ。されど、おまえは奴の不義理を恨んではならぬ。そも、敵味方に分かれて戦うとは、こういうことゆえな」

「されど」

「無論、戦場では当てにしておる。だが、たとえ猿の首を刎ねるとて、最後まで友としての情を持ち続けよ。それを捨てれば修羅に落ちるぞ。騙されたと思うて言うことを聞け」

「……はっ。有難う存じます」

利家は深々と一礼して去って行った。

足音が聞こえなくなると、勝家は大きく溜息をついた。

「さて、話の続きじゃ。兵を動かせぬ間とて、手立てがない訳ではない。おまえ、畿内の地侍には伝手《つて》があろう」

かつて佐久間の宗家だった従父・信盛は、信長によって六ヵ国から寄騎を付けられていた。そのうちの四ヵ国、近江、大和《やまと》、河内、和泉《いずみ》が畿内に当たる。族長の伝手によって、盛政もこれらの国の者と気脈を通じてはいた。

しかし。

「畿内は既に筑前が押さえておりますれば」

世の動きを思うほどに面持ちは曇った。戦乱の世に於いて、小領主たる国衆や、半分百姓である地侍は長いものに巻かれるしかない。如何に伝手があろうと、今となっては秀吉の下から引き剝がすのも難しいだろう。仮にできたとしても、それらの者の力では秀吉の背を脅かすなど覚束ない。

もっとも、勝家の狙いはそこではなかった。

「文のひとつを届けるくらいはできるだろう」

「どこへです」

「伊賀。大和の隣国だ」

盛政は強く眉根を寄せた。昨天正九年九月、信長が伊賀を討伐し、女子供まで含めて実に三万人を血祭りに上げている。畿内の衆以上に語らうのが難しい。

「伊賀とは、これまた。織田は恨まれておりましょう」

「だから良いのだ」

返答に首を傾げる。勝家は小さく頷いて続けた。

「三介様は三七様に恨みを抱いておるだろう。まあ……逆恨みだがな。猿が岐阜を攻め果《おお》せたのは、それを味方に付けたからだ。同じようなことは我らにもできる」

そして、詳しく話し始めた。

そもそも昨年九月の伊賀攻めには下地があった。さらに遡ること二年、天正七年にも兵を差し向けて大敗していたのだ。もっとも信長の指示ではない。信長に具申もせず、誰に諮《はか》ることもなく、織田信雄が独断で出陣した上での敗北である。信長は信雄の父としてではなく、天下人として恥を雪《そそ》がねばならなかった。三万もの数を誅滅《ちゅうめつ》したのはそのためであり、また厄介な忍びの技を持つ伊賀衆から逆意を刈り取るために必要なことでもあった。

「上様のお下知で出陣した折も、大将は三介様であった」

勝家の言に頷きつつ、盛政にはなお釈然としないものが残った。

「ゆえに、三介様の名を借る筑前を恨むはずだと？」

「伊賀衆からしてみれば、三介様だろうと三七様だろうと同じだ。されど」

勝家は、ぽんと膝を叩いた。

「丹羽長秀、滝川一益、堀秀政《ほりひでまさ》、筒井順慶、浅《あさ》野《の》長吉《ながよし》、蒲生氏郷、脇坂安治《わきざかやすはる》。分からぬか」

盛政は瞑目して額に手を当て、少しの後に「あっ」と目を見開いた。挙げられた名は全て、二度めの伊賀攻めに加わっていた者たちなのだ。

「滝川様を除き、余の者は全て筑前に与している」

「そうだ。これだけ集まれば、嫌でも猿に目が向こう。伊賀衆は銭で動く者共だが、斯様な次第なら猿に取り込まれることもあるまい。味方に引き込んで流言を任せたいのだ」

「流言なら、我らの抱えておる透波にもできますが」

「畿内一円に、ひと月のうちに流したい。されど我らが抱える者は戸隠《とがくし》流の流れ者と、美濃流ばかり。しかも数が足りぬ」

それでは畿内を乱すのに時がかかりすぎる。盛政は得心して問うた。

「如何なる話を？」

「わしと三七様、一益、それに徳川家康が揃って兵を挙げる……とな」

勝家は四ヵ国から三万の兵を動かせる。滝川一益は北伊勢の六千、秀吉に美濃を蝕《むしば》まれた織田信孝とて岐阜の所領があれば三千は集められるだろう。そこに、三河《みかわ》、遠江《とおとうみ》、駿河《するが》、甲斐《かい》の三万余を持つ家康が加われば、秀吉は一気に窮地に陥る。

「ただ、徳川は未だ味方に付いておりませぬが」

盛政の懸念に、勝家は「構わん」と応じた。

「猿が見破るのは承知の上だ。が、紀伊《きい》の雑賀《さいか》と根来《ねごろ》はどうだ」

「引き込むと？」

「あの者共は四国と昵懇だからな」

盛政は「ふむ」と腕を組んだ。

雑賀衆や根来衆の多くは地侍で、これまで頑なに国主の統治を拒み、誰にでも与する雇われの兵として生き残ってきた。伊賀衆と似ているが、雑賀・根来の多くは鉄砲に精通しているという違いがある。この恐ろしい者たちが秀吉に靡かぬよう仕向け、関わりの深い長宗我部に付いた方が得だと思わせれば、一方の力とできる。

「紀伊は、徳川とは気脈を通じておらぬ。流言の裏を取れるはずもなし、まず長宗我部との縁に傾くであろう。四国と紀州が揃って穏やかならざれば、猿とてそちらに数を割かねばなるまい」

秀吉の兵を各地に散らし、数を小出しにする拙い戦を強いるのだと勝家は言う。なるほど、これが奏功すれば、旗幟を明らかにせぬ毛利輝元もどう転ぶか分からない。

しかし盛政は相変わらずの渋面であった。

「上手くいきますかな。無念ながら、策で筑前に勝つのは難しいかと」

「それでもだ」

勝家の眼差しには並々ならぬ気迫が籠もっていた。盛政はひとつ溜息をつき、右手に拳を結んで自らのこめかみをごつんと叩いた。

「そうでしたな。槍働きの段になれば我らにこそ利あり。その形を作るため、諦めることなく八方手を尽くさねば」

「頼むぞ。しばし、ここに留まるが良い」

盛政は少しでも畿内に近い北ノ庄に留まり、伊賀に渡りを付けるべく試みることとなった。一方の勝家は、岐阜の信孝と北伊勢の滝川一益に向けて透波を発した。

＊

　叔父の許で年を越し、天正十一年（一五八三年）を迎えた。そして一月十一日、ついに待ち望んだ者が訪れる。盛政は二之丸御殿でこれと向き合った。

「伊賀惣名代・滝野《たきの》吉政《よしまさ》が使者、町井《まちい》清兵衛《せいべえ》にござる」

　十畳の畳敷きに通されたのは、身の丈五尺に満たぬかと見える小男である。顔の下半分がやけに細く、一重瞼の目には凡《およ》そ情念というものが宿っていない。果たして話が通じるのかと不安に思いつつ、盛政は床の間を背にして頭を下げた。

「柴田修理亮が名代、佐久間玄蕃にござる」

　町井は冷めきった眼差しをじろりと動かした。

「早速にござるが、我らを雇いたいとか」

「書状に記したとおりだ」

　話は聞かされているのだろう、町井は小さく頷いた。

「我らは雇われの忍びなれど……此度ばかりは銭云々ではなかろうというのが、伊賀名代十二人衆の思いにござります」

「織田に手は貸せぬと？」

「そうだと申さば、そうでしょうな。違うと申さば違いまする」

顔色ひとつ変えない。何ともやりにくい男だ。いずれにせよ、今の己が為すべきことはひとつである。

「どうか頼む。雑賀と根来を動かしたいのだ。無論、其許ら伊賀衆も筑前との戦に力を貸してくれれば言うことはないが」

「我らが望みは伊賀の安泰にござる」

「それは約束しよう」

即座に答えると、町井はゆっくりと頭を振った。その間も眼差しだけはこちらの顔に向け続けられている。

「恐れながら、玄蕃様は伊賀の安泰というものをお分かりでしょうや」

「我らが筑前に勝ち、織田の旧領を纏《まと》め上げたなら、決して伊賀には手を出すまい」

「そうではござりませぬ」

町井が笑みを浮かべた。しかし目は笑っていない。逆に、凍り付きそうなものを湛えていた。

「ご存じのとおり、伊賀衆は銭で雇われ、ひとつの任の間だけ忍びの技を使いまする。柴田様のお役目を果たした後、羽柴様から何かの求めがあらば、それを聞くことをお認めいただきたい」

伊賀衆としての生き方を妨げない、それこそが望みだと言う。恨みつらみで動かそうという勝家の目算は完全に外れてしまった。信じ難いほどの難物だ。織田信雄が独断で兵を差し向け、後に信長が山ほどの躯《むくろ》を積み上げた訳が分かる。

「呑めぬ、と申さば？」

「柴田様には手を貸さぬのみ。他には何も致しませぬが」

そこで口を噤む。相変わらず目つきからは胸の内を見通せない。もっとも話の流れからして、何を言わんとしているかは明らかであった。怒鳴り散らしたいのを堪え、盛政は声音を静かに押し潰した。

「其許らの申し様、筑前なら呑むと思うのか」

「はい」

「甘いわい」

鼻で笑って返す。はっきり「作った」と分かる意外そうな声が寄越された。

「左様にござろうか。我ら伊賀衆が羽柴様から任を得て、それを成したとする。その後で他の誰かが、羽柴様を叩くべく、新たに我らを雇おうとするやも知れませぬな。とは申せ、羽柴様はそのくらいで動じるお方ではない」

信長横死の後の大返しで明らかなとおり、秀吉は耳が早く打つ手も早い。新たに伊賀衆を雇おうとする者があれば、伊賀衆には手を出さず、先回りして雇い主の方を潰すだろう。

町井はそう言う。

　盛政は怒気を堪え、顔を背けて吐き捨てた。

「柴田は、容易く潰されはせぬぞ」

「そうではござらぬ」

　目だけを戻せば、町井は、にたりと怖気の走る笑みで続けた。

「織田家中の多くは羽柴様に靡いたものの、未だどちらに付くか決め兼ねている御仁もある」

　それを潰すと言うのか。盛政は顔ごと前に戻して睨み付けた。

「埒もない。筑前とて、今はひとりでも多くの味方が欲しいのだ。敵になるやも知れぬからと潰してばかりいては、せっかく抱き込んだ者も愛想を尽かす」

「承知の上で潰しに掛かるでしょう。いったん味方に付いた者には、二重三重に罠を仕掛け、逃げ道を塞げば良いと考えるお方です。柴田様とはそこが違い申す」

　正鵠《せいこく》を射ている。策に明るいか暗いかの違いではないのだ。叔父・勝家は情が豊かで、それを裏切ることができない。対して秀吉は信長の恩さえ平気で裏切り、三法師や信雄を謀略の具とするに躊躇いがない。人の常なるものを超えているのだ。

　だが、と盛政は町井を見据えた。それでも、やはりこの者の考えは甘い。

今まで散々に翻弄されてきたからこそ分かる。秀吉は化け物だ。町井の言う安泰とやらを約束し、自らに味方させた次の日には、間違いなく伊賀を攻めるだろう。叔父が――否、己が、断たれてしまった天下への道を再び歩めるかどうかは、そういう男を仕留められるかどうかに懸かっている。何としても伊賀の助けが必要なのだ。

秀吉が物《もの》の怪《け》だと町井に分からせ、こちらに味方すると言わせるには、どうしたら良い。

盛政は固く目を瞑って沈思した。

「ん。うん？」

まさか。いや。

少しの後、恐るべき考えが脳裏をよぎった。

秀吉と同じことをすれば良い。伊賀衆の無理難題を聞き入れ、働かせた上で潰す。それだけで済む話ではないのか。

「如何にござろう。我らが望み、お聞き入れくだされますか」

駄目を押すかのように町井が問う。盛政はゆっくりと瞼を開け、すう、と大きく吸い込んで止めた。

言え。たったひと言、伊賀衆の望みを呑むと言ってしまえ。そして秀吉に勝てば、見上げる高みに手が届くのだ。

そして何より、己は応えたい。信長の恩に。かつての族長・信盛を勘当しながら、この身に咎を与えずにいてくれた。働きに応じて加賀二郡を任せてくれた。我が諦めの悪さを買うのだと、そう言ってくれた――。

　止めていた息が、苦笑となって漏れた。

「……できぬな」

「ほう」

「其許らの望みは聞けぬ！　歯に衣《きぬ》着せず言わせてもらおう。伊賀の安泰とやら、雇う側にとっては極めて煩わしい。なるほど筑前なら聞き入れるやも知れぬが、その上で裏切り、伊賀をこそ根絶やしにするであろう。彼奴《きゃつ》は左様な男だ」

「では、我らの助けは無用と？」

「伊賀衆の勝手を容れねば手を貸さぬ……か。それで構わぬわ！　あの猿と同じことをして、力だけ借りた上で潰してしまえとも思うたがな。されど死んでもすまいぞ」

　秀吉と同じ手管を使えば、見通しも明るくなったろう。だがそれは、人であることを捨てるに等しい。

　我が胸に行き来したのは、何であったか。信長に応えたいという、人ならではの心根なのだ。秀吉を討つ。人ならざる者を挫く。だからこそ己は、人であり続けねばならない。

「良いか町井。裏切りとは、相手に泣きを見させるに留まらぬ。自らを蝕み、狂わせ、周りを巻き込む愚かな行ないだ。外道に落ちて身を立てれば、いずれ世の全てを巻き込んで腐らせるは必定ぞ。柴田は、俺は、左様なものは望まぬのだ」

一気に捲し立て、荒く息をした。清々とした気持ちの一方、やってしまった、という後悔が頭をもたげる。

その様を見て、町井はにやにやと笑みを浮かべた。

「なるほど。然らば、柴田様にお味方いたしましょう」

「え？」

あんぐりと口が開く。向こうの声音が多分に柔らかいものを含んだ。

「玄蕃様、ひいては柴田様は、羽柴様と全く逆しまなお人にござりますゆえ」

もしや、と怒りが湧き上がってきた。

「試しおったのか」

「いささか違います。幾度も申し上げておるとおり、我らは銭で雇われ、雇い主とはそれ以上に関わりを持たぬことを掟《おきて》としており申す。つまり、戦乱が長く続く方が有難いのです」

「無礼な。我らの力が足りぬと申すか」

町井は、くすくすと笑った。

「望みを聞くと言い、明日には刃《やいば》を向ける……羽柴様は確かに左様な外道にござる。人の持つ面倒なものに囚《とら》われず、あれこれ回り道をしない。天下を纏め上げるのは誰よりも早いでしょう。柴田様や玄蕃様は、さにあらず。遠回りをされるがゆえ、世の乱れも長く続く。それだけの話にござります」

憎たらしい物言いに、盛政は目を剝いた。

「ぬけぬけと。俺は、柴田の後で筑前に与することは認めぬと申したのだぞ」

「ああ、羽柴様には与しませぬ。天下を早くに纏め、我らが潤う道を閉ざすことになりますゆえ」

この男に頼まねばならぬのかと歯軋りしつつ、懐から書状を取り出す。勝家の手による証文であった。

「銀二万貫だ！　透波百人、二十日で流言致せ。分かったな」

怒鳴り散らし、町井の膝下に証文を叩き付けると、どすどすと床を踏み鳴らして立ち去った。

＊

盛政はいったん所領の尾山城に戻った。伊賀衆の流言については、逐一、勝家から使いが寄越されている。

「こちらの思惑どおりとなっております」

「ふむ。祝着じゃ」

本丸の御殿に使者の坂源次郎《さかげんじろう》を迎え、盛政は大きく頷いた。

来る閏《うるう》一月、柴田勝家、織田信孝、滝川一益、そして徳川家康が一斉に兵を挙げる。これに応じて四国の長宗我部元親が秀吉の背後を衝く。この噂は既に畿内一円に広まっているという。北ノ庄で伊賀の町井と会ってから、わずか六日であった。

「さすがは伊賀者、畿内の衆を惑わすに於いては、我らの及ぶところではござりませぬな」

坂はそう言って満面の笑みだったが、盛政はにこりともしなかった。ただ、うん、うん、と頷くのみである。すると怪訝な目が向けられた。

「何ぞ気懸かりでもおありか」

「気懸かりというのではないが。滝川様とは、どうなっておる」

「そちらも手抜かりはござらぬ。我が殿のお求めに応じ、頃合を計って兵を挙げる手筈《てはず》になっておりますれば」

「そうか。ともあれ、ご苦労にござった。叔父上には、こちらも兵の支度を急ぐと伝えられよ」

話を切り上げて坂を帰す。ひとりになると大きく溜息が漏れた。

「流言……早すぎるな」

勝家が「二十日で」と頼んだのは、滝川一益が動く頃合を見計らってのことだったはずだ。流した噂のとおり、閏一月の挙兵を考えていたのではなかろうか。

「悔やむな。終わったことだ」

自らに言い聞かせ、両手で胡坐の膝を強く叩いて広間を去った。

翌閏一月の初め、尾山城に一報が舞い込んだ。滝川一益が一月末に兵を挙げ、伊勢にある秀吉方の各城を瞬く間に調略しているという。報せだけなら心強い。しかし盛政には、やはり早すぎると思われた。何しろ柴田方の本隊、この北国は未だ雪に閉ざされ、すぐに兵を動かすことができない。

それでも、天下を懸けた戦は始まってしまったのだ。盛政は所領に戦触れを出し、尾山城下に武士たちを集めた。先んじて雇い入れた足軽衆も、城下町の外に掘っ立て小屋を構えて集結している。鄙《ひな》の地は正月を超える賑《にぎ》わいを見せ、町には道々の雪を退けて即席の露店を出す者も多くなっていた。

二月の半ば、盛政は北ノ庄に召し出された。

「玄蕃、参上仕りました」

本丸館の広間には勝家の他、もうひとりの姿があった。越中富山を守る佐々成政の家中、小浦一守《こうらかずもり》である。

「待っておったぞ。まずは座れ」

叔父の言に従って広間を進むと、手招きをしていた掌《て》が主座の右前を指す。盛政は示された場所に進み、小浦と斜めに向かい合って腰を下ろした。

「聞かせてやれ」

主座から促され、小浦は「はっ」と頭を下げた後、こちらに向いた。

「先ごろ、羽柴筑前が上杉と盟約を結んだ由にござります」

盛政は「おや」と首を傾げた。

「その報、どこからだ」

「魚津辺りの百姓衆が口々に申しておるのです。これでわしらも安泰じゃと、皆が大喜びしておりましてな」

仔細を聞いて頷き、叔父に顔を向けた。

「流言でしょうな」

「恐らくはな。されど嘘ではなかろう」

上杉は本国の越後に国衆の叛乱を抱えており、おいそれと兵を動かせる状態ではない。それでも秀吉と結んだとなれば、一層の用心が欠かせなくなる。

勝家は小浦を向いた。

「富山に戻って主君に申し伝えよ。筑前との戦には参陣を命じぬゆえ、越中を固く守って我らの背を安んじるべしと」

「はっ。確かに」

「然らば下がって良い」

成政の使者を下がらせると、勝家は「やれやれ」と眉をひそめた。

「元々、おまえを呼んだのは出陣の頃合を話し合うためであったが……今日になってあのような報せがあってな。猿の奴がわざわざ上杉との盟約を流した訳は、ひとつしか思い付かぬ」

盛政の眉も、勝家と同じく、厳しく寄った。

「我らの数が減れば、それだけ長浜の備えを薄くできる。少しでも多くの兵を動かすため……だとすれば筑前め、もう伊勢に兵を向けておりましょう。やはり流言が早すぎたのですな」

「ああ。二万三万を相手にしたとて、一益ならしばらくは持ち堪えようがな」

信長が本能寺に横死した後、滝川一益は関東で大敗して逃げ帰って来た。とは言え、それは兵たちの動揺が全てであり、決して滝川の力が足りぬからではない。兵を率いては勝家に勝るとも劣らぬ猛将で、策に於いても抜きん出ている。かつて信長の下で調略を駆使し、たったひとりで北伊勢の多くを切り崩した傑物なのだ。

だが、と勝家は顎鬚を掻き毟った。

「一益があと半月も遅く兵を挙げられたなら、こちらも雪融けを待てたものを」

流言がたちどころに広まったことで、その見通しも変わってしまった。

勝家が端から承知していたように、秀吉は、あの流言がこちらの策だと勘付いただろう。謀略に長けた男であるからには、雑賀衆や根来衆を惑わして味方に引き込むという目的まで見抜いたはずだ。それら地侍の動きを潰すくらい、大軍を擁する秀吉にとっては訳もない話である。だから滝川は、もたもたしてはいられなかった。囲みの一角を崩されてしまわぬよう、自らに羽柴の兵を引き付ける必要があったのだ。

盛政は首を傾げるように俯いて問うた。

「滝川様は、いつまで抗い得ましょうや」

「まずは四月の末といったところか。とは申せ、任せきりにはできぬ」

勝家は左手の後ろにある文箱《ふばこ》から地図を取り出して拡げた。

「わしが猿の立場なら、取り囲む者をひとりずつ蹴散らすだろう。一益に調略された城を奪い返した後は、伊勢には押さえの兵だけ残せば良い。その上で……ここだ」

地図の中、岐阜城に指が置かれた。

「去年、なぜ猿が岐阜を力攻めにせなんだか。大義名分を手にするためよ」

昨年十二月まで信孝は当主後見であった。いきなりそれと干戈《かんか》を交えれば、たとえ織田信雄の名を借りたとて、三法師に弓引いたと同じになってしまう。だからこそ後見の役目を怠ったと認めさせ、まずは信孝から三法師を引き剝がす必要があったのだ。

「猿め。次は三法師様の御名を盾に、堂々と三七様に刃を向け、押さえ込まんとするであろう。美濃衆が猿に付いた今、岐阜だけで集められるのは三千ほど……。三七様の御身を奪われたら、わしらこそ旗頭を失う。左様なことにならぬよう、早々に動かねばならん」

忌々しそうな言葉に頷きつつ、盛政の胸中には、もやもやとしたものが残った。秀吉は回り道をしないという、伊賀衆・町井の言葉が脳裏をよぎる。

叔父は人が好い。秀吉を忌み嫌いながら、どこかで信じてもいる。しかしあの男にとって信孝や信雄、三法師の名など、今や塵ほどの値打ちも持ち得ないだろう。自らの下に組み敷くだけで済ませるだろうか――。

パンパンと叩かれた手の音で、思考が断ち切られた。

「誰かある」

勝家の声に応じ、小姓頭の毛受勝介が広間の入り口に跪いた。

「勝介、これに」

「急ぎ越前の各所、並びに能登の又左に伝えい。十日の後、二月二十七日を期して出陣致す。二日前までに北ノ庄に参るようにと」

毛受が「御意」と走り去ると、勝家はこちらに荒くれの眼差しを向けた。残雪を掻き分けて近江に入るべし。その決意に、盛政は黙って頷いた。

そうとも。秀吉のやり様に心を煩わせて何になる。あの男を消しさえすれば織田は安泰、自らの道も大きく開けるのだ。策や駆け引きで勝てぬなら、槍を以て叩き潰してくれん。

ぶるりと身を揺すったのは、雪国の寒さゆえではなかった。

*

若草縅《おどし》の桶側胴《おけがわどう》具足を身に纏い、盛政は「よし」と具足の胴を叩いた。いよいよ出陣である。三献に臨むべく、家族や家臣の集まる広間へと進んだ。

「殿、御成にございます」

上座の入り口で小姓頭・豊島猪兵衛《としまいへえ》が声を上げる。南向きに置かれた床机の左右、向かい合った皆が頭を下げた。

右手の筆頭は弟の安政《やすまさ》、次いで家老の安井左太夫、叔父から寄騎に付けられた近藤右近《こんどううこん》らが座を並べている。左手の列には青木勘七郎や原勘兵衛《はらかんべえ》ら馬廻衆、拝郷五左衛門などの将が顔を連ねた。

床机の右後ろには、小姓の長井五郎右衛門《ながいごろうえもん》に付き添われ、妻とひとり娘の虎姫《とらひめ》が楚々《そそ》とした佇まいを見せている。

それらを見回して床机に着くと、安井左太夫が朗々と発した。

「これより三献の儀」

声に従い、神部兵右衛門《かんべひょうえもん》と原彦右衛門《はらひこえもん》が膳を運んで来た。

　まずは兵右衛門が運んだ組《く》み肴《ざかな》から打ち鮑《あわび》を口に入れる。そして彦右衛門が三度に分けて杯に注いだ酒を受け取り、三度に分けて干した。次いでかち栗と二献め、さらに昆布と三献め、ひととおりを終えると、盛政は胸を張って声を上げた。

「敵に、打ち、勝ち、喜ぶ」

　すくと床机を立ち、二歩前に出ると、三献の杯を頭上高く掲げた。

「えい、えい」

　腹の底から鬨《とき》の声、そして掲げた杯を足許に叩き付けて割る。居並ぶ面々が一斉に「おう」と拳を突き上げた。

「出陣である。皆々、いざ参れ」

　儀式を経て気勢を上げた家臣たちが、勇んで広間を出て行く。残ったのは妻と虎姫の他、小姓の豊島に長井、そして家老の安井とその子息・平三郎《へいざぶろう》のみであった。

　盛政は床机の後ろに向き直り、妻と娘を交互に見て穏やかに語りかけた。

「行って参るぞ。いつも落ち着かぬことばかりで、すまぬな」

「織田の者なれば致し方なしと、心得ておりまする」

　妻の労わるような笑みに続き、娘が真っすぐに見つめてきた。

「ご武運を。お手柄を上げられ、無事にお戻りあられますよう、お祈りしておりまする」

　ふうわりと笑みが漏れた。娘も十二を数えたか。凜《りん》とした面持ちには愛らしさと芯の強さが垣間見られる。

「そろそろ、嫁入り先を見つけてやらねばな。この戦に勝てば、引く手数多《あまた》となろう」

すると豊島と長井の小姓二人、そして安井の子・平三郎が口々に声を上げた。

「勝つに決まっておりまする」

「我ら、殿の御ために命を惜しまぬ覚悟にござれば」

「鬼玄蕃に敵う者などおりませぬ。留守はこの平三郎が、命に替えましても」

盛政は若い三人を見回して、うん、うん、と頷いた。

「皆、嬉しいことを申してくれる。わしは果報者だな」

家老の安井が「いえいえ」と返した。

「それもこれも、全て殿のお人柄ゆえにござりましょう。戦場とお役目に於かれては、まさに鬼の如く厳しくあられるも、ひと度それが終われば恐ろしげな顔は微塵もお見せになられませぬ。此度の兵を集めるにも、百姓や、この左太夫の持ち出しを戒められ、大徳寺の一件に於かれても馬廻の者を労わられて――」

「長いのは敵わぬな。ほれ左太夫、皆はもう行ったぞ。いつまでも口を動かしておると、おまえは置いて参る」

安井が「それは困ります」と肩をすくめる。盛政は呵々と笑い、然る後に少し厳しい面持ちを作った。

「されど猪兵衛は、必ずや勝てると申したな。五郎右衛門と平三郎は、命を惜しまぬと」

名を呼ばれた若い三人が面持ちを引き締める。皆に向けて諭すように言い添えた。

「それは、いかん」

「皆の気概に水を差すようなことは」

咎めた安井に向いてやんわりと首を横に振り、続けた。

「先に虎は何と申したか。ご武運を、と。古より『勝敗は兵家の常』と申すとおり、戦にはどこまでも武運というものが付き纏う。加えて運とは、いつ、どう転ぶか分からぬものぞ。ゆえに軽々しく命を云々するでない。旗色が悪かろうと、負け戦だろうと、命ある限り諦めるべからず。さすれば運は、気紛れに我が方を向くやも知れぬ。その時こそ懸命になれ。わしは、そうやって鬼玄蕃と呼ばれるようになった」

三人の若者は大いに感じ入り、頬を紅潮させている。対して安井は恥じたように顔を赤らめていた。盛政も少し照れて「はは」と笑い、両手をパンと打ち鳴らした。

「さあ参ろう。此度も皆を頼りにしておるぞ」

広間の下座へと歩を進める。後に続く者たちの足音が、いつにも増して勇ましく響いた。

加賀尾山城を発した五千の軍兵は、勝家の取り決めに従い、まずは北ノ庄城に入った。

そして二日後、柴田軍は総勢二万余で行軍を開始した。

士分の者も足軽も、皆が揃って道の雪を退けている。だが一朝一夕に進むものではなかった。武士たちは主家への奉公ゆえに懸命であるも、足軽衆は先んじて受け取った雇い賃を超える下知と思ってか、中々に精が出ない。

「まだ休んではならぬ。あと半時だ。一日の雪掻きで銀一両を上乗せする」

盛政は声を嗄らして皆を叱咤《しった》した。盛政麾下の家臣や小者、国衆や地侍は合わせて千ほどで、雇い入れた足軽は四千に及ぶ。その四千に一両ずつ渡せば、日々四十貫が飛んでゆく。尾山城の蔵を空にする覚悟であった。

「ええい、畜生め。そうれ！」

「飯も増やしてくれや」

腰まで埋まるほどの雪があっては逃げることもできぬ。足軽衆は半ば自棄《やけ》といった風に、片口の枠がない平編みの竹笊《たけざる》――箕《み》に雪を掬《すく》って乱暴に投げた。

北ノ庄から近江まで八十余里、本来なら二日か三日の行軍だが、雪掻きをしながらでは日に十里も稼ぐのがやっとであった。兵たちは夕刻になると、道の脇に放り捨てた雪を固めてかまくらを作り、風を凌いで夜を明かした。

そうして進むこと六日、柴田軍は真っすぐ近江へと続く栃ノ木峠を取らず、西へ向かった。若狭国に入って木《き》ノ芽《め》峠《とうげ》を越えるためである。栃ノ木の峠道は勝家が切り開いたもので、近江に入るには一番の近道だが、道幅が狭い。平地では腰までの雪も、山間《やまあい》の道では人の背丈を楽に超えるものだ。対して木ノ芽峠は昔からの道で幅も広く、多分に進み易い。

かなりの大回りをして、ようやく近江に入る。栃ノ木から続く峠道の終端・柳ヶ瀬山に到着したのは三月十二日のこと、北ノ庄を出てから実に十五日が過ぎていた。

柳ヶ瀬山の麓には勝家が本陣を張り、盛政はそこから尾根伝いに南西へ登った先、行市山に布陣を命じられた。近辺で最も高い山、地の利がある場所への布陣は、取りも直さず盛政の隊が柴田軍の主力たる証であった。

「これより、元々の雇い賃の働きを命じる。陣を張れ」

行軍を終えてすぐの陣張りは常なる話である。誰もが疲れきっているのは明白だが、盛政は役目に於いては泣き言を許さなかった。既に戦働きの分の銭を受け取っているとあって、足軽たちは重そうに体を動かし始めた。

「何をしておる！　日が暮れてしまうぞ。陣張りが終われば休めるのだ。しゃきっとせい」

だらだらと働く者を一喝し、荒武者の強面で睨みを利かせる。兵たちは鬼玄蕃に凄まれて震え上がり、残る力を振り絞って走り回った。

山頂近くで他に比べて平坦な地を探し、周囲を掻き崩して盛り土をする。こうして造られた平らな土台は十間四方、然して広くはない。その上で兵たちが陣屋を築いていた。

「縄目、もっときつくせえ」

柱となる丸太が二本、各々の片端に梁となる一本を渡し、縄でしっかり縛って組み上げる。ひとつの構えが仕上がると、足軽が三十人掛かりで持ち上げ、土台に立てて倒れぬように支えた。そこから五間を隔て、もうひとつ作った構えを同じように立てる。すると余の者が別の丸太を運び、左右の構えの足に宛がって縄で縛り上げた。続いて筋交いの板を渡して釘止めする。あとは柱と筋交いに板塀を打ち付け、周りに陣幕を巡らし、天井に板の平屋根を渡すだけであった。

盛政の陣屋が仕上がる頃には、土台の周りに柵が巡らされていた。その外が兵たちの屯《たむろ》する場で、これを囲って乱杭が打たれ、その杭に盾を宛がってゆく。山肌の急なところを避けた陣はいびつな円形で、周囲をひと回りすれば一里にもなろうかと思われた。

ひととおりを見届けると、盛政は鬼の面相を解いた。

「皆、ようやった。今宵は、ひとりで三人分の飯を食うて良い」

辺りから安堵の息と喜びの声が沸き上がった。

あちこちで炊煙の上がる夕暮れ、盛政は遠く南を見下ろした。琵琶湖から千切れ飛んだような湖――余呉湖の水面《みなも》が、ちらちらと残照を跳ね返している。小さな湖だが、南北に長い楕円の周囲を巡れば八里ほどはあろう。この湖の向こう、小高い丘の上に三つの篝火が見て取れた。敵陣である。

「岩崎山《いわさきやま》、大岩山《おおいわやま》……それと」

三つのうち、最も右の陣は他の二つと比べて一段と高所にあった。琵琶湖と余呉湖を隔てる賤《しず》ヶ岳《たけ》である。

余呉湖の手前には、前田利家が陣取る茂山《しげやま》から左手の北国街道に向け、下り坂の尾根がある。ここにも二つの陣が見て取れた。敵の先手だが見るからに構えが小さく、次第に深くなる闇の中にあってさえ、作りの粗さが見て取れた。こちらが陣張りをしている間に、急いでこしらえたものだろう。脇からは利家の三千、正面二里の先には一万を率いる勝家の本陣、両所に睨まれた地の将兵は生きた心地がすまい。

「捨て駒か。なれば」

暗中でもあり、しかとは分からぬ。だが先に長浜城ごと寝返った柴田勝豊の麾下であることは容易に想像が付いた。

もっとも敵とて、これを見殺しにするばかりではない。捨て駒の二陣から北国街道を挟んだ向かい側、東野山《ひがしのやま》には、勝家の左前を窺う辺りに陣が張られていた。盛政の陣に劣らぬ大きさで、少なくとも三千が入っていよう。幾つも掲げられた篝火が三《み》つ盛亀甲《もりきっこう》の紋を照らし出す。堀秀政であった。

「……あやつか」

かつて信長が越前の一向一揆を鎮めた折、己も勝家に従って参陣していた。その際、堀は本陣付きで武功を上げている。あの信長が近侍させたほどの戦上手なのだ。

戦場をひととおり眺めると、盛政は「よし」と小さく頷き、勝家の許へ向かった。行市山を下りて柳ヶ瀬に着いた頃には、もうとっぷりと暮れていた。

「叔父上、玄蕃にござる」

案内された陣屋の入り口で声をかける。蠟燭《ろうそく》の乏しい明かりが揺れる向こうから「入れ」と静かに返って来た。

「報せでもあるのか」

言いつつ、叔父は膝下の紙に筆を走らせていた。何をしているのかと見ていると、問うまでもなく向こうから口を開いた。

「長宗我部に出陣を促す」

「いつを期して動くのか、きちんと記しておいた方が良うござる」

伊賀衆の早すぎる流言で、手筈に狂いが生じた後である。同じ轍《てつ》を踏むべからずと、盛政は釘を刺した。勝家はいったん顔を上げて苦笑を見せると、すぐに目を落とし、筆を動かしながら言った。

「四国はいつ出陣しても構わん。動きさえすれば、猿の兵を割ってやれるからな。もうひとつの書状には、きちんと書いておくわい」

「もうひとつ、とは？」

「三七様に決まっておる。忙しいゆえ、耳に入れることがあるなら、そのまま話せ」

盛政は立ったまま、幾らか声を潜めて問うた。

「本陣の正面に小勢があるのを、ご覧になられましたか」

「ああ。囮《おとり》であろうな。易々と引っ掛かってやる訳にはいかぬし、明日からは陣を堅固にせねばならぬ」

東野山、堀秀政の陣を警戒してのことだろう。だが、と盛政は一歩前に出て腰を落とした。

「長陣を覚悟の上とお見受けしますが、我らは国許を離れておりますゆえ、あまりに長ければ利あらず。少しばかり動いても良かろうと存じますが」

「罠と知って飛び込めと申すか。勝豊や三介様でも左様なことはせぬ」

そう言って勝家は、はたと顔を上げた。

「勝豊……まさか」

「囮なればこそ、捨て駒にござろう。寝返りを促しては如何かと存ずる」

今のところ秀吉は、滝川一益の伊勢に掛かりきりになっている。いずれ立ち戻るだろうが、それまでは敵味方とも陣固めの日々となるに相違ない。干戈を交える前から寝返りを出せば、敵の士気を大きく挫くことができよう。

「あの陣に誰がおるか、見えたのか」

「暗がりの中ゆえ、それは。されど使いでのない者は置かぬでしょう。それでは囮になりませぬゆえ」

勝家は「ううむ」と唸って筆を少し舐《な》め、穂先の乱れを整えた。

「将監がおるようなら声をかけよ。必ず寝返る」

「まさに、それを思うておりました」

山路将監正国《まさくに》は元々が勝豊の家中ではない。長浜を任せるに当たり、勝家が特にと付けてやった男であった。

「任せたぞ」

「はっ。然らばこれにて」

短い挨拶を交わし、叔父の陣屋を出た。

敵が捨て駒とする中から少しでも捥《も》ぎ取れば、先手の守りは脆《もろ》くなる。もしもその時、秀吉が近江になければ——盛政の頭の中に勝ち戦の姿が見えつつあった。

「その形……作れる」

ぼそりと独りごちて洟を啜る。北国と違って近江には雪も残っていないが、春の宵に吹く風は思いの外冷たかった。

*

既に四月二日、この地に陣張りして二十日が過ぎている。両軍が陣を堅固にしてゆく中、盛政の許に書状が届けられた。透波が陣屋の内に進み、跪いて頭を垂れる。

「山路将監様、寝返りを約してござります」

書状を受け取り、端を摘んで手首を捻《ひね》る。畳まれた杉原紙がばらりと解けた。

伊勢にあった秀吉は柴田方の出陣を知るや近江へと転進し、去る三月十七日、木之本《きのもと》に本陣を築いていた。堀秀政が布陣する東野山から峰続き、田上山《たなかみやま》の南麓である。余呉湖近くに陣取る一万ほどと合わせ、羽柴方は三万五千の大軍となった。

もっとも秀吉は織田家中の多くを抱き込み、本来なら六万から七万を動かせるはずなのだ。ところが向背定かならぬ毛利輝元に多くの兵を残さざるを得ず、四国の長宗我部や雑賀・根来といった紀伊衆への備えを置いた上に、伊勢にも相応の数を割いている。柴田方にとっては秀吉の兵をどれだけ散らせるかが勝敗の分かれ目だが、三万五千という数は、そのために打った策が奏功している証であった。

「……よし。返書をしたためるゆえ、少し待て」

山路将監の書状を読み終えると、盛政は戦行李《こうり》から紙を取ってさらさらと筆を走らせた。

短い書状をしたためて丁寧に畳み、目の前で跪く透波に手渡す。

「筑前に動きはないか」

「はっ。先に木之本に陣張りしたきり、どこへ兵を出すでもなく」

「狙いどおりだ。この書状、今宵のうちに将監殿に届けよ」

命じて座を立つ。勝家に仔細を報じねばならない。

「誰かある。本陣まで供をせい」

すぐに馬廻衆のひとりが駆け付け、松明で道を照らして行市山を下った。

羽柴方の三万五千に対してこちらは二万余、数の上では負けている。だが地の利を味方に付ければ覆せぬ差ではない。それを知るがゆえ、双方とも未だ戦端を開こうとせず、なお陣固めに時を費やしていた。

そうした中、秀吉は三月二十七日、木之本に羽柴秀長以下の一万を残して長浜城に退いた。各地に何らかの動きがあった場合、すぐに応じねばならぬからである。毛利、長宗我部、雑賀と根来、滝川、そして柳ヶ瀬の勝家、それぞれに対して兵を小出しにしていることは、当の秀吉が最も強く憂えているのだろう。

だが、それだけではあるまい。盛政は、秀吉がある動きを待っていると見ていた。

「玄蕃にござる」

陣屋に着いて声をかけると、勝家は待ちかねたように「どうだ」と返した。一礼して入り、叔父の床机の前に片膝を突く。

「将監殿の寝返り、決まりましてござる」

「祝着じゃ。いつだ」

「十日後、十二日の夜中にござる」

　勝家はほくそ笑んだ。

「いいぞ。三七様が兵を挙げる四日前だ。寝返りを出して皆が憂えておるとなれば、岐阜に兵を向けることもできまい」

　その見通しに、盛政は疑いを差し挟んだ。

「果たして左様にござりましょうや。筑前にとっては、囲みのどこかを破り、我らが共に動けぬようにするのが先決のはず。むしろ三七様の決起をこそ待っておるのでは？」

　包囲の中で最も寡兵の信孝である。これが危ういことは元より勝家も承知していた。ゆえに、こちらの言い分には頷いて見せる。しかし訝しむ胸中を隠そうとはしなかった。

「それは寝返りが出なければの話だ」

「寝返りが出ようと動くでしょう。岐阜は精々三千なれど、美濃衆にこれを凌ぐ者はなく。三七様がいずれかの地を脅かし、それでも筑前が動かねば、どうなるか」

「美濃衆を引き止めるべく、自ら出向くと申すのか。兵だけ遣れば済む話ぞ」

「兵のみで片付くことではござらぬ。筑前は必ずや自ら出向き」

いったん言葉を切り、腹に力を込めて声音を強めた。

「三七様の首を挙げ、無理やりに美濃を束ねるでしょう。左様な無法を当たり前にできる者は、羽柴筑前の他にはおらぬのです」

勝家は幾らか呆れた風に返した。

「猿とて長年織田に仕えた武士の端くれぞ。上様のお子を手に掛ければ皆の心が離れることくらい、分かりそうなものではないか」

武士――その言葉で思い出した。本能寺の変を知る直前、越中の魚津城を落とした折、十三人の城将が揃って切腹した一件である。己はあの凄惨な姿に畏敬の念を抱いたものだ。自らが戴いた主君に賭け、信念に殉じる。そうした心の芯を据えることが武士の礎なのだと。現に叔父はそういう人であったし、己もかくありたいと願い続けてきた。

だが秀吉はどうだ。既に人であることすら捨てているではないか。魚津の十三人とは比ぶべくもない。確たるものを胸に、厳として言い切った。

「あの者は武士ではござらぬ」

勝家が軽く息を呑む中、盛政は静かに続けた。

「三七様を剄《くびき》って心離れる者あらば、それも殺すのみでしょう。三介様の名を騙《かた》り、三法師様の御身を手の内に収めたのは何のためか。口惜しいことなれど、あの者は誰よりも信長公のなさり様に従っており申す」

「何を申す！　上様は恐ろしいばかりのお方ではなかった」

一喝が飛ぶ。幼い日に見た叔父と信長を思い出し、盛政は頭を下げた。だが、それでも口は噤まなかった。

「筑前は百姓からの成り上がりで、まことに武士の心を知っておるとは申せませぬ。ゆえに信長公のご深慮など顧みることなく、厳しさや恐ろしさだけ、猿真似することができる」

「……将監を寝返らせるだけ無駄だと申すのか」

やや掠れた声の問いに顔を上げ、盛政はきっぱりと首を横に振った。

「将監殿が寝返れば、やはり余の者はうろたえます。その上で筑前が近江を空けるなら、これぞ我らが動く好機と存ずる」

「猿を甘く見るな。長陣を布いて締め上げれば、やがて毛利も必ず動く。徳川、北条とて動かせるだろう。その時を待つに越したことはない」

「三七様がご落命なされ、岐阜の囲みが崩されたら、締め上げることも叶いませぬ」

しばし互いに無言で睨み合った。

兵を動かし、武勇を頼んで戦えば、柴田方は決して秀吉に後れを取るものではない。だが戦というのは生き物である。兵の数に隔たりがあれば、それだけ綻びを生みやすいのも事実なのだ。

こうした揺れ——天の気まぐれを除くため、叔父は長陣を布いて時を待つという。それが間違いだと言う気はない。しかしひとつの好機あらば、自ら動くことが間違いだとも思えないのだ。対峙《たいじ》する敵の数を削る、目指すところは同じなのだから。

叔父はきっと我が思いを承知している。承知しながら、羽柴秀吉という怪物に用心を深くしているのだ。分からぬでもない。これまで何度出し抜かれ、煮え湯を呑まされたことか。

しかし、だからこそ先手を打たねばならぬ。後手に回っては貧するばかりだと、眼光を鋭くした。

やがて勝家は、長く、長く溜息をついた。

「……一夜のみ、仕掛けることを許す。ただし、おまえの申すとおりに猿が動くならばだ」

「はっ」

勢いよく一礼して自陣へと返した。どう転ぶか、まずは見守らねばならない。

そして十日後、四月十二日——。

山路将監は約束どおりに寝返った。ただし手筈どおりではない。木下半右衛門の首を取って陣ごと寝返るはずだったが、木下も然《さ》る者、斬り掛かった山路から何とか逃れて兵を動かした。進退窮まった山路は陣に火を掛け、身ひとつで盛政の陣に逃れて来た。

「面目次第もござらぬ」

憔悴《しょうすい》した山路を前に、盛政は少し渋い顔を見せた。

「致し方ござるまい」

寝返りの効き目は半減してしまったが、それでも一方の勇将と目された山路である。これが離反したとなれば、敵の先陣に配された「捨て駒」たちへの目も厳しくなろう。動揺を与えることだけはできるのだ。

「戦が始まりますぞ」

山路に向けて小さく呟き、床机を立って陣屋を出た。総身に滾《たぎ》る熱いものを、今は少しでも冷ましておきたかった。

六　大岩山

四月十七日の朝、その報せは届けられた。

「織田三七郎様、昨十六日、岐阜にて兵を挙げられました。大垣城下に火を放って脅かし、鉄砲を射掛けられる前に、鮮やかに退いてございます」

柳ヶ瀬と岐阜は百十里ほど離れており、かつ岐阜城近くには長良川の、少し西の大垣には揖斐川《いびがわ》の流れがあって、軍を率いていれば街道伝いに三日から四日を要する。だが透波なら身ひとつ、山を踏み越えて真っすぐに駆け抜け、前日の話を翌朝に報じるくらいは訳もない。

盛政は「よし」と膝頭を叩き、勢いよく床机を立って命じた。

「引き続いて長浜の城を探れ。羽柴筑前が如何にしておるか、分かり次第に戻るべし」

「承知」

飛ぶように陣屋から出て行く影を見送り、叔父の陣へと急ぎつつ独りごちた。

「さすがは三七様。戦の勘所をお分かりじゃ」

織田信孝が襲った大垣城の主・氏家行広は、美濃衆の中で信孝に次ぐ兵を持っている。戦というのは第一に数の勝負で、力のない者から平らげてゆくのが常道だが、今は常なる戦ではない。秀吉に付いた美濃衆の大半を戦わずに引き戻さねばならず、それには最大の敵を叩くのが一番なのだ。加えて大垣は岐阜と近江を結ぶ要衝、ここが落ちれば長浜の秀吉は腹背に敵を抱える。まさに切所——勝負どころであった。

勝家の陣屋に至ると、盛政は歩を進めながら大声で問うた。

「もう聞かれておりましょうや」

「岐阜のことか。大垣は町を焼かれて丸裸になったそうな」

返る声音は力強く、面持ちにも生き生きとした張りがあった。

「これなら筑前も、自ら岐阜に向かわざるを得ますまい。既に透波を放って長浜を探らせており申す」

もし秀吉が自ら岐阜へ向かうなら、こちらから仕掛けて良いと言われている。近々、きっとそうなるだろう。示す眼差しに、勝家は「分かっておる」と頷いた。

「重ねて申すが、一度だけの仕掛けぞ。猿の奴が三七様に手出しする前に、引き返さざるを得ぬようにしてやれ」

大垣城の如き要衝を襲われて援軍に参じ、しかし何もせずに引き返せば、美濃衆は秀吉に不審を抱く。そうなるように仕向け、岐阜の信孝を後押しするのが第一の狙いである。

盛政は「お任せあれ」と胸を張った。

「兵を如何に動かすか、これより定めまする」

正式に出陣の許しを得て、意気揚々と行市山の自陣に戻る。そして昼餉の支度が始まった頃、余呉湖周囲の敵陣を眺め下ろした。炊煙を見て、敵の数に大まかな当たりを付けるためであった。

まずは行市山左手の東野山、柴田本陣を睨む堀秀政である。どうやら四千から五千を率いているらしい。これでは己が仕掛けたとしても、勝家が呼応するのは難しいだろう。

「が、裏を返せば」

それは、勝家が堀の兵を釘付けにしてくれるということでもある。堀が五千を率いているとして、この数が動かないだけでも十分な値打ちがあった。

次いで東野山から北国街道を挟んだ右手、西側の連峰を見遣る。

「堂木《どうぎ》山《やま》、神明《しんめい》山《やま》は五百ずつ」

街道の間際まで張り出した堂木山の陣は、先に山路将監が火を放ったことで周囲が焼け焦げている。柵や杭が満足に直っていないことは遠目にも明らかで、守将・木下半右衛門の動揺を如実に物語っていた。少し西へ登った先の神明山は、木村重茲《きむらしげこれ》の旗印である。さらに西の峰続き――茂山に布陣した前田利家の三千に睨まれて、張り詰めた気配が漂っていた。

木下と木村の向こう、南方には余呉湖が広がり、後詰の敵陣にとって広大な堀の用を為している。これを頼んでか、余呉湖南岸の数は多くない。北国街道が南進した先の右手、岩崎山、大岩山、賤ヶ岳の連山には各々千ほどと見受けられた。

「ここを叩かば」

木下半右衛門と木村重茲は後ろを脅かされる。そもそも柴田勝豊に従って敵に降ったに過ぎないのだから、こちらに靡く目は十分にあると言えた。

そうなれば、しめたものだ。余呉湖北岸の柳ヶ瀬、行市山、茂山、神明山、さらには南岸の連山まで含めて一枚岩の堅陣となる。東野山に突出した堀秀政の陣は、一夜にして孤立無援の体となろう。これを期して勝家が前に出れば、堀の五千も一日で蹴散らせる。

「都合、二日だ」

呟いて、いや、と小さく頭を振る。それは「全て上手く運べば」の話に過ぎない。やはり茂山の利家、柳ヶ瀬の勝家と共に、まずは東野山の堀秀政を叩くべきではないのか。

瞑目して額に手を当てた。どこをどう攻めるにせよ、秀吉がいつ木之本を離れるか、それ次第で取り得る手管は大きく変わる。物見に出した透波の帰りが待ち遠しかった。

昼餉を終えると、賭けごとに興じる足軽の声をうるさく思いながら、板張りの寝台に身を横たえた。

やがて雨が降り始めた。空はすっかり暗くなり、大粒の雨が屋根をばちばちと叩き鳴らしている。足軽の声とは違う騒々しさに苛立ちを募らせる中、四月十七日が暮れ始めた。

「失礼を。飯の支度が整いました」

小姓が外から声をかけ、夕餉の膳を運んで来た。戦陣の常で湯漬け飯と漬物、芋くらいしかない。もっとも、いつ戻るか分からぬ物見を待ち、焦れながらの夕餉である。味など知ったことかと椀に二杯の湯漬けを流し込んだ。

「もう一杯だ」

小姓に椀を差し出して替えを命じたところ、外から声が渡った。

「ただ今、戻りましてござる」

「お！　入れ」

盛政は膳ごと小姓に押し付け、眼差しで「下がれ」と示す。透波は陣屋の出入り口で小姓と擦れ違いながら頰かむりの麻布を外し、雨に濡れた首や鼻面を拭いつつ中に入って跪いた。

「申し上げます。羽柴筑前、既に長浜にはおりませなんだ。朝一番で一万五千を率い、岐阜を指した由にて。長浜に残るは千に満たず」

思わず身を乗り出した。

「何と。木之本は」

「兵を増しておるようには見えませぬ。羽柴秀長以下、一万のままかと」

つまり近江に残る敵兵は二万ほど、こちらと同じである。盛政は目を瞑り、皺の寄った眉間を人差し指で叩きながら考えた。

初夏四月も半ばとなれば、暁七つ（四時）を少し過ぎた頃には空が白み始める。大軍を率いて行くなら出立はもう少し後、それでも明六つ（六時）を待たずに出たことだろう。

「ならば筑前は、今宵は大垣か。明日には揖斐川を渡り、明後日には長良川を越えて陣を張る……」

長浜から岐阜までは概ね百里である。柳ヶ瀬から向かうより十里ばかり近いが、やはり片道で三日か四日を要する。ならば返すのにも同じだけの時を要するのが道理だった。

「いや。あの男なら二日で」

と、頭の中に渦を巻く分厚い雲が一気に払われた。

「二日！」

叫び声と共に目を見開く。膝下の透波が驚いて少し仰《の》け反《ぞ》っていた。盛政は床机を倒さんばかりの勢いで立ち上がると、透波の肩を荒く叩いて労い、篠《しの》突《つ》く雨の中を本陣へと急いだ。

ずぶ濡れになって訪ねると、勝家は大いに呆れたようであった。

「笠くらい被ったらどうだ」

「十九日の晩にござる」

「は？」

ぽかんと口を開けた叔父の顔にもどかしさを覚えつつ、盛政は言葉を連ねた。秀吉は既に長浜を離れている。明日には揖斐川を渡り、明後日、四月十九日には岐阜城に至って陣を張るだろう。

「その晩こそ、筑前が近江から最も遠く離れる時にござる。そこで我らが仕掛ければ、木之本から早馬か透波が走りましょう。明けて二十日の昼過ぎには知られることになろうかと」

勝家は得心して頷いた。

「ふむ。さすれば三七様に危難が及ぶ前に、猿は返すことになるな」

「ゆえに十九日の晩に動き、朝駆けを仕掛けんと思います」

「良かろう。東野山だな」

確かに堀秀政の陣は目障りである。だが盛政は、にやりと笑って応じた。

「大岩山にござる」

余呉湖の南、尾根伝いに三つある陣の中央である。摂津にその人ありと讃えられた豪勇・中川清秀《なかがわきよひで》が固めていた。

「清秀ほどの者を蹴散らさば、嫌でも敵はうろたえましょう。さすれば本陣の正面、神明山の木村重茲を降らせ、堂木山の木下半右衛門を蹴散らすこともできるはず。そこで茂山から又左殿を動かさば、東野山は立ち往生いたします」

余呉湖北岸から東野山までの敵を一掃して数を減らし、かつ味方が地の利を独り占めできるのだと熱を込めて説く。しかし勝家は渋い顔であった。

「大岩山は認められぬ」

「何ゆえにござる」

身を乗り出して食って掛かる。勝家の右手が伸び、こちらの額を人差し指で押さえた。

「敵の懐深くに仕掛けるなど、一か八かの賭けではないか」

「羽柴筑前ほどの難敵ですぞ。賭けの何がいかんのです」

勝家は指に力を込め、こちらの額を軽く突き返した。

「そのやり方では東野山と合わせて二日かかる。じゃが猿なら一日と少しあれば戻り果せよう。大岩山に斬り込むおまえの身が危うい」

「いいえ！」

激しく頭を振り、また身を乗り出した。

「岐阜は揖斐川と長良川の向こうにござる。川を二つ越えれば三日か四日、如何に筑前とて兵を率いて一日で引き返せましょうや。俺が戻るだけの時は十分にある」

勝家は腕を組み、やれやれ、とばかりに長く鼻息を抜いた。どうやって思い止まらせるかと沈思しているのは、顔を見れば分かった。

陣屋の外から泡を食った声が渡った。

「申し上げます！」

「やかましい。後にせよ！」

勝家の一喝が飛ぶ。普段ならば誰だろうと引き下がるところだが、この時の伝令は違った。

「さ、されど。一大事にて」

聞いておくべき話かも知れぬ。盛政と眼差しを絡めると、勝家は嫌そうに頷いて伝令を中に入れた。

「さっさと話せ。わしは忙しい」

「は、はっ！　今朝のこと、京にて岐阜の人質が磔《はりつけ》にされた由」

この上ない早口は、勝家に命じられたからではない。それほどに慌てている。

「あ？」

間の抜けた叔父の返答に、伝令は口籠もりながらも、言葉を拾うように言い直した。

「岐阜様の母御様ならびに姫君、三法師様の……ご下命にて、磔に処せられました」

「何だと」

やおら立ち上がった勝家の顔は、地獄の閻魔《えんま》でさえ斯《か》くはあらじという形相であった。見開いた目は眦《まなじり》を裂くが如く、眉は縦になったかと見えるほど吊り上がっている。まさに怒髪天を衝く勢いで猛烈な熱を漂わせ、額にはくっきりと青い筋を浮き上がらせていた。

「上様のご側室とお孫様ぞ！　猿め……あの畜生め……。三法師様の名すら踏みにじり、ついに主家に刃を向けおったとは！」

鬼柴田の気勢、秀吉に向けた極限の怒りを真正面から受け、伝令が腰を抜かす。盛政は叔父を静かに制した。

「まずは落ち着かれませ」

「戯けめが！　おまえは、なぜ落ち着いている。なぜ怒らぬ」

狂乱の眼差しを受け止め、ゆっくりと首を横に振った。

「俺とて気持ちは同じ、されど叔父上とはひとつだけ違い申す。かねて申し上げておりましたろう。筑前は三七様でさえ当たり前に殺すと」

どうやらそれは確かなことになってしまった。勝家はしばし呆然としていたが、長い沈黙の末、やっとのことで目の前の事実を認めたようであった。

「見えておったことだと……」

「怒りをぶつける相手は、ここな伝令に非《あら》ず。外道に堕ちた羽柴筑前と、それに従う亡者共にござる」

戦とは、こうした非情なものだと承知してはいる。だが盛政は許せずにいた。秀吉を、ではない。自らを、であった。

人となりの根本が悪い訳ではないと、かつて己はあの男を認めてしまった。それがこの有様とは、自らの甘さは万死に値する。

「叔父上は、いずれ俺に全てを任せると仰せくだされた。ゆえに織田を支えて天下に覇を成し、俺こそが柱石たらんと夢を見た。筑前を討つのも、そのためと思うており申した」

話すほどに、先には落ち着いていた気持ちが乱れ、腹の奥底から熱い奔流となって突き上がって来た。深く息を吸い込み、細く、長く吐き出す。しかし、どうにもならぬ。

「されどこの際、左様なことはどうでもようござる！　あの猿の化け物を退治せねば、世のありようが歪む。人が人でなくなる！　必ず……八つ裂きにしてくれん」

勝家は陣屋の天井に向け、ひとつ雄叫《おたけ》びを上げた。そして肩で息をしながら、ぎらりと光る目をこちらに向けた。

「わしの下から何人か付けてやる。大岩山……蹴散らしてやれ」

「はっ」

「ただし！　敵の備えに風穴を開けたらすぐに戻れ。まずは兵を削り、猿の手勢を長浜に引き戻すだけで良い」

「されど、その後に東野山を制すれば」

抗しかけた盛政を、勝家は悪鬼の如き眼差しで制した。

「……二十二日を期して長宗我部が動く。猿め……楽に死なせてなどやるものか。じわじわと絞め上げ、指を一本ずつ切り落とすが如くいたぶって」

声が次第に掠れてゆき、やがて聞こえなくなった。口だけが「殺してやる」と動いていた。

*

「これより出陣である」

四月十九日の宵、盛政は冷え冷えとした暗闇の中で声を上げた。目の前には八千の兵がある。自らの手勢に加え、勝家の寄騎・徳山則秀《とくやまのりひで》、柴田家臣の不破《ふわ》直光《なおみつ》と原長頼ら、三千余を任されていた。盛政以下、全ての将兵が徒歩であった。

「誰ひとり口を利いてはならぬ。朝駆けが成るかどうかは、それに懸かっているのだ。進め」

八千は夜陰に紛れて山中を進発した。敵に気付かれぬよう、伝令がひとりで進んでいると装うべく、松明を持つのは先頭の徒歩武者ひとりである。余の者は前を行く背を頼りに進んだ。

二日前の大雨は上がっていたものの、未だ分厚い雲が空を塞ぎ、月や星の明かりを遮っている。道もだいぶ泥濘《ぬかる》んでいた。灯《あか》りがないことも手伝って、足許を確かめながらの行軍だが、それゆえに人が動く喧騒もない。

　行市山から尾根伝いに右手の向こう、南西へ進む。今少し行くと、遠くに篝火が見えた。前田利家の陣、茂山である。

「松明、振れい」

　盛政の下知に、松明を持つ徒歩武者が大きく丸を描いた。少しの後、茂山で四つの松明が下から上に向けて振られる。夜四つ半（二十三時）の合図であった。

　これより二時半の後、四月二十日の暁七つ（四時）には大岩山の麓に辿り着いていなければならぬ。盛政は「十分だ」と独りごちた。ここから大岩山までは概ね九里、半時当たり二里を進めば良いのだから、暗闇の泥道だとて楽なものである。

　盛政の八千が大岩山に仕掛ける間、勝家の本陣に残った七千と利家の三千が後ろを安んじる手筈であった。即ち利家は神明山の木村重茲と堂木山の木下半右衛門を、勝家は東野山の堀秀政を睨んで動きを封じる。また柴田勝政の二千が飯《はん》ノ浦《うら》切通しに進み、賤ヶ岳砦を北から睨むことになっていた。後ろと右横を取られぬようにすれば、千の兵しか入っていない大岩山を叩くのは訳のないことだった。

　ややあって、余呉湖北西の湖畔へと至る権現坂《ごんげんざか》に差し掛かった。行軍が遅くなる。

「ひあっ」

　足軽のひとりが泥濘に足を滑らせ、転げたらしい。盛政は腰の刀を抜いて強く振った。

斬れ味鋭い刃が空気を断ち割り、パン、と響く。それだけで皆は震え上がり、転んでも声を上げぬようになった。

権現坂を下りきり、川並《かわなみ》と呼ばれる湖岸の里に至る。盛政は手を挙げていったん行軍を止め、松明を持つ武者に命じた。

「灯りを消せ」

そして付き従う透波に「何時《なんどき》か」と問う。透波は水辺まで走ると、波打ち際に手を浸し、然る後に戻って来た。

「水の冷え具合からして、一時も過ぎたかと」

だとすれば夜九つ半（一時）頃か。朝駆けを成らしめる二つのうち、時というひとつの壁は越えた。盛政は兵たちに向けて小声で呼ばわった。

「これより水際を進め。さすれば灯りがなくとも迷わぬ」

率いる将や、その下にある寄子《よりこ》衆が「水際を進め」と囁くように伝えていった。

以後も行軍は黙々と続き、余呉湖の西岸からぐるりと南へ回った。水面にたゆたう小波《さざなみ》の音が、兵たちの足音を掻き消してくれていた。

やがて湖の東南、目指す大岩山の麓に達した。空はごくわずかに白み始め、漆黒が薄れて深い藍色を見せている。盛政はここで山に入り、鬱蒼とした森の中、萌え始めた夏草に身を沈めた。兵たちもこれに従って湖岸から姿を消す。

朝駆けを成らしめるもうひとつの鍵は、敵陣がこちらの動きを察していないことである。喜び勇んで仕掛けたところを待ち伏せされたら、たとえ八千の大軍でも鉄砲の斉射ひとつでたちまち崩されてしまう。

皆が息を潜め、草叢《くさむら》とひとつになった。盛政の鼻面を蟻が這う。右手の指で軽く弾き飛ばした時、その右手の側、山の上から人の声がした。

「どうどう、どう」

「ほれ、水浴びじゃぞ」

四、五人である。人の足音に続いて馬蹄《ばてい》の音が届いた。馬を洗いに湖畔まで下りて行くのであろう。

仕掛けるか。否、もう少し様子を見なければ。盛政は努めて気配を殺した。

陣から下りて来た足軽が、やがて二十間ほど向こうの山道を過ぎて行く。耳をそばだてることしばし——。

「自分の馬じゃろうに、大将が洗えばええものを」

「そう言うなや。わしら、博奕《ばくち》しとるだけで銭がもらえるんじゃ」

「楽な戦よのう」

違いない、と皆で笑っている。気の張りなど微塵も感じられなかった。話からすると、どうやらあれは陣将・中川清秀の馬だ。

「おい」

盛政は傍らの馬廻衆・鷲見《わしみ》九蔵《きゅうぞう》を向いた。年の頃は二十歳前、じっぱりと脂汗の浮いた顔がこちらに向く。

「やれ。馬もだ」

顎をしゃくって囁くと、鷲見は力強く頷いて、周囲の者と連れ立って五人で駆け去った。

いよいよだ。胸の鼓動が速くなる——そこで、湖畔に裏返った雄叫びが上がった。

「おらあ！」

「死ねっ」

馬を洗っていた敵の足軽は「ひっ」と短く悲鳴を上げたきり、何も発しなかった。人というのは脆い生き物で、喉ひとつを穿《うが》ってやれば死ぬ。

しかし馬は違った。人に比べて太く長い首の中、過たず喉笛を掻き切るのは難しい。斬り付けられ、槍であちこちを穿たれて、けたたましく嘶《いなな》く。朝靄《あさもや》に響き渡る馬の狂乱、山上の陣にまで聞こえただろう鳴き声を合図に、盛政は大声で命じた。

「皆の者、立てぃ！　駆け登れ」

槍を掲げ、峻険な山肌を斜め上に指し示す。号令と共に、山道を挟む森の両側から足軽が駆け出した。二間半の長槍を肩に担ぎ、これまで黙り続けた鬱憤を晴らさんとするかのように喚き散らしながら進んで行く。勝家から付けられた徳山則秀や不破直光が徒歩武者を従え、足軽を追い立てるように山道へと出た。盛政も家臣と共に、それらに続いた。

「馬は殺した。清秀は容易く逃げられぬ。いざ進め」

兵を鼓舞して盛政は声を嗄らした。急な山肌を登り、高所の陣に攻め掛かるのは極めて不利である。だが不意打ちなら覆せる。数の利を以て声で圧し、一気に仕掛けて敵の心を乱すのだ。

「羽柴筑前は主家の女子供を手に掛けた極悪人ぞ。それを討つ我らにこそ、天のご加護やあれ。鬨上げい。えい、えい、えい！」

「おう！」

「えい、えい、えい！」

「おう！」

山道と言わず森の中と言わず、そこかしこから一斉に声が上がる。中川清秀の大岩山砦は湖岸からわずか半里を登った先、雲霞《うんか》の如き人の群れが残り一町まで押し寄せると、急襲にうろたえた敵兵が二人、三人と朝靄の坂を転げ落ちて来た。

「らあ！」

先手の足軽が十人も束になり、たったひとりの敵に槍を叩き下ろす。打ち据えられた者は悲鳴ひとつ上げる間もなく――或いは喧騒に掻き消されたか――首が真横に向き、腕や脚もあらぬ方を指していた。

「掛かれ」

盛政の大音声が突き抜けると、前を行く兵たちは一層やかましく喚き立てた。そして、未だ算を乱したままの砦に突っ掛けて行く。

敵は矢の備えに置いていた盾を取り、身を隠していた。しかし足軽槍がそれらの者を何度も狙うと、叩き続けられて手が痺れたものか、盾を取り落として背を見せた。

「押しきれ！」

原長頼が兵を率いて敵陣に詰め寄る。入り口として空けられた柵の隙間に足軽が殺到し、陣中に斬り込まんとしていた。

だが――。

「下郎が！」

見栄えのする兜《かぶと》が陣の内に大喝を飛ばし、槍を振り回して押し返して来た。

「下がりおれ」

真一文字に槍を振り抜き、振り抜いたと思えば逆に返して轟々と音を立てる。味方の足軽の首が刎ねられ、ひとつ二つと宙を舞った。首の繋がっている者も鼻面を削がれ、頰を切り開かれ、朝闇の中に点々と赤い煙を噴き出させている。

「斯様な朝駆け如きで、我が陣を落とせると思うてか」

これこそ中川清秀であった。薙ぎ払い、突き出し、瞬く間に五人、十人と片付けてゆく。

隠れなき豪勇の働きを目の当たりにして、たった今まで猛然と突っ掛けていた先手が急に足を止めた。それらの兵は、勢いのままに進む後続に押し出され、ただ清秀の前で狼狽《うろた》えるばかりとなってしまった。

「鉄砲、放て。わしに当たっても構わぬ」

肝の据わった清秀の下知から少し、パン、パンとまばらに音がするようになった。盛政の先手衆は陣の入り口に固まって、互いに十分な間合いを取れない。それがゆえ、闇雲に撃った弾でさえ必ず誰かに命中している。砦の側はそれに心を励ましたか、やがて矢の雨が射出されるようになった。

「あ、ぎゃっ」

「痛、痛い痛い！」

矢を受けた者が叫び声を上げ、それによって周囲が気を怖じけさせる。

「放て」

そこへ陣から野太い声がひとつ、再び鉄砲が放たれた。今度は五十挺も束ねたか、太鼓の乱れ打ちにも似た響きが山を覆った。味方の先手がばたばたと倒れ、それを目にした者が踵を返す。くわ、と人の流れが逆しまになり、後ろの者とぶつかって足をもつれさせ、山肌を転がり落ちた。

「退いてはならぬ。向こうは苦し紛れぞ」

萎えた兵を奮い立たせるべく、盛政は声で背中を押す。だが逆に返った流れは元に戻らない。これを見て取った清秀が自ら陣を出た。

「それ、蹴散らせ」

逃げに転じた寄せ手の背に槍を伸ばし、大声で命じる。応じて、敵兵が逆落としに馳せ寄って来た。味方の気勢は冷えきってしまい、前に出ようという者がない。不意打ちを食らわせたというのに、この短い間で二町近くも押し戻されている。

盛政は歯軋りした。いったん山を下りるべきか。しかし、それでは再びの攻めは叶うまい。敵の懐深くに飛び込んでいる以上、行市山まで退き果せるかどうかも怪しいだろう。かくなる上は、己が清秀を討ち取るしかない。肚を決めて兵を掻き分け、坂を登らんとした。

その時――。

「放て」

右手、森の中から声が上がった。そして斜め前へと鉄砲の音が突き抜ける。中川清秀が後ろを向き、その先で二十ほどの敵兵が血みどろになった。

「続け」

間を置かず、また鉄砲が響く。清秀の近くにあった敵兵が、ばたばたと倒れて半分ほどに減った。

思わず「これは！」と叫んだ。麾下の鉄砲方・拝郷五左衛門である。百挺を二手に分け、立て続けに放ったのだ。

今や清秀の盾となる足軽や武者は手薄である。盛政は「ふん」と強く鼻息を抜き、槍を掲げた。

「佐久間玄蕃だ！　行く手を阻む者はあるか」

呼ばわりながら、味方の兵さえ突き飛ばし、地に転がる骸《むくろ》を踏み越える。大将・清秀を守ろうとして敵兵が五人、六人と前に出るが、盛政は素早く四度の突きを繰り出し、それらの目や喉を狙った。速さだけの突きには、息の根を止めるほどの力はない。しかし噴き上がる血飛沫《ちしぶき》の温さを感じれば、それだけで人は怯む。

「清秀！　鬼玄蕃が相手ぞ」

ぶん、と右から左に槍を振るう。清秀を守ろうとした者たちをまとめて叩き払い、盛政は猛然と前に出た。

「放て」

右手の森から再び五左衛門の声が届いた。鉄砲をまともに喰らった敵兵が数人、左手に向けてくずおれる。

「清秀、その首もらうぞ」

二十何歩も走れば行き着くだろう先で、目指す兜が「何を」と前に進みかけた。が、後ろから腕を摑まれ、引き止められている。

「続け」

さらに五左衛門が残る半分の鉄砲を放たせたことで、中川清秀は退きに転じた。流れは再び変わった。盛政以下は兵を励まし、敵を追って山を駆け上がる。

「殿、殿！」

「おお五左衛門、助かったぞ」

森の中から馳せ付けた五左衛門が、血気に満ちた真っ赤な顔に笑みを弾けさせた。そして山の上に目を向け、キッと睨む。

さらに登ること少し、その五左衛門が大声を上げた。

「皆々、森へ入れ」

鉄砲方の兵は端から森の中である。つまりは、そちらに向けた下知ではない。五左衛門が盛政らの上将を差し置いて全軍に命じたのである。本来なら認められぬことだが、盛政はひやりとしたものを感じてこれを復唱した。

「急ぎ、森へ入れ」

言うなり、自ら右脇の木陰に身を隠す。刹那の後、敵陣から鉄砲が撃ち下ろされた。味方はまた十余人を損じたが、このくらいで済んだのは五左衛門の機転ゆえである。敵陣との間合いを読み、弾が来る頃合を知らせ得たのは、鉄砲方ならではだった。

盛政は木陰から山道に出ると、全軍に向けて呼ばわった。

「皆々、進めい。無駄口を利かず、五左衛門に従うて鉄砲をやり過ごせ」

そして兜の緒を顎から外し、口に固く噛み締めた。押し返された間合いを、声を上げずに詰め直してゆく。全ての将兵がこれに倣い、また五左衛門の合図に従って木々に隠れ、それを繰り返して大岩山砦に襲い掛かった。

「柵、倒せ」

盛政自ら先に立って杭を引き抜き、柵を蹴倒す。攻め口が広がったところから足軽が進む。敵の鉄砲方は間近に寄せられて混乱の体となり、逃げ崩れて行った。

「あれ見よ。清秀ぞ」

誰かの叫び声に振り向くと、中川清秀は未だ槍を振るっていた。既に砦は落ちたも同じ、にも拘らず決死の構えで、ひとりでも多くを討ち取らんとしている。

「天晴な奴。あれこそ武士と申すものだ」

盛政は息を弾ませて清秀を讃え、然る後に後ろへと声を向けた。

「五左衛門、狙え」

「承知」

後方、そう遠くない辺りから声が返り、いくつかの鉄砲が鳴り響く。清秀の喉と額には血の滝ができていた。

*

大岩山砦を襲った後は、手早く退くことになっていた。が、それには周囲の敵陣がどう動くかを知らねばならない。中川清秀を討ち取ると、盛政は二ヵ所に物見を出した。大岩山の北東、北国街道や木之本に向けて下った先の岩崎山砦と、西に登った先、琵琶湖との境となる賤ヶ岳砦である。

それらの物見のうち、片方は一刻足らずで戻った。

「岩崎山の高山《たかやま》右近《うこん》、退きに転じてございます」

この一報に盛政は「さもあろう」と頷いた。岩崎山は大岩山からさほど遠くない。半時もあれば救援の兵は向けられたろうに、朝駆けの間、そうした動きはなかった。高山右近の下にあった兵は、中川清秀と同じで千ほどである。対してこちらは八千、如何に地の利があっても抗し得ないと踏んだのであろう。

「徳山殿、不破殿、原殿はここに留まり、賤ヶ岳の動きに目を光らせるよう伝えよ。我が手勢のみで岩崎山に追い討ちを掛ける」

物見の役目を終えたばかりの兵に、今度は伝令を命じる。そして周囲に「続いて出陣」と大声を飛ばした。朝駆けの昂りが冷めぬままの兵たちは、ものの半刻で列を整えた。狭い尾根を進むだけに、横に並ぶのは五人のみ、長蛇の行軍である。

「進め」

号令ひとつ、盛政の手勢は朝の木漏れ日煌《きらめ》く山道を下って行った。

中川清秀ほど勇猛と聞こえた将ではないが、高山右近とて大物である。これを蹴散らし、砦二つを壊して退けば、木之本にある羽柴秀長の陣は一方の守りが格段に弱くなる。さすれば余呉湖の北に置かれた「捨て駒」の敵陣二つ、神明山と堂木山を御するのは容易い。柴田本陣を睨む東野山、堀秀政とて退かざるを得なくなろう。ここが勝負の分かれ目と、盛政は兵を追い立てて進んだ。

「あれを。高山右近が兵では」

先手に付けた家老・安井左太夫が、北国街道へと下る山道を槍の先で指し示した。確かに七曜の旗が翻っている。兵の姿が豆粒ほどに見えることから考えて、概ね一里半も向こうだろうか。

「間違いない。左太夫、仕掛けよ。兵右衛門と勘七郎も続け」

安井に声を飛ばし、近くにあった神部兵右衛門と青木勘七郎に命じた。二人は「はっ」と応じて各々二百を率い、駆け足を速める。盛政も二千を連れてこれに続いた。

「待て待て！　戦場で背を見せるのみとは、恥なるぞ。返して戦え」

安井が猛然と駆け、高山隊に呼ばわった。勝ち戦の勢いに乗った兵と怖じけて逃げる兵では、足の速さも当然ながら違う。双方の間合いは、初めの三分の一、五町ほどに詰まっていた。

高山隊の殿軍《しんがり》は、安井の声を聞くとすぐに鉄砲を放ってきた。もっとも弾が届くのは精々が四町余り、具足や兜を射抜くのなら一町半まで引き付けねばならない。脅しにすらならぬ無駄弾を使う辺り、向こうの動揺は相当なものである。

「見たか皆の者、右近の兵は縮み上がっておる。しばし鉄砲は来ぬぞ。いざ進め」

盛政の一声に従い、安井の先手三百が坂を駆け下りる。転げる兵も多くあれど、それらは「走るより速い」とばかり、転がりながら、或いは地を滑りながら一気に進んで行く。五町だった間合いが、見る見るうちに三町足らずに縮まった。

安井隊はなお前に出る。敵は矢を放って応じたが、ようやく届くかどうかの遠矢には力が残っていない。味方は誰ひとり気勢を殺《そ》がれることなく突っ掛けて行った。

やがて山道が枝分かれした。高山隊が取る下り坂から左手、北西に細い道が延びている。安井の三百が分かれ目を越え、神部の二百、青木の二百が続き、盛政の二千が勇んで差し掛かった。刹那——。

「放て」

分かれ道の先から声が上がった。盛政が顔を向けた時には鉄砲が轟き、二十余の兵が血に濡れて斃れていた。

「新手か」

　盛政は道の奥に目を向けた。木々の葉が、漏れ入る陽光すら緑に染めている。その奥、幾らか暗がりになった辺りに火縄の煙が漂っていた。将の大旗は藍色地に白く染め抜かれた藤巴《ふじどもえ》である。

「……黒田官兵衛」

　早くから秀吉に仕えた男で、その名はかねて耳にしていた。智勇に優れ、本能寺の変の直前には備中高松城を水に沈めるという破格の策で追い詰めたと聞く。そして何より、その知謀ゆえか、これまで戦って負けたことがない。

「誘《おび》き出されたか。いや」

　見たところ、黒田隊もそう多くはない。先の音からして鉄砲方は精々二百である。後ろに控える徒歩は黒い影としか見えないが、人の固まり具合からして五百といったところだ。大岩山砦を攻めた兵が八千だったことは――討ち死にと手負いで六百ほどを損じたが――黒田もとうに知っていよう。だとすれば。

　盛政は足を止め、率いる二千に命じた。

「足軽衆！　雌鳥羽《めどりば》に槍を構え、束にして盾と為すべし」

　いきなりの鉄砲にうろたえていた足軽も、鬼玄蕃の雄叫びに何とか気を支え、ばらばらと前に出る。そして地に膝を突くと、長槍の穂先を左上に構え、石突を右下の地に押し当て、できるだけ隙間なく雌鳥羽の構えを作った。竹束ほどではないが、鉄砲の威力を削ぐことができよう。

　これを見届けると、盛政は先手に向けて呼ばわった。

「左太夫、兵右衛門、勘七郎！　深追いは無用ぞ。返せ」

　すると小姓衆から長井五郎右衛門が走り、安井、神部、青木に下知を伝えに向かった。

　官兵衛、さあ、どう出る――。

　固唾を呑んで見守る中、向こうの鉄砲方がまた斉射を加えてきた。今度は多くの弾が足軽槍の盾に阻まれ、ほんの二、三が倒れたのみだった。

　そこで黒田隊は、さっと一町ほど下がった。

　やはりな、と得心した。黒田は高山隊が退くのを助けに来たに過ぎない。ならば下手に手を出すべからずと、盛政はそのまま守りを固めさせた。

　やがて高山を追っていた安井左太夫、神部兵右衛門、青木勘七郎が手勢を連れて戻る。黒田官兵衛はこちらの動きを窺いながら、鉄砲を放っては下がり、下がっては放ちを繰り返して、鮮やかに退いて行った。

　盛政は長く息を吐き、皆に命じた。

「ひとまず戻るべし。賤ヶ岳の動きが気懸かりだ」

　大岩山までの中途、まずは高山が捨てた岩崎山砦に入る。すると、そこには賤ヶ岳に遣った物見の兵が参じていた。盛政の姿を見ると駆け寄って跪く。

「お待たせ致しました。賤ヶ岳に動きなし。固く守っておりますれど、意気上がらぬ様は遠目にも明らかにござりました」

盛政は「ほう」と首を傾げた。

「何ゆえ分かる」

「兵の声にござります」

聞けば賤ヶ岳砦は騒がしく、狼狽した兵の叫び声が一町近く離れた森の中にまで届いているという。そして守りを固めつつも、陣の外に備えている兵がひとりもいないそうだ。

「なるほど。怯えておるようだ。あの砦は確か」

「桔梗《ききょう》の紋、桑山重晴《くわやましげはる》かと」

沈着で手堅い戦をする男だが、それとて兵が付いて来ればの話だ。賤ヶ岳の数も大岩山や岩崎山と同じ千ほど、寡兵の上にうろたえているとあっては戦になるまい。

「ならば賤ヶ岳も落と――」

盛政はそう言って、思わず「あ」と目を見開いた。

賤ヶ岳も、落とせる。

落とせるのだ。

さすれば、どうなるか。羽柴方は、山伝いに兵を進める道を失う。動けるのは北国街道に限られてくるのだ。

そして。

今いる岩崎山は、その北国街道を見下ろす高みにある。この陣を押さえ続ければ、狭《きょう》隘《あい》な街道を進む敵を狙い撃てるではないか。

「その上で、叔父上が前に出れば」

東野山の堀秀政はどうしても、進軍する勝家に仕掛けざるを得なくなる。そして勝家本陣は七千が残り、堀の五千に数で勝る。前田利家の三千が茂山から後詰に回れば、万にひとつも負けることはない。

盛政は来た道を振り返った。堀秀政が危ういとなれば、木之本の羽柴秀長はどう動くか。援軍を出すなら街道を通り、こちらの矢玉の的となるのみだ。翻って、もしも動かずに兵を温存するならば。すなわち、秀長が堀を見捨てるのならば。勝家と利家は堀を始末し、大挙して前進できる。

つまりは――。

「賤ヶ岳を落とさば、袋の鼠ではないか。東野山も。木之本も」

一筋の光明が差した気がして、呟きと共に遠く東の空を仰いだ。

秀吉は今、岐阜にいる。この朝駆けは今日のうちに報じられるだろうし、すぐに兵を返して来るに違いない。それでも、どう早くとも二日かかる。それだけあれば、この地を平らげた上に、長浜まで窺うこともできよう。

「運が……向いてきおった」

戦には常に、運という不可思議なものの入り込む隙がある。如何に不利だろうと決して諦めず、いざ運の気紛れがこちらに向いたら、その時こそ懸命になるべし——出陣に際し、小姓の豊島猪兵衛や長井五郎右衛門、留守を任せた安井平三郎、若い者たちに諭したことが、ありありと思い出された。今を措いて懸命になるべき時があろうか。

「勝てる。一気に！」

独り言を力強く発すると、戦場での気勢が総身に満ちた。眼前で片膝を突く物見の兵に、そのままの勢いで命じた。

「これより賤ヶ岳に遣い致せ。砦を明け渡せば良し、さもなくば踏み潰すと伝えよ」

「は、はっ」

鬼玄蕃の顔に押され、兵は弾かれたように駆け出して行った。

*

大岩山の朝駆けから岩崎山に転戦し、再び大岩山に返した頃には昼八つ（十四時）を過ぎていた。未だ血腥《ちなまぐさ》い臭いの漂う中、盛政は中川清秀が使っていた陣屋で身を休めた。

「さて」

床机に腰を下ろして背を丸める。賤ヶ岳の桑山重晴は、どう答えるか。明け渡さねば踏み潰すと申し送ったものの、本意ではない。そんなことをしていては、もう一日を余計に使うことになる。秀吉が戻る前に勝ち戦の形を作り得ないのだ。桑山がどうあっても抗う構えなら、こちらは早々に退かねばならぬ。返答を待てるのは今日一杯だろう。

「誰かある。湯冷ましを持て」

命じると、外にある馬廻衆が「はっ」と返して走り去った。

しばしの後、陣屋の入り口でひとりが頭を下げた。だが喉を潤す椀を手にしていない。先に賤ヶ岳に遣わした者であった。

「申し上げます。桑山重晴、今宵のうちに砦を明け渡すとのこと」

「おお」

盛政は勢いよく立ち、その者の肩を摑んだ。

「勝ち戦じゃ。ご苦労だが、次は叔父上の本陣に遣いを頼む。我らは明日、日の出を期して賤ヶ岳を取るゆえ、叔父上は半時の後に兵を動かし、東野山の堀秀政を叩いて欲しいと」

「え？　されど御大将は、ひと当たりして退けと仰せでしたが」

当惑顔が向けられる。盛政は荒く笑い飛ばした。

「戦は生き物ぞ。岩崎山、大岩山、賤ヶ岳……この三つを押さえればどうなるか、叔父上ならお分かりになるであろう。はや行け」

　そして使者を走らせた。

　ここから柳ヶ瀬の本陣までは、やはり敵陣を避けて余呉湖の西をぐるりと回らねばならない。それでも十二里ほど、使者ひとりなら一時とかからぬ道のりである。夕餉を前に、叔父の言伝《ことづて》を携えて戻って来るはずであった。

　果たして使者は、夕七つ（十六時）には帰って来た。柳ヶ瀬で借り受けたのであろう、頑丈そうな馬を使っていた。

「ご苦労であった。叔父上は、さぞお喜びであったろう」

　盛政は立ったまま迎え、待ちかねたとばかりに返答を促した。ところが使者は、もごもご口籠もっている。

「どうした」

「それが、あの。御大将に於かれましては……すぐに、戻るべしと」

「何と」

　口が半開きになる。然る後に、これ以上ない渋面になった。

「其方、わしの話をきちんと伝えたのか」

「そ、それは無論にて。されど、その、猿が戻って参るぞ、と」

眉間に深い皺が寄る。大岩山への朝駆けを具申した折、確かに勝家は「猿なら一日と少しあれば戻り果せよう」と言っていた。

「あの。如何なされましょうや」

使者の声に、じろりと目を向けた。

「筑前が戻るには早くとも二日かかる。万余の兵を率いて岐阜から返すのだ。風の神でもない限り、川を二つも越えて、たった一日で戻り果せるものか。左様に申し上げて来い」

「え？　また、にござりますか」

「いいから行け！」

嚙み付かんばかりの勢いで怒鳴り付けると、使者は震え上がって、すぐに馬を駆って行った。

先には片道が駆け足だったために一時を要したが、此度は行き帰りとも馬である。使者は半時ほどで再び戻り、疲れの色濃い面持ちで叔父の言い分を復命した。

「御大将は大層お怒りになられまして。筑前を甘く見てはならぬ、どうしても戻らぬ気なれば連れ戻しに参るとまで……。それがしにはもう、どうして良いやら」

盛政は「うむ」と唸って腕を組んだ。大岩山と柳ヶ瀬に離れている以上、話をするには伝令を出すしかない。だがこれでは使者に立つ者もよい迷惑であろう。

そのまま沈思し、しばしの後に溜息をついた。

「あい分かった。もう遣いには立たんで良い。叔父上が連れ戻しに来られるのなら、即ち兵を動かすことになろう。わしの思うところは、それにて満たされる」

「よ、よろしいのでしょうや」

「自らがその場におらねば、戦の動きを摑むのは難しい。叔父上ほどの大将でさえ……な」

古の唐土の書物に、戦の最中の将は勝つために主君の下知を違えることもある、という意味の言葉があったのを覚えている。まさに今がその時なのだ。

「ともあれご苦労であった。明日の日の出を期して賤ヶ岳を取るゆえ、其方もゆっくり休んでおけ」

盛政は面持ちを緩め、疲れた使者を労って下がらせた。

その晩、桑山重晴は確かに砦を引き払い、南方を指して賤ヶ岳を下りて行った。日が落ちて間もなくのことであった。

七　大垣城

「まだ水は引かんのう」

大垣城本丸の艮櫓《うしとらやぐら》で城下を眺め、秀吉は溜息交じりにぼやいた。既に四月二十日、昼餉の頃となっている。東に五里ほどの揖斐川が三日前の大雨で暴れ、岐阜へと向かう軍は足止めされていた。

百姓家は多くが押し流され、辛うじて残っている家も柱を折られたか、水の上にぽつぽつと顔を出す茅葺屋根はどれも傾いている。川沿いゆえ少々の水には耐え得る造りだったろうに、それでさえこの有様なのだ。田畑は言わずもがな、灰色じみた茶色の濁りに洗われ、終わったばかりの田植えも、なかったことにされてしまった。

「少しばかり米を回してやらにゃ」

眉根を寄せて櫓を降りる。外に出て南西の本丸館を指すと、そちらから、城下の西側に陣を張っているはずの石田三成が走って来た。足止めされているからか、具足を外して鎧下だけの姿であった。

「殿、こちらでしたか」

いつもは面持ちひとつ崩さず、何を言うにしても素っ気ない男が、今日ばかりは少し焦っていた。だとすれば理由はひとつしかない。

「柴田か。動いたんじゃな」

「はい。されど――」

「ようやく餌に喰らい付きおったか」

三成の言を遮るように、手を叩いてからからと笑った。

「で、東野山はどうじゃ。ああ、いやいや、久《きゅう》太《た》郎《ろう》のことじゃ。十分に戦っておるじゃろうて」

「それが、ですな」

「何じゃ。押されとるんか。それでも五千じゃぞ。木之本から小一郎が援軍を向ければ、十日は粘るわい」

「いえ、ですから。東野山ではござらぬのです」

「うん？」

首を傾げ、口を噤む。その隙に三成が早口で捻《ね》じ込んでくる。

「今日、大岩山砦が朝駆けを受けた由にて。敵は佐久間玄蕃を始め八千ほど、中川清秀殿はこれを防がんと奮戦するも討ち死に、岩崎山の高山右近殿も寡兵を以て退く他はなく」

「待て！　何でじゃ。何で大岩山なんかや。どうしたって東野山の久太郎じゃろまい」

「それがしに仰せられても困ります。全ては手の者が見て報じたことにござりますれば」

秀吉は「うぬ」と唸った。久太郎、つまり堀秀政は、かつて織田信長が本陣付きとして重用したほどの切れ者であり、戦上手である。この男が「それ以上の進軍を許さぬ」と本陣を睨んでいたのだ。勝家ならまずこれを叩くと見ていたのだが。

「修理め……昔の戦と違うじゃにゃあか」

思い起こされるのは六年前である。秀吉は信長の下命により、加賀で上杉軍と対峙していた勝家の救援に向かった。この時、勝家は敵の本隊と正面から戦うべしと唱えた。上杉の勢いを殺すには、一度はそうして勝っておかねばならぬのだと。確かに正しい。だが秀吉は、兵を割いて敵の後ろに回し、不意打ちを仕掛けるよう主張した。手取川《てどりがわ》を背後にする危うさを鑑みてのことである。方針の違いゆえに二人は揉め、秀吉は勝手に手勢を引き上げさせた。

往時の一件でも明らかなように、勝家は常道の戦を好み、何ごとも手順を踏もうとする。だからこそ秀吉は此度、勝家にとって目障りであろう東野山に堀秀政と兵五千を置き、柴田勝豊に従って降った者を柳ヶ瀬の正面に据えた。見え見えの囮は、勝家が嫌でも東野山に気を配らねばならぬよう仕向けるためだった。それなのに。

「して殿、如何なされます」

三成の切羽詰まった声で我に返る。秀吉は苛立ちに任せて捲し立てた。

「どうするも、こうするも。先んじて決めとったとおり、取って返すまでじゃ。じゃが、のんびりとはしておられんぞ。今すぐじゃ。できるだけ早う動くて皆に言うとけ。それから、おみゃあは先駆けして、道々の村に篝火と飯、水、味噌《みそ》の支度をさせとくんじゃ。早う行け」

三成は「はっ」と頭を下げたものの、やや首を傾げて動こうとしない。秀吉はついに怒気を発して「おい」と一喝した。

「動け、ちゅうとるんが分からんのか」

「いえ、長浜へのお戻りはいつを期しておられるのかと思いまして」

「知るかいや！　できるだけ早う戻って戦じゃ」

すると、三成は自らの胸に手を当てた。

「ならば兵たちは、それがしのように具足を着ておらぬ方が良いかと。城下の陣から懸命に走って参りましたが、重い具足なきがゆえ息ひとつ乱れませなんだ。高松から返した折とは違うのですから」

信長横死の折、秀吉は備中高松城から大返しに上方へと戻って明智光秀を打ち破った。この時も急ぎに急ぎ、並の行軍の五倍ほど速く駆け戻ったが、それでも道中では播磨の姫路城で二日の休みを取ったものだ。

此度は走り詰めで戻った上で、すぐに戦となる。三成の言はその懸念ゆえか。具足を着けずに戻り、戦う。できぬことではないが、と秀吉は腕を組んだ。

「長浜に戻りゃ、足軽の槍と貸し具足はあるけどのう。数は分かっとるか」

「三千ほど残っておりますれば、士分の者には行き渡りましょう」

「なるほど、あい分かった。馬を使えん奴と足軽は、具足も槍も持たせんで、とにかく走らせる」

「然らば、それがしは先駆けいたします」

　残して、三成は走り去った。

　秀吉はまず本丸館に戻って腹ごしらえを済ませると、率いた手勢のうち五千を大垣城主・氏家行広に任せ、自らは一万を率いて長浜へ返すこととなった。

　城の西門から作り付けの土橋を進み、堀を渡る。そこには既に兵が列を成していたが、具足を外した人の群れは、率いて来た時に比べると多分にみすぼらしく映った。兵の七分を占める足軽は、薄汚れた麻の着物の裾を捲り、逞《たくま》しい太腿を顕にしている。野良仕事の百姓に比べれば少しはまし、といった出で立ちであった。士分の者も鎧下だけの姿で、これが麻衣の中に鏤められている様は大いに見苦しい。

　それらの前に馬を進め、秀吉は大声を張り上げた。

「既に申し伝えてあるとおり、これより近江に返す。長浜に戻って、少しだけ休んだらすぐに戦じゃぞ。とにかく走れ。胸が潰れるまで走るんじゃ」

　皆からどよめきが起きる。殊《こと》に足軽衆は狼狽が酷く、斯様な姿で戦をさせるのかと、怒気を孕んだ怖じ気を湧き上がらせていた。足軽は、食い詰め者や百姓の次男三男が口を糊するために身を転じた雇われの兵であり、捨石である。それでもやはり人であるからには、心という面倒なものを持ち合わせていた。

　皆を見回して思う。昔は己も似たような境遇だったのだ。ゆえに知っていた。人には、人であるがゆえの弱みというものがある。

「ただで骨の折れる戦をさせる気はにゃあて。手柄を挙げたら褒美は思いのままじゃ。足軽衆が兜首でも挙げようもんなら、士分に取り立ててもええ」

　敵をひとりでも多く殺して自らの糧と為すべし。人である以上、誰もが逃れられない頸《くび》木《き》——欲を突いてやると、先までの不平が別のざわめきへと変わる。

　秀吉は、にやりと頬を歪めた。少しでも早く長浜に返せるのなら、いつもの二倍、三倍の散財とて惜しくはない。とにかく急がねばならぬのだから。

「いざ、進めい」

　号令に応じ、まず子飼い衆が我先にと駆け出した。加藤清正、福島正則、加藤嘉明らが、各々五十ほどの足軽を率いて西を指す。遅れてはならじと脇坂安治や片桐且元《かたぎりかつもと》、一柳直《ひとつやなぎなお》盛《もり》、平野長泰《ひらのながやす》、山内一豊《やまうちかずとよ》らも手勢と共に走り去る。将や国衆など馬を使える者は、自前の具足に身を包み、槍を引っ提げ、それらを追い立てるように後ろに付いた。

「さあ、わしもじゃ」

秀吉は馬廻衆に声をかけ、乗り馬の首を手綱で叩いた。

*

東山道を取って一路近江を指す。天の頂には日が眩しい。梅雨《つゆ》も間近の陽光が馬上の具足を容赦なく焼き、胸元から饐《す》えた汗の臭いが漏れてくる。前を行く足軽や徒歩武者も鉢金を外し、額を拭いながら走っていた。三日前の大雨に泥濘んだ道は未だ渇きかけで、馬が蹴り上げる湿った土くれが顔に当たって粘り付く。それを掌で払い落とし、秀吉は声を張り上げた。

「皆々、遅れるでにゃあぞ。へたばる奴は馬に蹴らせるでよ」

追い立てるための言葉ではない。本気で蹴り殺すつもりだった。察したか、兵たちは「ひい」と情けなく叫んで、疲れた身に鞭打って足を速める。後ろに続く馬上の者が鞭を入れ、行軍はなお勢いを増した。道の両脇に広がる田畑、美濃大垣の見慣れた景色が飛ぶように後ろへと流れて行った。

長浜を空けたのは、やはり岐阜で火の手を上げた織田信孝を叩くためだった。信孝の動きを見過ごしていては、味方に引き込んで間もない美濃衆は離れてしまう。だが一方で、勝家を誘き出す餌でもあった。ゆえに、三成が柴田方の動きを報じた時には「これで勝った」と喜んだ。東野山の堀秀政に仕掛けたとばかり思っていたからだ。

秀吉は心中に「糞ったれめ」と毒づいた。東野山の五千と木之本の一万があれば、少なくとも十日を持ち堪えてくれるはずだった。岐阜から行軍して返すには三日を要するが、戻って取り囲むだけの間は十分にあったのだ。そうして勝家を潰せば、頼みの綱を失った信孝はもう抗えない。伊勢長島《ながしま》城を堅守している滝川一益とて降るに違いなかった。仮に勝家が餌に食いつかないなら、その時は寡兵の信孝を悠々と始末すれば良かった。

そのはず、だったのに。今や己《おの》が胸は焦りの一色に染められている。岩崎山と大岩山に加え、賤ヶ岳まで押さえられたら、木之本から東野山に援兵を送ることも叶わず、琵琶湖の向こうから援軍――西近江の二郡は丹羽長秀の領である――を呼び込むにも難儀する。言わばこちらの急所なのだ。勝家の人となりからして、ここを最初に叩きに来るとは思ってもみなかった。

秀吉は、ちらと空を見上げた。大垣城を発った昼八つ（十四時）には真上にあった日も、ようやく傾き始めている。見渡せば、左手前の遥か遠く、瑞々しい新緑を湛えた小山がむくりと盛り上がっている。南宮山《なんぐうさん》とその西の先、桃配山《ももくばりやま》がひと塊になった姿であった。

「何時じゃ」

馬を追いながら声を上げると、どこからか「申《さる》の四つ」と返って来た。夕七つ半（十七時）と答えれば良いものを、なぜ申四つと言うのか。昔から己を猿、猿と蔑んでいた勝家の顔が思い出されて苛立ちが募った。

道の向こうから、人の流れに逆らい、駆け足の兵を飛び退《の》かせて馬を馳せる者があった。

「申し上げます。敵軍、本陣の柴田修理は未だ動かず」

「何じゃと？」

秀吉は自らの耳を疑った。こちらの喉元に刃を突き付けながら、なぜ勝家は動かない。

考えられることは——。

「賤ヶ岳は落ちとらんのじゃな」

問いながら駆け抜ける。置き去りにされた伝令は馬首を返し、追い慕いながら大声を上げた。

「左様にござります。されど、それがしが目にしたのは二時余りも前のことにて」

三成の一報と同じ頃の話か。今となっては、どうなっているか分かったものではない。

「重晴、頼む」

賤ヶ岳の桑山重晴を思い出し、どうにか持ち堪えてくれと念じながら馬に鞭を入れた。

やがて桃配山を過ぎ、関《せき》ヶ原《はら》に差し掛かった。向かう先には右の奥に近江の伊吹山《いぶきやま》、そこから連なる山々が張り出して、左前に聳える天満山《てんまやま》と共に道を挟み込んでいる。山と山の間は三里ほどもあり、狭苦しくは映らない。ただ、辺りはだいぶ暗くなっていた。山向こうに入った日の残照が空を茜《あかね》に燃やし、山際を紫に染めている。日の入りの頃合なら暮六つ（十八時）近くだ。

「皆の者、もうひと頑張りじゃ。ここを抜ければ近江じゃでよ、飯と水があるぞ」

兵を鼓舞し続けて、秀吉もからからに喉を嗄らしていた。誰よりも当の己が、ひと椀の水を欲していた。

なお進むこと一刻、暗がりの向こうに篝火が見えた。道の両脇に揺れる炎は真っすぐ北西へと延び、飯と水を支度して待つ百姓衆を二里ほどの先に浮かび上がらせていた。くたびれ果てた兵は、地獄で仏と歓声を上げ、今ひと度の力を振り絞った。

苦痛と歓喜の叫びが飛び交う中、秀吉も百姓衆の前に進んだ。馬の足を緩めると、皆が手に手に結び飯と水の椀を持って群れ集う。その中からひとつの椀を取って一気に喉へと流し込み、ふう、と長く息をついて呼ばわった。

「飲めや、食えや。飯はどれだけ取っても構わんぞ。食いきれにゃあ分は腰兵糧にせい。味噌玉も齧《かじ》っとけよ」

水が入ると、どっと汗が噴き出した。馬を降りて額を右手で拭い、百姓が差し出した盆から飯を取る。走り詰めの兵ほどではなくとも、やはり腹は減っていた。汗の塩気を纏った結び飯がことの外旨い。ひとつをやっつけ、二つめを口に押し込む。

そこへ、また近江からの伝令が至った。

「注進、注進！　桑山重晴様、兵をまとめて賤ヶ岳の砦から退かれた由」

飯が喉に支《つか》えた。どんどんと胸を叩いて腹の中に落とし、口から米粒の欠片《かけら》を飛ばして怒鳴り散らした。

「何で賤ヶ岳を捨てるんかや。攻め立てられたのとは違うんじゃろうが。ええ？」

馬の周囲にあった百姓衆が、剣幕に押されて後ずさりした。伝令も気圧《けお》されて、もごもご歯切れが悪い。

「ですが佐久間玄蕃の兵は、未だ七千も残っており。賤ヶ岳は千ほどゆえ」

「そんなことは分かっとるわい」

岩崎山、大岩山、賤ヶ岳の連山に於いて、最も高みにあって地の利を占めるのは賤ヶ岳である。ゆえにこそ、何があっても手放してはならなかった。攻められていないのなら、固く守って夜を迎えれば済む話だったろうに。さすれば盛政とて、睨み合いに付き合ってくれたはずだ。何しろ朝駆けを仕掛けたその日の晩である。こちらの警戒が明らかな中、敢えて夜討ちを仕掛ける馬鹿はいない。少なくとも明日の朝までは時を稼げたというのに、どうして賤ヶ岳を捨てたのか。

「重晴の阿呆め」

秀吉は目を飛び出させんばかりに剝き、額に深く皺を寄せて歯軋りした。ふと右前を見れば、両腕に抱えるほど飯を取っている足軽がある。かっ、と頭に血が上った。

「いつまで食うとるんじゃ！　走れ！　先を急がんかい」

怒鳴り付け、つかつかと歩を進めて、欲張りな足軽の背を馬の鞭で叩く。周囲の者が慄き震えて、飯を食いながら再び駆け出して行った。秀吉は鼻息も荒く、じろりと伝令に目を向けた。

「修理はどうした」

「は？」

「柳ヶ瀬は動いたかて、聞いとんだがや。皆まで言われにゃ分からんか！」

一喝を加える。伝令は、ぴんと背筋を伸ばして応じた。

「敵の本陣、全く動きがござりませぬが」

「ああ？」

間抜けな声が漏れた。ひとつ咳払いして問い直す。

「何で動かん」

「さあ、それは……」

おかしい。今朝からの不意打ちで大岩山と岩崎山を落としたのなら、当然、次の狙いは賤ヶ岳だったはずだ。東野山の堀秀政を孤立させ、木之本の陣を封じ、また丹羽長秀にも睨みを利かせられる。それだけの要所を押さえんとしているのに、なぜ勝家は動かない。

「あ!」

秀吉は小さく驚きの声を上げ、暗がりに眼差しを泳がせた。

勝家の戦ではない。そもそも、あれほど正着を重んじる男が懐深く斬り込むような博奕を打つなど、どうしても解せなかったのだ。

「なら、玄蕃か」

朝駆けの兵を率いた男を措いて他にない。しまった、と臍《ほぞ》を噛んだ。

二年半余り前、安土城で偶然に顔を合わせたことを思い出す。あの日の盛政は、信長に目通りして心を乱していた。主君への過ぎるほどの敬意に、根っからの武士たる気風を感じたものだ。顔も姿も、人となりまで叔父の勝家に似すぎた、融通の利かぬ不器用者だと。

だから少しばかり胸の奥を突いてやった。自らにない武勇を補うべく策を用いる——盛政に言ったことは本当だが、それによってこちらへの嫌気をはぐらかし、御し易くなればと思っていたのだ。果たして盛政の眼差しは幾分和らぎ、己は心中で「馬鹿め」と嘲笑った。

だが今にして思う。盛政が勝家のような剛直一辺倒の男なら、あの時のやり取りによって、さらに頑なになったのではなかったか。

勝家には人を気遣う心根の柔らかさがあるが、自らが嫌うことは決して認めようとしない。対して盛政は、ものの考え方に柔らかさを備えている。だからこそ己の言い分に聞く耳を持ったのだ。そう考えれば、大岩山への斬り込みという賭けの一手にも得心がゆく。同じであって、しかし違う。盛政を見くびっていた。そして。

「まずい。何より玄蕃の奴は」

信長が評したとおり、とことん諦めが悪いのだ。一縷の望みが残っていれば、摑み取ろうと手を伸ばすことを止めない。

桑山重晴が退いてしまった今、賤ヶ岳は奪われたも同然である。やがて盛政は賤ヶ岳に手勢を配し、柳ヶ瀬の勝家に「動いてくれ」と促すだろう。よしんば勝家が動かなくとも、諦めずに根気強く促し続けるに違いない。岩崎山、大岩山、賤ヶ岳の連山――その場にいるからこそ分かる「勝ち戦の形」を、はっきりと見てしまったのだから。

ことほど左様に賤ヶ岳砦は重い。ここを取られたら、東野山にある堀秀政の五千、木之本に残した弟・秀長以下の一万は追い詰められよう。己が一万を率いて戻ったとて、地の利をひっくり返された中、どれほどの戦ができようか。

「いかん。こりゃあ……」

身震いした。もし近江で敗れたなら、長宗我部元親と雑賀衆・根来衆が睨む畿内、滝川一益が抗う伊勢、織田信孝が暴れ始めた美濃、三ヵ所に散らした兵とて烏合《うごう》の衆に成り下がり、個々に潰されてゆくであろう。全てが終わりになってしまうのだ。

「あ、あの、殿」

先の伝令が、おずおずと声をかけた。

「いつまでここにおるんかや。走らんかい」

心中の焦りと怯えに声を裏返らせ、右手の鞭を高々と振り上げた。いざ打ち据えんとすると、相手が身を縮めて目を閉じる。

「申し上げます！　桑山重晴様、賤ヶ岳の砦に戻られた由。丹羽長秀様が手勢二千を加え、兵の数を三千に増しておられます」

道の向こうから、馬蹄の音と大声が近付いて来た。秀吉の鞭は振り下ろされずに止まり、ぶるぶると頭上で震えた。

「……やった」

これで、盛政が賤ヶ岳を押さえることは容易でなくなった。秀吉は震える右手をしっかり握り直して鞭を振り下ろす。誰を叩いたのでもない、道の先を指したのみであった。

「いざ進め。疾《と》く近江に立ち戻り、佐久間玄蕃の兵を蹴散らすんじゃ」

声を上げ、馬を曳かせて跨ると、自身も先を急いだ。

馬の首をぐいぐい押し、励ましながら思った。賤ヶ岳が保たれたのは、恐らく桑山の手柄ではない。丹羽長秀だろう。大岩山が襲われたと知って、急ぎ援兵を寄越してくれたのだ。信長の下にあった頃は大した手柄を挙げるでもなかったが、あの苛烈な主君に「我が弟」と言わしめたほどの男、やはり只者《ただもの》ではない。まだまだ、急げば間に合う。

「天の助けじゃ」

呟いたひと言、天佑《てんゆう》。思うにそれは、もっと前から目に見えていたのだ。揖斐川が溢れ、大垣城に足止めを喰らった三日間である。

初めの思惑では、己は今日、岐阜にいるはずだった。特に何がなくとも近江まで三日を要する地である。

もし、そこで揖斐川が溢れていたら。或いは溢れぬまでも、帰路に於いて長良川と共に水嵩を増していたなら。どう足掻いても、近江までの帰路に四日以上を要したに違いない。盛政の奇襲は全きものになり、己は進退窮まっていたはずだ。

そうとも。天は味方してくれたのだ。勝家や盛政にではない、この羽柴秀吉に。

とっぷりと暮れた中、遠くを眺める。篝火の導きの向こうに、必死で駆ける徒歩衆の一団が暗く蠢《うごめ》いていた。

＊

「皆の者、足、止めえい」

長浜も間近になった頃、秀吉は行軍を止めた。走りながら飯を食っていた徒歩衆は、足軽も武者も苦しそうで、横腹を押さえている者も多い。もっとも、それらを気遣ったのではなかった。

「見い、伊吹山じゃ。麓に竹林がある」

漆黒の空に山の影がひと際黒く映える。その手前、麓に広がる竹林が篝火と松明に明々と照らされていた。

「これより足軽衆は、ひとり一本、竹を刈れ。槍の代わりにする」

ざわ、と不安げな声が上がった。敵は足軽とて長槍を携えているのに、竹竿で抗し得るのかという懸念である。秀吉はその空気を笑い飛ばした。

「おみゃあら、相手を突く気なんかや。叩ければ何でもええんじゃい」

どよめきは、ぴたりと収まった。

足軽の持つ長槍は、竹を割って節を抜き、白木の芯を入れて麻紐で巻き締めたものである。芯があることで強さと重さは増しているが、穂先は申し訳程度のものしか付いていない。二間から三間にも及ぶ長さゆえ、突くことに向かないからだ。竹のしなりを利して槍《やり》衾《ぶすま》を組み、馬の一頭二頭を弾き返すような使い方をすることはあれど、まずは相手を叩き据えるための得物である。それを考えれば刈り取っただけの竹でも十分に用を為す。

「貸し具足も脱いでしもうたがよ、あんなもんで鉄砲の弾なんか防ぎきれんじゃろ。それに此度の戦は山が近くにあるでよ」

矢玉をやり過ごす木々がいくらでもあるのだから、具足や槍の重さなど、ない方が良い。

そう言ってやると、皆が得心して竹を刈りに掛かった。足軽衆に徒歩の士分が手を貸し、竹刈りは一刻足らずで終わった。時は暮六つ半（十九時）を少し回った頃である。

そこからさらに一刻余り、目指す長浜城が篝火を掲げて兵たちを迎えた。門と言わず櫓と言わず、果ては琵琶湖の岸まで張り出した本丸の御殿や天守にまで煌々《こうこう》と灯された火が、揺れる湖面に跳ね返っている。闇の中でそこだけ眩《まばゆ》い様は、あたかも光の城であった。昼八つ（十四時）過ぎに大垣城を発ち、長浜に至ったのは宵五つ（二十時）の手前、六十里にも亘る長途の道のりをわずか二時半余りで駆け抜けていた。

「お帰りなさいませ」

城の東、大手門に至ると石田三成が出迎えた。秀吉は馬上から問うた。

「賤ヶ岳はどうなった」

「はっ。丹羽長秀様、桑山重晴様、固く守っておられます」

間に合ったと知って背から力が抜け、ふう、と長く息をついた。馬から滑るように降り、疲れた腰を後ろ手に叩きながらなお問う。

「して、手配りは」

「抜かりなく。長槍と貸し具足は三千余、他に長巻を百、刺又《さすまた》と手槍を五十ずつ、大手門の内に揃えてございます」

秀吉は「よし」と大きく頷き、走り詰めの兵たちを初めて労わった。

「おみゃあら、ようやった。まずは休め。少しだけじゃがな」

全ての顔が、ほっと安堵の息をついている。焦りゆえに道中では皆に辛く当たったものだ。そこへの手当ても要るだろうと、底抜けに明るい声を上げた。

「休んだら戦じゃぞ。これまでよう走ったことで、まずは皆に褒美をやるでな。その上に手柄を挙げたら、もう笑いが止まらんことになるんじゃ。やったれや！」

兵たちは元々の約束を思い出したらしく、ようやく笑みを見せた。どれも、欲にぎらついた良い笑みである。

「柴田は、おみゃあらの踏み台じゃ」

拳で天を突き、秀吉はげらげらと笑った。

一時半の休みを挟み、夜四つ半（二十三時）を期して、秀吉は長浜を発った。向かうは木之本の陣である。

総大将の帰還を知った木之本は俄かに勢い付き、士分の者が走り回っていた。足軽衆も槍を地に立てて列を成し、出陣の下知を今や遅しと待っている。秀吉はそれらに手を挙げて応え、陣を区切る柵の向こうへと馬を進めた。

山裾に設えられた陣屋から弟・秀長が駆け出して来る。それを見て頷くと、秀吉は馬を下りて北西の連山を仰ぎ見た。白地に黒で染め抜かれた「三つ引両」の旗――佐久間盛政の紋が、大岩山砦の篝火に赤く浮かんでいた。

「玄蕃め。危うく、してやられるところじゃった」

今に見ていろ。どういう目に遭わせてやろうかと、秀吉は頬を歪めた。

八　賤ヶ岳

風向きが怪しい。賤ヶ岳の桑山重晴はいったん退いたものの、一時の後には引き返して来ていた。しかも丹羽長秀の援軍二千を加えて、である。大岩山砦の陣屋の中、盛政は灯明の下で腕を組んだ。

「これで敵は三千か」

城攻めをするには、寄せ手の数は城兵の三倍から四倍を要する。だが砦は城に比べて多分に小さい。攻める数も幾らか少なくて済む。味方は朝駆けで六百ほどを損じたが、未だ七千五百近くがあり、数の上では足りるはずだ。

とは言え――。

腕組みを解き、床机に掛けた両膝に手を置いて肘を張った。首から力を抜くと大きく溜息が漏れ、眉間に皺が寄る。えい、と踏ん切りを付けて立ち上がった。

「誰ぞある」

「御用にござりましょうや」

陣屋の見張りに就いた若武者が、入り口に片膝を突く。盛政は軽く頷いて厳かに命じた。

「引き上げだ。兵をまとめるよう皆に申し伝えい」

「賤ヶ岳を取るのでは？」

確かに一時も前にはそのように決していたのだ。すぐに覆せば誰でも怪訝に思うだろう。しかし、と応じた。

「時が、かかり過ぎる」

砦の側は老獪《ろうかい》な丹羽長秀の援軍を得て意気も上がっている。不意打ちなら半日で下せようが、何しろ大岩山が朝駆けで落とされたその晩とあって、さすがに敵も用心は解くまい。

「明日の朝から攻めて、いつ落ちる」

「我らが奮って戦わば、一日か二日と存じます」

「それでは遅い」

丸一日をかけてしまえば、叔父が兵を進めて東野山を叩くのは明後日にならざるを得ない。大岩山と岩崎山を奪ってから都合二日、その頃には秀吉が岐阜から返して来るかも知れないのだ。

「筑前めが戻らば、木之本の陣は二万を下らぬ数となる。さすれば敵の兵共も奮い立つであろう。我らは今、七千五百だ。賤ヶ岳を攻めれば、さらに千も損じるに違いない」

こちらは三倍もの敵を迎えることとなり、今の賤ヶ岳砦と同じ苦境に立たされる。この連山で木之本からの進軍を阻まねば、柳ヶ瀬の本陣が東野山を襲うこともできないのだ。

ひととおりを聞かせてやると、目の前の若者はようやく得心した。

「承知仕りました。して、出立の刻限は」

「これより二時の後とする」

夜八つ（二時）を迎える頃である。若者は「はっ」と頭を下げて駆け去った——と思ったら、暗がりの中、がしゃりと鈍く響いた。具足を着けた者がぶつかり合った音である。

「どうした」

仕方のない奴、と呆れながら陣屋を出る。案の定、伝令を命じた若武者は十間足らずの向こうで尻餅をついていた。木之本の物見が戻り、暗中で鉢合わせになったらしい。その物見も転んで軽く頭を打ったようだが、こちらの姿を認めると飛び起き、慌てふためいた声を上げた。

「ち、注進にござります。羽柴筑前、先ほど、木之本に着陣！」

「何だと」

俄かには呑み込めなかった。二つ、大きく呼吸して問い直す。

「筑前が木之本に入ったと申したのか」

「え？　あ……はい、左様にござります」

「おい。見間違いではないのか」

盛政は小走りに進み、物見の腕を掴んだ。ぐい、と右手に力が入る。相手は痛そうに顔をしかめて頭を振った。

「この目で確かに。長浜で見た顔に間違いござりませぬ」

長浜で秀吉と会ったのは一年近く前、本能寺の一件の後だ。信長の弔い合戦を構えるべく兵を整えて近江に入った時、あろうことか柴田軍は、既に明智光秀を討ち終えた秀吉を迎える羽目になった。

「あの折……俺は、まことに筑前が戻ったのかと確かめに向かったが」

半ば呆然と発する盛政に、物見は忙しなく何度も頷いた。

「それがし、あの時、殿のお傍におりました」

秀吉――細面の額に皺深く、頬骨が尖《とが》り、反っ歯に沿って分厚い唇が突き出した痩せ鼠のような面相である。あれほど醜い赤ら顔を見忘れるとは思えない。

「木之本は篝火も増えて明るうございました。馬に跨った小男の顔も、はっきりと」

「もうよい」

やや語気荒く、掴んでいた右手を突き飛ばすように放す。ふと顔を向けると、伝令を命じた者も既に立ち上がっていた。

「陣払いを伝えに」

「いや、待て」

勢いよく一礼したところを制し、鋭く首を横に振って続けた。

「二時と申したが、少し早める。一時半の後には引き上げだ。急ぎ左様に伝えて回れ」

伝令が「承知」と駆け出す。盛政は、物見にも引き続き木之本を見張るように命じ、陣屋に戻った。

外していた兜を着け直す。苛立ちが募った。

いったい、何がどうなっている。万余の兵を率いて岐阜から返すなら、まず三日ほどを要するものだ。それでも備中高松から神速の大返しを成し遂げた秀吉ゆえ、二日と見ていた。その間に勝ち戦の形を作れるはずだったのに。

叔父・勝家は、さらに短く、秀吉が一日余りで戻ると見積もっていた。

そんな馬鹿な。長良川と揖斐川を越えねばならぬのに、一日かそこらで戻れるものか――そう高を括《くく》っていた辺り、己は甘かったのか。

もっとも、勝家が正しかった訳でもない。秀吉が今日の朝駆けを知ったのは、どう早くとも昼頃だったろう。そこから、ものの半日で駆け戻って来たのだ。こちらが四月二十日を期して動くと知っていなければ、これほどの速さは考えられない。

「間者か」

目を光らせて独りごち、それもあるまいと首を横に振る。戦の陣に透波は付き物だが、さすがに叔父の陣屋に怪しい者が近付く隙はなく、己と二人だけの評定が漏れるとは思えなかった。

だからこそ、目の前のことが分からない。なぜ秀吉は今、木之本にいる。大岩山への不意打ち、その決意がこの胸に宿る前から見抜いていたとでもいうのか。

「……筑前め。うぬは人か、あやかしか」

盛政は兜の緒を顎に固く締め、奥歯を強く噛み締めて頰を震わせた。

*

「これより退く。速やかに行市山へ戻るべし」

盛政は大岩山砦で奪った馬に跨り、皆を前に命じた。明けて四月二十一日、夜九つ半（一時）の頃であった。足軽衆が、ざわざわと手前勝手な声を上げる。眠らせてもらえないことへの不平であろうか。

「騒ぐな」

静かに、しかし気迫を込めて一喝し、睨み付ける。兵たちが息を呑んだ寸時に言葉を継いだ。

「今のように声を上げるのが最もいかん。誰ひとり口を開かず引き上げい。特に賤ヶ岳砦は用心を深くしておろう。万が一にも我らの動きを知られてはならぬ」

「そんなこと言うても」

右手奥から、ぽつりと漏れて来た。盛政はその方を向いて「たわけ」と応じた。

「どうやって、この大岩山に攻め寄せた。此度も同じことをするだけだ」

そして大きく息を吸い込み、正面を向いて少しだけ強く命じる。

「ただし、此度は殿軍に鉄砲方二百と徒歩二百を置く。また殿軍の後詰……と申すもおかしな話だが、この玄蕃も三百を連れて後ろから進む」

軍陣に透波や物見がある以上、如何にひっそり退いたとて、遠からず敵に知られよう。つまりは戦、それも難しい退き戦になる――察した兵の不安がより大きく膨らみ、夏の夜の湿った空気をさらに重くした。

盛政は、努めて平らかに言い放った。

「この引き上げは次の一手を打つため、勝つためである。いざ進め」

下知ひとつ、兵たちは無言で大岩山を下った。声を上げるなという厳命に従っているのか、未だ胸中の気懸かりを持て余しているのかは定かでなかった。

雨に緩んで滑りやすかった昨晩と違い、一日を経た道は乾いて歩きやすく、余呉湖の畔までは一刻ほどで下り果せた。あとは昨晩の道を返すのみである。動きを秘しての撤退ゆえ松明を持たないが、来た時の逆で、右手に水際を見て進めば難儀はしない。

やがて湖岸が大きく右手に曲がるようになった。どうやら湖の南端が見えてきたらしい。

遠く奥の山頂には賤ヶ岳砦の篝火が火の粉を巻き上げている。そこからさらに右、砦から一里近くも離れた辺りには別の灯りがあった。小さな火が数多く揺らいでいる。盛政は馬上から眺めて小さく頷いた。前田利家の陣取る茂山から南側の尾根伝い、飯ノ浦の切通しである。ここには弟・柴田勝政があり、賤ヶ岳砦を睨んでいた。

「皆、あれを見よ」

　声を潜めて飯ノ浦を指し示す。周囲の者が聞き拾ってそちらを向き、余の者はそれに倣って尾根を見上げた。自軍の退き口を助ける者があると知って、兵を包んでいた重苦しいものが少しばかり払われたようであった。

　やがて行軍は余呉湖の南岸を進む。右手に見遣る岸が、向こう一里ほどでさらに右へと大きく向きを変えていた。岸伝いに北へ進んだ先には川並の地、そこから権現坂を上れば茂山に至る。この坂まで辿り着けば撤退は成ったも同然であった。

「何時だ」

　盛政の小声に、帯同する透波が空を見上げて「未だ一時」と返した。大岩山を出てから一時なら夜八つ半（三時）だ。夏の宵は短く、あと半時余りで空は白み始めよう。それまでの間に、できるだけ――。

「進めえい！」

　左の山頂、賤ヶ岳からではない。後ろだ。しかも、この裏返って捻じれたような声。間違いない、秀吉である。

「来たか」

盛政は左手の手綱を強く引いて馬首を返した。

「あわ……」

「羽柴の兵じゃ」

「追い付かれたんか」

周囲の兵が狼狽の声を上げた。喋るなという厳命も、ここに至っては既に無用である。

盛政の喉に掛かっていた箍《たが》が外れた。

「うろたえるな！　先手と中備えは賤ヶ岳に気を配りながら退け。殿軍、後詰、後ろ向けい」

一声、殿軍とその後詰が向きを変えた。これまでの逆、右手に山を、左手に岸を見ている。盛政は山をざっと眺め、すぐにまた声を上げた。

「鉄砲方、半町進んで山へ」

兵たちが下知に身を揺すり、背筋を伸ばす。次いで鉄砲方の拝郷五左衛門が「行くぞ」と右手を高々と振り上げた。同じく鉄砲方の原彦右衛門も「続け」と駆け出す。それぞれの下に付く百ずつの鉄砲がばらばらと後を追い、山に紛れて行った。

「槍、構えい」

盛政はさらに、自らの徒歩勢三百に命じた。殿軍の徒歩二百もこれに併せ、長い足軽槍を真っすぐ立てた。この二百を束ねるべき二人、原勘兵衛と青木勘七郎が駆け足に前へと進む。二人の抜き払った刀が、水面《みなも》に跳ねた月明かりで青く滲んだ。

大岩山と賤ヶ岳の中ほど、ざっと百に満たぬほどの松明が山肌を駆け下りて来る。羽柴方の先手衆であった。織田の戦では、松明は二十人から三十人にひとりだったが、秀吉がこれに倣っているなら、敵の数は概ね二千といったところか。味方の殿軍と後詰は鉄砲まで含めて七百だが、戦えぬほどの差ではない。思い定めて、盛政は傍らの透波に問うた。

「どれほど離れておる」

「五町と少し」

頷いて、腹の底から叫んだ。

「六十だ」

足軽たちの半分近くが後ろを振り返った。戦のたびに雇われる身ゆえ、こちらが何を言っているのか分からないのだろう。だが、この者たちが分かる必要はない。盛政は顎で「前を向け」と示した。

秀吉の先手は次々と山を下り、まさに猛然の一語に尽きる勢いで馳せ寄って来る。固唾を呑みつつ、しかし少しばかり目を疑った。前を走る足軽に貸し具足を着ている者がひとりもいない。手にする得物もただの竹竿と見えた。そうかと思うと、それらを率いる士分と思《おぼ》しき者が貸し具足を身に着け、足軽の長槍を携えている。

「さては筑前め」

兵の大半を占める足軽に具足を脱がせ、足を速めて岐阜から帰ったのか。だが、それは驚くべき神速の一端でしかないように思われた。他にも策があったはずだ。

そこで、右手に半町ほどの先から「三十」と声が渡った。鉄砲を率いて山に入った拝郷五左衛門である。盛政は我に返り、やや慌てて大声を上げた。

「六十、取り止め！　四十五だ」

発するうちにも、敵兵は地鳴りと共に迫る。戦場の熱気が濁流の如く押し寄せた。

「我こそ福島正則！　佐久間玄蕃、その首置いて行け」

束になった人の駆け足、静寂を吹き飛ばす喧騒をさらに断ち割り、怒気か狂気かという声が突き抜けて来た。未だ三町も向こうだが、声の主の居どころは、はっきりと分かる。足軽の群れに紛れながらも、正則なる者の姿はぎらぎらと輝いて見えるようであった。

「四十五」

右手、山の中から原彦右衛門の声が渡る。次いで二百の鉄砲が一斉に火を噴いた。

ぼっ、と闇の中に火薬の炎が立ち、明るくなったと思いきや、光はすぐに失せる。曇天《どんてん》から落ちる雹《ひょう》が戸板を襲った――そういう音が飛び出し、敵兵が三十、四十と、まとめて弾き飛ばされた。一度の斉射でこれほど多くが斃れたのは、向こうが具足を着けていないからだ。それゆえの足の速さを鑑みて、斉射の頃合を「六十数えたら」から変えたのだ。狙っていた以上の首尾となった。

「掛かれ！」

盛政の雄叫びに背を突き飛ばされ、兵たちが狂乱の喚き声を上げて前に出た。今の今まで自身こそ殺される側だと怯えていたのが、敵の出で立ちを目にして大きく覆っている。手に手に槍を掲げ、鉄砲に怖じけて足を止めた敵に襲い掛かった。

「叩けい」

よく通る低い声は青木勘七郎か。足軽が敵の群れに詰め寄り、飛び込んで、思い思いに槍を振り下ろして痛烈な一撃を加えた。

「糞ったれが、脅かすだけか」

「あ、あは、あはははっ」

「い、いいい、い、いきそうじゃあ」

「死ね！　死ねや！　おらあ」

怒り、狂喜、愉悦、殺意——恐怖に身を投じる歪みが裏返り、殺すことへの恍惚《こうこつ》に変貌している。対して敵の熱は一気に冷めた。重い足軽槍の一撃には骨の一本を容易く砕く力がある。粗末な貸し具足さえ身に着けぬ敵兵は、少しでも打ち据えられると泣き叫んで転げ回り、何とか抗おうとする者の足を掬って、わずかに残っていた意地まで根こそぎ刈り取ってしまった。

「五左衛門、彦右衛門」

盛政は森へと声を飛ばした。すると鉄砲方の二百が駆け出し、さっと一町も後ろに退いて再び森へと入る。敵にもこれは見えているはずだが、気を配るほどの余裕はないらしい。さもありなん、目の前の徒歩勢に脅かされ、生きるか死ぬかの時なのだ。

「いざ参らん」

壊乱の様相を呈した烏合の衆に向け、盛政は馬の腹を蹴った。

「玄蕃だ。道、開けい」

味方の足軽が呼び声に振り向く。正気を失った呆け顔は、寸時の後、鬼の襲来を認めて次々と飛び退いて行った。人垣がばらりと払われて道ができる。

「どけ、どけい。筑前はどこだ」

敵兵の中に馬を踏み込ませて斜めに槍を振るい、左右を代わる代わる薙ぎ倒してゆく。その奥から、貸し具足に足軽槍の姿が人波を掻き分けて進んで来た。

「鬼玄蕃！　うぬが首、加藤清正がもらった」

打ち下ろすか地に付けて槍衾を組むか、どちらかの使い方しかないはずの長柄を片手で掲げ、二間の向こうから突き出して来る。膂力《りょりょく》の逞しさは、やはり士分の者であった。

「下郎が、猪口才《ちょこざい》な」

喉元を窺わんとする槍を、自らの馬上槍で右から叩き、大きく逸らす。清正と名乗った若武者は、重い槍の動きを押し止めることまではできず、踏鞴を踏んだ。

「殿を討たすものか」

横合いから原勘兵衛、声に続いて刀が一閃する。清正は咄嗟に身を屈めて自らの長槍の下に潜り込み、両手で柄を支えて一撃を受け止めた。

「せえの！」

掛け声と共に刀を弾き飛ばし、清正が数歩を退く。勘兵衛との間は、たちまちのうちに雑兵に埋め尽くされていた。

盛政はこれを横目に槍を振るう。何を見ずとも、人の発する気配だけで、どこに立っているか察せられた。敵を捉えた手触りが、ごりごりと立て続けに三つ伝わる。固く湿った響きは、誰かの首を砕いたのだと知れた。

「筑前、出て来い。鬼が迎えに来てやったぞ」

秀吉はきっと兵たちの後ろで下知を飛ばしている。ここな有象無象を片付けてしまえば退治できるのだ。ひとつ、二つ、槍を振り回して敵兵を殴り飛ばし、頭を叩き壊して前へと進む。

「やっ！」

右前に目を向けていたら、気勢の籠もった鋭い声が襲い掛かった。盛政は槍を持ち替えて左手を真横に突き出す。受け止めた力はずしりと重く、掌が痺れた。

「何奴」

左を向くと、これも瑞々しい覇気を撒き散らしている。

「加藤孫六、嘉明と申す者」

「知らぬ名だ。往《い》ねい」

押し合う槍に右手も添えて、えいや、と弾き飛ばす。嘉明は大きく仰け反って、長槍の重さに二歩、三歩と後ずさったものの、ついに転げることはなかった。

「殿、出すぎておられますぞ！」

後ろから青木勘七郎が怒鳴るように諫める。確かに、と盛政は手綱を引いた。今ここで秀吉を亡き者にせんとも思ったが、己が役目は、まず無事に兵を退かせることなのだ。猛然と戦いながらじわじわと下がり、相手が根負けするまでこれを続けるのが肝要である。

馬の足が止まると、正面に五間ほどか、辺り一帯を吹き飛ばさんばかりの気勢が迫って来た。闇に際立つ危うい眼光は、これぞ最初に聞いた雄叫びの主・福島正則であろう。戦って負けるとは思わぬものの、厄介な男には違いあるまい。斯様な者を相手にしていては、いつまで経っても退き果せない。

「皆々、下がれい」

周囲の味方に向け、叱り付けるような下知を飛ばす。すると戦場の熱に浮かされていた者たちが、さっと面持ちに畏怖を湛えた。これで良しと馬首を返す。木偶《でく》の坊《ぼう》に成り下がった敵の足軽を蹴散らし、踏み越えて二町も退いた。

こちらが退くのに合わせ、羽柴勢もいったん下がった。だが追い討ちそのものを諦めた訳ではない。半刻ほどの時を置いて兵を落ち着けると、また突っ掛けて来た。今度は具足を着けた士分の者を前に立てている。

「愚か者め」

盛政は「二十」と声を上げてほくそ笑んだ。その二十を数えたところで、森に潜ませた鉄砲が火を噴くのだ。

ところが。

敵軍の前を走る士分の者たちが、二十を数えるより少し前に身を屈めた。そのまま、ごろごろと地を転げて駆け足の勢いを殺している。鉄砲が捉えたのは、またも足軽衆のみであった。

「抜け目のない……」

どうやら秀吉だけは、こちらの鉄砲の動きを見ていたのだ。その上で足軽を捨石に使い、佐久間玄蕃の退き戦を見極めんとしている。今ここで長く戦っては不利を蒙《こうむ》ることになろう。

しかし、と盛政は目元を引き締めた。前方遠く、秀吉に捨石とされた兵共は、先ほどの足軽たちと同じく鉄砲の斉射に怯えている。

「ならば、まずは数を削ってくれん」

如何な秀吉とて、兵がなければ追い討ちは続けられない。こちらの手の内を知られる前に、敵の足軽をできるだけ蹴散らすべし。

思い定めて再び徒歩を前に進め、しばし斬り結ぶ。敵の雑兵は混乱を極め、我先にと逃げ出し始めた。これで良し、よもや三度めの仕掛けはあるまいと、盛政は頃合を見計らって下がった。

然るに秀吉は、それでも兵を前に出した。すっかり怯えて使い物にならぬだろうに、どうして無駄なことをするのか。

もしや、と眉が寄った。

「手の内を」

見るためではない。他にも狙いがあるのだ。それは何だろう――勘繰りつつ、応戦して三度めの鉄砲を放たせる。

と、秀吉の先手は今度こそ矛を収めて退いて行った。東の空が白み始める頃、盛政はようやく皆の後を追って退き、川並の地から権現坂を上った。

「殿、殿！」

鉄砲衆を率いて奮戦した拝郷五左衛門が、馬を追って駆けて来た。肩越しに微笑を返す。

「ご苦労だった。良き働きぞ」

「有難きお言葉。されど羽柴方に追い討ちを思い止まらせたは、やはり鬼玄蕃あってのことにござります。今頃は敵も震え上がっておりましょう」

「だと良いのだがな」

五左衛門は、どこか当てが外れたような顔である。盛政は軽く頷いて前を向いた。

秀吉が、わざわざ三度めを仕掛けて来たのは何ゆえだろう。それで得られるものは、ないに等しい。わずかに時を稼げるくらいなのだ。

「む？　いや……」

背筋を、嫌な痺れが駆け上がった。

俺が秀吉の立場なら、と考える。大岩山砦を捨てたのは、秀吉の着陣を知ってから一時半の後であった。秀吉の本陣、木之本にある兵の大半は、未だきちんと整っていなかったに違いない。

「そこで、俺が退いた」

これを知った秀吉が、急ぎ、出せるだけの兵を出したのなら。あの男が欲したのは、取るに足らない「わずかの時」ではなかったのか。支度を万全にするために時を稼ぎ、こちらの動きを遅らせたのだとしたら。

「この場でけりを付ける気か。勝政……早う退けよ」

昨日の朝駆け、今宵の撤退を支えてくれた弟を思い、呟く。左後ろを見上げれば、弟・柴田勝政の陣がある飯ノ浦の空も、闇が払われる頃であった。

秀吉は、また仕掛けて来る。そう時を置かぬうちに——。

*

盛政は床机に座って目を瞑っていた。眠っているのではない。秀吉は、いつ攻め寄せるのだろう。どういう手管か、攻め口はどこか。そればかり考えている。

やがて、瞼の向こうに感じる光が力を増した。目を開けば東野山の向こうが朱に染まっている。明六つ（六時）頃か。

兵たちは列を整えてその場に座り、背を丸めて眠っていた。権現坂を上りきって北へ二里の辺りである。東に一里半も行けば茂山だが、盛政は敢えてこの場に兵を留めた。未だ弟・勝政が退き果せていないからだ。

木々の向こうが橙色に染まり、その先にある東野山に山吹色が弾ける。眩しさに目を瞬《しばたた》くと、昨晩の戦いで見た顔が浮かんできた。福島正則、加藤清正、加藤嘉明——鬼玄蕃の名にも怯まず突っ掛けて来た者たちは、どれも二十歳を少し過ぎた頃と見えた。

武勇なきがゆえに策を使う。かつて秀吉が言ったことを思い出し、胸中に「嘘つきめ」

と吐き捨てた。秀吉に武勇がなくとも、あれほど素晴らしい殺気を撒き散らせる者が三人もあれば、補って余りある。この先は一層の用心が要るだろう。

　警戒を深める一方、敵方の若武者たちを頼もしくも感じた。皆が武士として主君を信じ、自らの明日を勝ち取ろうとしていた。こちらが名を知らなかった辺りからして、三人とも大身ではない。自身の今を塵芥《じんかい》の如しと認めているのだろう。だからこそ、より優れた者になろうと奮い立つことができる。若い者は――否、人とは、そうでなくてはならない。

　己とて同じだ。桁外れの英主を失った織田を支え、いずれは主家の柱石となり、世の高みに立とうと懸命になっている。この戦に賭ける思いはあの三人に通じるものがあった。

「申し上げます」

　物見の兵が駆けて来た。その勢いは、尾根の細道を転げ上がるが如し。盛政の心に通った温かみは別の熱へと転じた。

「動いたか」

「はっ！　羽柴方、木之本から柳ヶ瀬に一万を差し向けました」

「誰が率いておる」

「沢瀉紋の旗なれど、瓢箪の馬印がありませぬ。筑前が弟・羽柴秀長かと」

　危うい、と胸に波が立った。叔父・勝家の柳ヶ瀬本陣は七千を残すのみ、秀長らしき一万と東野山の堀秀政とで挟み撃ちにされたら苦戦は免れまい。

「いやさ」

盛政は床机を立った。己が、街道を進む秀長の後ろを取れば良いのだ。さすれば一万の新手は四分五裂の体となり、柳ヶ瀬は救われる。叔父は易々と東野山を蹴散らすことができよう。

「皆の者、起きよ。これより権現坂を下る」

未だ寝こけている兵に呼ばわる。目を覚ました者から、周りの者を起こして回っていた。

それらが列を整える中、盛政は南へと目を向ける。未だ退き果せていない弟の身が、唯一の気懸かりだった。勝政の兵は二千ほど、睨み合う賤ヶ岳砦は三千、木之本の敵陣にはさらに一万が残っている。これを振り向けられたら、数の上で勝ち目はない。

しかし、と努めて自らの心を支えた。大丈夫だ、と。

賤ヶ岳に増援があったとて、勝政に攻め掛かるのは容易ではない。敵は切通しの隘路《あいろ》を取らざるを得ず、数の利を活かせないからだ。兄の贔屓目やも知れぬが、勝政には大将の器がある。出口に待ち構えて矢玉を集め、押さえ込んでくれると信じよう。今の己にとって何より大事なのは、総大将たる勝家の陣を潰《つい》えさせぬことだ。

「いざ、進め」

すっかり明けた空の下、狭い道に兵を三列に並ばせて出陣した。長蛇の行軍は時がかかるが、柳ヶ瀬を指す一万を後ろから襲うには、少し遅れるくらいがちょうどよかった。

半時余り、明六つ半（七時）も近くになって、七千はようやく権現坂に達した。あとはここを下って余呉湖北岸を東に進むのみである。

「行――」

「申し上げます！」

槍を掲げて「行くぞ」と発しかけたところで、物見が坂を駆け上って来た。先に羽柴秀長の動きを報じた者と比べても明らかな狼狽を湛え、面持ちを引き攣《つ》らせている。

「どうした」

槍を下げて問うと、物見は肩で息をしながら盛政の馬前に平伏した。

「木之本より敵が出て参りました。大岩山を下って、余呉の岸伝いにこちらへ進んでおります」

「何と。今、どの辺りにおる」

眉根を寄せて問う。と、伝令は酷く咳き込んで、途切れ途切れに言葉を拾った。

「先手は、もう。駆け足が、は……速く」

何を言わんとしているのかは概ね分かった。どうやら羽柴方は余呉湖南岸を進み果せ、賤ヶ岳の麓も過ぎている。足軽衆が具足を着けていないことが、行軍の速さをことさらに増しているのだ。

「如何なさいます」

先手を率いる安井左太夫が不安げに問うてくる。盛政は面持ちを引き締め、きっぱりと言った。

「新手の動き次第だ。されど決して負けぬ。道、開けい」

兵たちが脇に寄せる。盛政は馬を進めて先手に加わった。自ら敵を窺い、すぐに打つ手を決めるためである。物見を介して手間を増やし、動きが遅れることは避けたい。

「駆け足！」

兵を督して坂を馳せ下りる。七分目を過ぎた辺りで右前の向こうが見渡せた。そこには瓢箪の馬印、秀吉である。そして大軍の姿があった。兵の姿が胡麻粒ほどに見える辺りからして、一里半くらい先だろうか。そこまで遠く離れている訳ではない。

「……いかん」

ざっと見ただけで、敵方の数は一万ほどと分かった。その七分は権現坂に備え、残る三分が山へと向かっている。半ば崖のような山肌をよじ登り、飯ノ浦にある勝政の横腹を抉《えぐ》るつもりなのだ。

「誰か、茂山に走れ」

盛政の声に伝令が駆け寄った。言下に命じる。

「前田殿に伝えよ。我らは筑前と一戦交えるゆえ、前田殿は余呉の北にある敵陣二つを蹴散らし、早う柳ヶ瀬の本陣に合力されたし。以上だ」

「されど、それでは柳ヶ瀬への援軍が遅れましょう。持ち堪えられるのでしょうや」

「我らが向かったとて、飯ノ浦を捨て置けば同じだ。勝政は蹴散らされ、こちらこそ後ろを取られる。又左殿に動いてもらうしかない」

　噛み付かんばかりの気勢に、伝令は「承知」と返してすぐに駆け去った。

「五左衛門、彦右衛門！」

「はっ」

「これに」

　後方で声を上げた拝郷五左衛門と原彦右衛門に向け、槍の先で一方を指し示す。

「山肌の森を進め。何をすれば良いかは分かるな」

「承知！」

　駆け出した一団を見送ると、盛政は高々と槍を掲げ、今度は兵たちに進むべき道を示した。

「あれに見える瓢箪を打ち砕け。さすれば羽柴方は綻ぶ。いざ鬨上げい！　えい、えい！」

　盛政に続き、兵たちが「おう」と返す。そして皆が鬨の声を上げ、坂の残り三分を駆け下りた。秀吉率いる一万のうち、こちらと同じ七千は端から権現坂に備えている。この喧騒は察して当然だが、裸同然の足軽衆でさえ、一切取り乱すことがない。

　それが何を示すのか、盛政はすぐに察した。

つまりは、鉄砲で狙う肚なのだ。岐阜から戻るに当たっては、兵の足を速めるために置いて来たはずだ。しかし長浜城と木之本の陣には相応の数があったと考えてよい。

味方の先手から敵までは残り四町、向こうは未だ動かない。鉄砲が届くぎりぎりの間合いであるから、今少し引き付けるのが常道である。

「駆け足、緩めい」

盛政の下知に応じ、徒歩勢の足が目に見えて遅くなる。そのまま残り三町まで寄せると、敵の先手に立っていた足軽衆が、さっと屈んだ。替わって、後ろに屈んでいた三百ほどが立つ。手には黒光りする鉄の筒を構えていた。

「屈め！」

残り二町半、再度の下知を飛ばし、自らも転げるように下馬して地に這った。

そして轟音。斉射をやり過ごして立つと、鼻を刺す煙が夏の風に乗って渡る。盛政はもう馬に跨り直すことなく、兵たちと共に駆けた。目は真っすぐ前だけを見ている。鉄砲の備えはこれだけなのかを見極めるためであった。

先んじて屈んだ敵の先手が再び立ち上がり、手にした槍――昨晩見たとおり、ただの竹竿だが――を掲げて前に出る。小癪な、と眦を吊り上げた。

「当たれ」

盛政の大音声に応じ、兵が槍を叩き下ろす。長槍と竹竿がぶつかり合い、がらがらという音が辺りに満ちた。中身が空の竹竿は、足軽槍と違って響きが良い。もっとも騒々しいばかりで、槍とぶつかり合えば折れて使えなくなるものも多かった。

「斯様な猿智慧で」

雄叫びひとつ、盛政は猛然と馳せた。馬廻衆が決死の覚悟で共に前へ出る。

「勝てると思うな！」

右足を大きく踏み込み、烈火の如き気合を込めて一気に左へ薙ぎ払う。敵兵の頭が、二つまとめて宙を舞った。

「ふん！」

払った勢いを利して大きく左後ろに引き戻し、逆手の構えから一気に突く。こちらの勢いに慌てふためき、敵兵が逃げようとして横を向いた。盛政の槍が、その兵のこめかみを串刺しにした。

「邪魔だ」

頭を貫かれ、だらりと重くなった骸が槍の穂先を捉えたままになっている。しかし構うことなく右に向けて振り回し、ぶら下がった体で周囲の敵兵を叩き据えた。ただの肉塊となり果てた骸は、三人ほどを転げさせて、ようやく抜けた。

「筑前どこだ！　この玄蕃、地獄の鬼となり、うぬを閻魔《えんま》に引き渡してくれん」

大将の武勇、鬼気迫る勢いが兵たちに火を点けた。敵のほとんどに具足がなく、満足な得物すら手にしていないことで、心の火は瞬く間に炎へ、業火へ。そこかしこで敵の足軽を叩き、士分らしき者があれば数人で囲んで嬲《なぶ》り殺しにしていた。討ち取った首を刎ねんとする者があれば、半ば断たれた首を引き千切って手柄を奪おうとする者もある。大将が地獄の鬼なら手下は餓鬼、貪り喰らうが如き殺戮《さつりく》であった。

「おら、死ねや！」

「ひっ……」

味方の兵が満面を赤黒い血に染めて迫り、敵が腰を抜かす。尻餅をついて、がら空きになった股間が踏み潰される。敵兵は短い絶叫を上げて気を失い、麻の括《くく》り袴《ばかま》を小便で染めた。

敵の備えの奥を見れば、あたふたと何も手に付かぬ様子だった。何しろ先手の徒歩衆がこれほどに蹂躙されているのだ。後ろにある鉄砲方とて落ち着いてはいられないのだろう。そろそろ弾込めが終わる頃となっても、次の斉射はなかった。

「屈めや、阿呆たれ共が」

癖のある秀吉の声が喧騒の中にきんきんと響き、敵の鉄砲三百が押し潰されたようにくずおれる。それらの向こうには、さらに二百挺が構えられていた。

「撃ち殺せ」

極限の怒気を孕んだ甲高い声が渡る。刹那、盛政の率いる先手に斉射が加えられた。

「むあっ！」

「……お」

馬廻が二人、周囲の足軽に至っては二十人か、それとも三十人か、吊られていた糸が切れたように大地へと落ちた。見回して舌を打ち、盛政は腰を落とす。先に屈んだ三百の鉄砲に、ようやく弾込めを終えたと見える者があったからだ。敵兵の体を盾にせねばならない。

「何が鬼玄蕃じゃ。おみゃあら、そこな痴《し》れ者は手を出せんぞ。ぶち殺したれや」

悔しいが、そのとおりだ。この肉の壁、敵の群れを無闇に突き崩してしまえば、鉄砲の的となる以外にない。敵の雑兵もそうと察したか、怯えから転じた怒りを込めて竹竿を打ち下ろしてきた。

「こなくそ」

盛政は地を転げて避ける。避けた先を窺う竹竿を槍の柄で弾き、ぎろりと目を剝いた。

「無様、浅はか、阿呆の玄蕃！　鉄砲も連れずに突っ込むとは。何が武勇じゃ糞ったれ」

秀吉がこちらの戦いを見て、げらげらと大声で笑う。耳障りな声だ。

ほざいておれ――腸《はらわた》を煮えくり返らせながら心中に吐き捨て、盛政は辺りを見た。味方の兵も動きを鈍らせている。この上はと、敵兵の腹に体当たりを食らわせ、左の肩に肉の盾を担ぐ格好で槍を振るった。

「放て！」

奮戦すること如何ほどか、右手の森で声が上がった。鉄砲、二百を束ねた轟音が山中にこだまする。

「五左衛門、彦右衛門！　ようした」

肩に担いだ敵兵の身を放り捨て、大声を上げた。

味方の鉄砲に急峻な山肌を伝わせたのは、飯ノ浦を狙う敵を阻むためであった。勝政の脇を窺っていた者を、今の斉射でどれだけ退けたかは知らない。今ここにいる敵を狙って放たれたものでもない。だが、それで構わなかった。

鉄砲の脅威は、弾のみにあらず。こちらに向けて放たれたものでなくとも、音によって怯ませることはできる。

そして、こちらの鉄砲が飯ノ浦に回っていると示したことは、目の前の敵にとって、ことさらに大きかったようだ。

恐らく秀吉は、兵たちに、こう言っていたのだろう。飯ノ浦を崩すまで鬼玄蕃の相手をしていろ。それで勝てる。柴田勝政を叩き、賤ヶ岳砦から兵が動けば、佐久間玄蕃は挟み撃ちだ、と。

しかし、不意の轟音が知らしめた。秀吉の戦が、崩れるかも知れないと。羽柴勢の足軽は具足を着けず、満足な得物も持たない。その危うさが心の揺れを激しくしている。戦の形が崩れたら、どうなるのだ――青ざめた面持ちには、そう大書されていた。

「力と力の戦で」

盛政はぎらりと目を光らせ、手近な敵をひとり蹴り飛ばした。弾かれた身が五人、六人をまとめて薙ぎ倒してゆく。

「俺に勝てるとでも思うたか、猿！」

雄叫びひとつ、槍を振り回しながら突っ掛けた。

うぬが命を断たねばならぬ。

潰してやる。

殺してやる！

総身から、その気勢が叩き出された。誰もがこれに慄き、飛び退き、頭を抱えて蹲《うずくま》る。

敵兵の中に、はっきりと道ができた。向こう三町の先には煌《きら》びやかな瓢簞の馬印、馬藺《ばりん》後ろ立てを備えた唐人兜が見える。

その首を引き抜くため、俺はここに来たのだ――。

「化け猿め、そこ動くな」

大喝と共に足を速める。唐人兜は少し仰け反り、辺りに何やら喚いていた。

「行かせてなるか」

横合いから飛び出して来た者がある。昨晩も見た顔だ。今日は足軽槍ではなく黒漆塗りの菊池《きくち》槍《やり》を携えていた。人を殺すことへの歪んだ悦びを、真正面から迸《ほとばし》らせている。

容易には進めぬ。盛政は足を止め、相手との間合いを計って槍を構えた。

「福島正則なる者か」

「俺を知るか」

殺し甲斐があるとでも言いたげな、修羅の笑みである。

「うぬなど知らぬ！」

槍を扱いて一気に突き出す。正則は二歩飛び退いた。辺りには、もう敵の怖じけた息遣いはない。勢いを盛り返した味方の熱い狂喜だけがあった。この上で正則を仕留めれば、目指す秀吉の首まで一気に走れる。

「放て」

右手の森から、また鉄砲が響いた。飯ノ浦を叩かんとしていた敵兵たちが、ばらばらと余呉湖畔に逃げ出して来ている。

「うぬらの負け戦だ。逃げんでよいのか」

逃げぬなら首を刎ね、肉を喰らってやるという目で正則を睨み据える。気勢だけではない、本当にその気だと察したのだろう、向こうは右足を半歩引いた。とは言え尻込みしたのではない。嬉しそうに笑っている。隙あらば、引っ込めた足を一気に踏み込んで突き殺す構えだ。

周囲の喧騒はなお激しいが、対峙する二人には誰ひとり手を出そうとしない。そうした中を、味方の喚声がじわじわ前に進んでゆく。押している。いざ目の前のよき敵を討ち取り、秀吉を、猿の戦を叩き潰してくれる――。

「突っ込めい！」

後ろから不意の一声が渡った。耳に親しんだ味方の声ではない。続いて常ならぬ騒ぎ声が乱れ飛ぶ。驚愕、狼狽、思いもかけぬことに出くわした時の頼りない空気が、一気に蔓《まん》延《えん》した。

もしや、の思いに寸時の震えが走った。幾多の戦に臨んだ身だからこそ分かる。これは負け戦の澱み、算を乱した人の混沌《こんとん》だ。こちらの震えと同時に正則が目を逸らした。己が背後、遠くである。

「い、やっ！」

隙を衝いて喉を襲ったが、すんでのところで相手が後ろに倒れ、槍は空を切った。正則はそのまま後ろ向きに転げ、ごろごろと四間ほども離れた。

「筑前様の勝ちだ」

言葉の意味は、頭の先から爪先まで、総身で感じ取ることができた。蜂の巣を突《つつ》いたような背後の騒ぎは、味方の後続が横合いを衝かれたことによるものだ。嗅ぎ付けたのだろう、たった今まで押していた先手の兵にも狼狽が渦巻いている。

「……退け！　退けい」

盛政は踵を返し、脱兎《だっと》の勢いで後ろへ下がった。余の者も同じである。一気に逆流した人波の中、福島正則は追って来られないようであった。

「左太夫、勘七郎、勘兵衛、聞こえるか！　彦右衛門、五左衛門、退け！」

安井左太夫、青木勘七郎、原勘兵衛、原彦右衛門、拝郷五左衛門、家臣の名を叫びながら盛政はただ走った。

負けた。柳ヶ瀬に向かった秀長の一万、飯ノ浦に至った秀吉の一万、羽柴方が近江に従えている兵はこれで全てのはずだ。なのに、目の前には負け戦の地獄絵がある。己が兵は間違いなく横腹を食い破られ、壊乱し、あちこちで逃げ惑うのみ。

不意打ちを仕掛けた敵は、千ほどもあるらしい。残余の兵はないはずなのに、どうやってこれほどの数を捻り出したというのだ。やはりあの男は人ではなく、魔物なのか。

「四つ目菱《びし》……だと」

盛政の目に飛び込んで来たのは、余呉湖北岸・神明山に布陣していた木村重茲の紋であった。ならば堂木山の木下半右衛門も加わっているのか。二人の兵を足せば千に届くだろう。

だが、と左手の奥へと目を遣る。余呉の北を平らげ、叔父・勝家を助けてくれと、前田利家に伝令を出したのだ。あれほどの猛者《もさ》が二人の陣を襲い損ねたとは、如何にしても信じられない。兵とて、利家は三千も連れていたではないか。

「あ……」

見遣る茂山の光景に愕然とした。梅鉢の紋――前田の旗が山を下らんとしている。こちらに向けて、ではない。全く逆しまの北西、茂山よりさらに左奥の麓へ向けて。

利家が、戦わずに退いている。木村と木下がこちらに兵を転じられたのは、それがゆえだったとは。盛政の駆け足が次第にゆっくりになり、そして、ついに止まった。

「どうして」

なぜだ。勝てる戦だったのに。肩で息をしながら、右手の槍を砕かんばかりに握り締める。

その右手を摑み、ぐいと引く者があった。小姓頭の豊島猪兵衛である。

「殿、殿！　お逃げくだされ。勝政様も既に討たれたと聞こえております」

こちらが崩れたことで、畳み掛けられてしまったか。討ち死には戦場の常とは言え、弟に申し訳なく思えてならない。

呆けて足を止めたままの身に、豊島は必死で声を振り絞った。

「殿、さあ。この猪兵衛、必ずやお守りいたしますゆえ。命ある限り諦めるべからず。さすれば運は、気紛れに我が方を向くやも知れぬ。その時こそ懸命になれと、お教えくださったではありませぬか。生き延びることをお考えくだされませ」

どくりと、胸が脈を打った。出陣の前、確かにそう諭した。そして。

己も、かつてそう教わったのだ。

『この世は、ほぼ全てのことに手が届かん。だからこそ手を伸ばさねば何も成せぬ』

信長の声が耳に響いた。

其方は諦めの悪い奴だ。諦めが悪いからこそ手を伸ばそうとする――。

「何かを成すには」

ぼそりと呟いた。そのためには、諦めてはならない。織田家を支える柱石となり、以て立身を極める。この望みにはもう手が届くまい。一敗地に塗《まみ》れ、兵も蹴散らされたのだから。

それでも、命ひとつがあれば。

「猿の。あやつの」

秀吉の命だけは、奪えるかも知れない。否、それだけは成し遂げねば。世の歩みを誤らせぬために。

「えい！」

激しく頭を振って心の揺らぎを払い落とす。盛政の面持ちに、力が戻った。

「豊島猪兵衛、供を命ずる。何が何でも落ち延びるぞ」

「承知仕った」

豊島は感極まって涙を落としながら、盛政の手を強く引いた。導かれる先では、権現坂が変わらぬ姿で見下ろしていた。

九　北ノ庄

　前田利家が退いて後、佐久間盛政と柴田勝政を蹴散らした。勝家の本陣・柳ヶ瀬は今や丸裸、そこへ南から羽柴秀長が、東からは堀秀政が挟撃を仕掛けている。秀吉は既に木之本へ帰陣し、戦況を窺うべく物見を出していた。

　幾人も出した物見が、引きも切らずに注進を入れる。どれも味方の優勢を報せるものばかりであった。

「申し上げます。柳ヶ瀬の先備え、浅《あさ》見《み》道西《どうせい》が退きました由」

「おう」

　気のない声で、ごく短く応じる。浅見が退こうがどうしようが、言ってしまえば取るに足らない。それより——。

「追い討ちを仕掛けるよう、お伝え致しましょうや」

　伝令の者が確かめてきた。気を利かせたつもりなのだろうが、今の秀吉にはこれが癇に障った。返す言葉も突《つ》っ慳貪《けんどん》になる。

「要らんわい。修理の奴が退いたんならともかく、木っ端のひとりや二人、好きに退かせてやりゃええんじゃ」

「え？　あ……はっ。されば佐久間玄蕃を追った福島殿にも、そのように――」

盛政への追撃をやめさせるかと問われ、かっと頭に血が上る。胸に積もっていたものが、一気に破裂した。

「阿呆、盆暗、薄ら馬鹿！　何も分かっとらんのかい、この間抜けが。玄蕃のどこが木っ端じゃ。ああ？」

きいきい響く金切り声で叱責する。おずおずと後ずさる伝令を睨み付け、床机から立ってゆっくり詰め寄った。

「ええか。分かるように言うてやる。修理と玄蕃、この二人じゃ。他はどうでもええ」

胸倉を摑んで揺すりながら命じ、突き放す。伝令は震え上がって「御意」と残し、逃げるように去って行った。

「まったく」

戦場の伝令は大役である。大将の意を汲み、下知ひとつで三つ四つを察せられない者には務まらない。今の者は後で格下げしてくれよう、と苛立ちの溜息が漏れた。

この戦は遠からず自軍の大勝で終わる。が、紙一重だったと言わざるを得ない。

岐阜の織田信孝を攻める構えを見せたのは、勝家に「動け」と誘いをかける策だった。

あの男なら、奇襲という手は取らない。柳ヶ瀬を睨む東野山、堀秀政の陣から崩す定石どおりの戦をする。その間に近江へ返せば取り囲んで蹴散らせる。そう踏んでのことであった。

ところが、動いたのは勝家ではなかった。

盛政は察したのだ。柳ヶ瀬が東野山に睨まれているのなら、東野山もまた柳ヶ瀬に睨まれているのだと。ゆえに、こちらの懐深くに朝駆けを仕掛けた。勝ちに繋がる唯一の道を、探り当ててしまったのだ。

果たして盛政の奇襲は成り、確かに己は追い込まれた。自らの仕掛けた策に、危うく自らが嵌まるところだった。

「……大した奴じゃ。まさに鬼玄蕃よ」

呟きは、戦場の喧騒に呑み込まれた。

かつて信長が言っていた。盛政は諦めが悪いがゆえ、高みにあるものを摑み取ろうと手を伸ばす——その正しさが今になって身に沁みる。

「市松、虎之助、孫六……。気張れよ。玄蕃の首は、修理の首と同じ重さぞ」

福島正則、加藤清正、加藤嘉明。盛政を追っているであろう子飼いたちを思い、秀吉は床机に戻った。

しばらくすると、柳ヶ瀬の中備え、溝口高綱《みぞぐちたかつな》も蹴散らした旨が報じられた。山間の道から遠く北を眺めれば、弟・小一郎秀長率いる一万の兵は敵の大将旗に一里足らずまで迫っている。今や勝家は全く孤立の体であろう。

望みは勝家の首、そして盛政の首。あと少しで一方が手に入る。逸る気持ちを努めて抑え、吉報を待った。

「注進、注進！」

やがて、その秀長から伝令が寄越された。いざ待ち望んだ報せかと、秀吉は弾かれるように立ち上がった。

「申せ。早う」

「まずはこの首を」

首級が差し出される。討ち取ったばかりと見えて、それを包む麻布から赤黒い血が滴っていた。包みが外されるのを待ちきれず、秀吉は伝令のすぐ前で地べたに腰を下ろした。

「あ？　誰じゃこりゃ」

対面した首は、勝家でも盛政でもない。見知らぬ顔であった。

「小一郎様の馬廻に、この男を知る者がございました。その者によれば、これは柴田修理が小姓・毛受勝介だと」

聞けば、毛受は勝家の馬印を持って戦っていたらしい。秀吉は「む」と唸った。

「つまり身代わりか。修理の奴は、もう戦場におらぬと」

「はっ。小一郎様も同じお見立てにて」

勝家はとうに退いている。ならば、いつまでもここで戦う必要はない。

「よっしゃ。おみゃあの主に申し伝えい。ここな木っ端の首と馬印を見せびらかして、柴田修理を討ち取ったと騒いでやるんじゃ」

勝家に追い討ちを仕掛けるべし。落ち延びている道中で討ち取るか、或いは逃したとしても、再び兵を整える暇を与えずに越前北ノ庄城を叩かねばならない。

乱戦の中ゆえ、勝家が退いたことを知るのは近侍の者のみだろう。勝家を討ち取ったと偽れば、敵の足軽衆はうろたえ、戦意を失って抗戦をやめる。時をかけずに追い討ちの態勢を整えるための策であった。

「承知仕りましてございます。然らば、降る者は容れると触れ回りましょうや」

「上できじゃ。急げ」

今度の伝令は察しのよい男である。秀吉は満足して、この者を送り出した。

果たして勝家の馬印には、敵の意気を挫くに十分な力があった。ほどなく柴田勢は総崩れとなり、越前の地侍や足軽衆の多くが膝を折った。これを呑み込んだ羽柴勢は、四万を数えるに至った。

一時半ほどの後、整え直した兵を前に、秀吉は高らかに号令した。

「これより越前に向かう。目指すは北ノ庄、いざ追い討ちじゃあ」

余呉湖畔から一路北へ、北へ。もっとも兵たちは先ほどまで戦っていたとあって、今日のところは無理をさせず、栃ノ木峠の手前で野営となった。初夏四月二十一日、ひと月前まで峠道を閉ざしていた雪も粗方が消え、そこ彼処《かしこ》に小さな白い塊を残すのみとなっていた。

＊

越前に至る道のりで、勝家の首を挙げることは叶わなかった。もっとも北ノ庄城に至ったのは四月二十三日の昼頃で、追撃を始めてわずか三日である。勝家は既に城に入ってしまったらしいが、それは昨日か、早くても一昨日の話だろう。如何な者であれ、これほど短い間に兵を整えることはできない。城方の兵は、守りに残した数のみに相違ない。多くて二千か三千、対してこちらは四万。それを思えば十分な結果であった。

「前田又左衛門殿、お越しにございます」

陣張りが終わった頃、利家が訪ねて来た。秀吉は城下に近い村の百姓家を借り上げて陣屋としており、ここで利家を迎えた。

「おう又左。よう参ったのう」

「……はっ。恥ずかしながら参上仕りました」

親しい友ではない、家臣としての物腰であった。秀吉は少しばかり寂しく思いつつ、一方では大いに満足して、厳かに「うむ」と頷いた。

「おみゃあのことじゃ。修理を裏切ったって、気に病んどるんじゃろ」

返答はない。強張った、やりきれない面持ちが全てである。だが、と秀吉は労わるように続けた。

「義理や情は確かに尊い。じゃがな又左、それを申すなら、かつての友に寄せた情も同じじゃろまい。それに、わざわざ死ぬのが忠義じゃちゅうのは大間違いよ。生きる望みがあるなら、そっちに乗るのが賢い。わしゃ、そう思うぞ」

「とは申せ」

煮え切らないが、致し方ないところかも知れなかった。かつて柴田との和議に際し、使者として寄越された利家に――起請文を支度するまでの短い間ではあったが――寝返りを促したことがある。あの時も、迷って言葉を濁すのみだったのだ。板挟みの辛さは察するに余りある。

「まあ……。お主が味方してくれたのも、わしに運があったからじゃろうな」

「運とは？」

怪訝な眼差しを向けられて、ただ「何でもにゃあ」とだけ返した。

利家が靡いたのは、一にも二にも、この秀吉が早々に近江まで戻り果せたからだろう。

勝ち目が消えたと察したからこそ、迷い続けた気持ちが傾いたのだ。この寝返りも戦勝も、全ては大垣で足止めされていた幸運ゆえと言えよう。

もっとも。その僥倖《ぎょうこう》を語るには、否応なく盛政の朝駆けに触れねばならない。あの奇襲で青ざめたことを思えば、癪に障るばかりだ。

秀吉はひとつ咳払いして、話の向きを変えた。

「さあて！　北ノ庄を囲んで、明日っから攻め立てるでよ。おみゃあも、わしに味方すると決めたんじゃ。槍の又左の槍働き、楽しみにしとるぞい」

次いで、陣屋の隅にあった石田三成を呼び、利家を陣所へ案内するように命じた。北ノ庄城の正面、城下に最も近い辺りである。古くからの友であれ、今となっては新参の家臣に過ぎない。そうした身に与えられる持ち場は、最も危うい死地となるのが常であった。

「とは申せ」

小さく、自らの甘さを嘲るような笑みが漏れた。

寡兵の城を攻める戦である。矢面とは言っても、利家が命を落とすほど危うくはならぬだろう。友としての立場で計らってやれるのは、これが最後である。次からは明らかな主従にならなくてはいけない。

いささかの寂寥《せきりょう》を持て余しながら、しばし過ごす。

すると、どうしたことか。日が傾いて少しの後、当の利家がまた訪ねて来た。

「何の用じゃ。陣張りは終わったんか」

敢えて厳しく、問い詰めるように声をかける。利家も心得たもので、あたかも信長に相対したかのように畏まって応じた。

「陣張りは仰せのとおりに。兵共にも、既に持ち場を与えてございますが」

「ますが、何じゃ」

首を傾げると、向こうは小さく会釈して、陣屋の外へと声をかけた。

「お入りなされよ」

促されて顔を見せたのは、ひとりの法体であった。そして、どうして見忘れよう。信長の妹・市が産んだ三人の姫が連れられていた。

「うお。こりゃ、どういうこっちゃ」

面持ちに驚愕が満ちる。それを見て、法体が口惜しげに頭を下げた。

「それがし、柴田修理亮が臣・中村文荷斎《なかむらぶんかさい》と申す者。主が言い付けに従い、ここな姫君たちを前田殿に託さんとして参じた次第。されど戦場のことなれば、先手の陣に姫君を置く訳にもいきますまい」

「お？　おお。道理じゃな」

頷くと、利家が少しばかり安堵したように口を開いた。

「つきましては、姫君たちを我が城へお送りすべく、手勢から五百ほどを護衛に回しとう存じます。何とぞお聞き容れくだされませ」

中村の後ろにある三人をちらりと見て、秀吉は息を呑んだ。一番上の姫が茶々《ちゃちゃ》、次が初《はつ》、末の姫が江与《えよ》。中でも、十五を数えた茶々は母の市によく似ていた。

声を出さず、口だけが「お市様」と動く。その昔、市が浅井長政に嫁ぐ前から、秀吉はその美しさに惹かれていた。茶々はまさにあの頃の市そのものであった。

「あの。筑前様」

利家の声で我に返り、威厳を纏い直した。

「あい分かった。然らば又左、お三方を恙《つつが》なくお送りすべし。もったいなくも、亡き信長公の姪御様たちぞ。くれぐれもご無礼なきよう心がけい」

発しつつ、胸の内に湧き上がるものを感じた。何とかして茶々を手に入れたいという、色欲である。もっとも、これは後日の話になろうが——。

察したか、利家は「はっ」と一礼しつつ、息苦しそうなものを漂わせていた。

*

「いざ、掛かれい」

四月二十四日。初夏を迎えても、寅《とら》の刻（四時）では未だ朝闇も晴れない。そうした中、秀吉の一声で城攻めが始まった。

法螺貝《ほらがい》の音、拍子を刻む陣太鼓。篝火の照らす遠く向こうで、先手衆が城門へ突っ掛けて行く。遠目に兵たちを見遣り、秀吉は誰にともなく呟いた。

「ここは、長くはかからん」

勝家には兵がない。先の出陣に際して守りに残した兵は、二千か三千か。広い二之丸に数を散らし、門を支えることも儘ならないような戦をするとは思えない。遠からず追手門は抜き果せるだろう。

見守るうちに、ガン、と激しく響き渡った。足軽衆の抱えた丸太が門扉を穿った音だ。それが十、二十と続く。しばらくの後、兵たちの中に、わっ、と歓声が上がった。

どうやら、と秀吉は次の下知を発した。

「二番手、三番手。前に出せ」

先手が追手門を抜いたなら、今度は二之丸を押さえねばならない。数を増して後ろ巻きをさせるよう命じると、太鼓の音がそれを伝えた。

一時の後、日が昇る頃には、二之丸は羽柴勢の手に落ちた。やはり柴田勢はこの郭に多くを置かなかったらしい。本丸をのみ堅く守る構えである。さもあろう、勝家は死を覚悟しているのだ。だからこそ姫たちを送り届けてきたのだし、家臣たちも主君の最期を守るために戦おうとしている。

「ここからは、ちいと厳しゅうなるわい」

案の定、本丸を攻めに掛かると、城方は猛然と抗い始めた。門の上から天守から、弓矢と鉄砲を乱れ撃ちに放ち、門前の桝形《ますがた》に集まった羽柴勢をまとめて蹴散らさんとする。

さらに一時、二時と過ぎて日が高くなった。城方の意気は未だ衰えない。午《うま》の刻（十二時）を迎える頃には、羽柴勢の討ち死にと手負いは合わせて千を超えるほどになっていた。

「追い詰められて強い……か。さすがよな。じゃが」

手こずっている味方を見て、秀吉は思った。

この城をあっさり落とせぬようでは、西国の毛利や四国の長宗我部など、諸国の強豪に見くびられる。それらが手を組んでこちらを囲むに至れば、この戦に勝っても先々の道は険しくなるばかりだ。

そして、もしも。

もしも、あの佐久間盛政が、まだ生きていたら。もしも盛政が、何らかの手立てで兵を整えたとしたら。北ノ庄に幾日もかけている間に、後ろを脅かされかねない。

よし、と立ち上がって早口に命じた。

「精兵を百も斬り込ませい。決死の者ゆえ、目も眩むばかりの褒美を取らせる。目立った首を挙げりゃあ重く取り立てる。そう言うて募って来い」

先手衆は敵の矢玉で及び腰になっていよう。それらに多くを望むより、欲にぎらついた者の方が強いはずであった。

この一手は、図に当たった。

褒美、立身、出世——血眼になった者は矢玉を恐れず門に迫り、或いは門でなくとも構わぬと土塁をよじ登り、城方と激しく斬り結んでいる。

しばらくの後、その報せが入った。

「申し上げます。決死の者、本丸に踏み込みましてございます」

秀吉は、ぐっと右手を握った。本丸を内から乱す者があれば、門の備えも薄くなろう。これで、今日のうちに勝てる。

「先手衆は？」

「いったん下がっておりましたが、また押し始めております」

「よっしゃ。どんどん押せ。そういう気持ちが、終いにものを言うもんじゃ」

これにて、羽柴勢の勢いが増した。

城方とて、ただで負ける訳はない。だが少しずつ、わずかずつではあるが、射出される矢玉の数は減ってゆく。

夕刻を迎え、大きく日が傾く頃。城の中に躍るのは、味方の幟や指物のみとなった。

「やれやれ。そろそろじゃ」

秀吉はゆるりと床机を立って、馬を曳くように命じた。

己と勝家はまさに水と油、人となりも考え方も交わるところのなかった間柄である。しかし今日ここに至るまで、あの男は確かに最大の壁であった。その勝家も、これまでと悟る頃であろう。きっと、潔く生涯を決せんとする。

「ならよう、修理。わしが見届けてやるわい」

秀吉は馬廻衆と百ほどの兵を連れて進み、追手門を抜けた。

二之丸に入って見上げれば、本丸に聳え立つ九重の天守が夕焼けの橙に染まっている。秀吉の馬印が近付くと、その高みから死装束の人影が姿を現した。

「柴田修理亮である。筑前、よう参った」

轟雷の如き大音声が、寄せ手の喊声《かんせい》を断ち割った。気圧されたか、鬨の声がどよめきに変わる。秀吉は大きく息を吸い込み、あらん限りに叫んだ。

「者共、鎮まれい。騒ぐ奴は磔じゃ」

馬廻衆がこれに倣って「騒ぐな」を繰り返す。少しの後に喧騒は消え失せ、辺りは恐ろしいばかりの静寂に包まれた。

勝家は楽しげに「はは」と大笑した。

「うぬも、ようやく武士の心を知ったと見える」

「いやいや。今日ばかりは、修理殿に合わせようと思うたに過ぎぬ」

返すと、向こうは苦笑を湛えた。遥か高みにある顔は見えないが、間違いなくそういう顔をしていると分かった。

「口の減らぬ奴よ。されど、合わせる気があるなら左様に願おう」

勝家は死装束の胸を開き、腰の匕首《あいくち》を取って抜き払った。白刃に篝火の明かりが跳ね、ぎらりと目に刺さる。

「これより、わしは生涯の時を迎える。しかと見届けるがよい」

誰もが固唾を呑んだ。

勝家が——恐らく無上の笑みを浮かべて——右手の匕首を逆手に構える。

そして、一気に腹を突き刺した。

唸り声ひとつ漏らさない。右手の刃が左手の側へと、いとも容易く動いてゆく。掻《か》っ捌《さば》かれた刀傷から、赤黒いものが溢れ出る。それでも勝家は、何ごともなかったかのように平然として、いったん腹から刃を抜いた。然る後、血の一文字より上に再び突き立て、真下へと引き下ろす。

一文字が、十文字に変わった。

「武士の最期とはかくの如し」

露ほども変わらぬ力強い声に、羽柴勢の雑兵が震え上がっている。なおも恐れよと、勝家は十文字に左手を突き込んで腸《はらわた》を引き摺り出し、それを右手の刃で切り取った。そして自らの口に運び、がぶりと食い千切る。

「どうだ。面白い見世物だったろう」

常と同じどころか、むしろ昂りに満ちた声で、呵々と大笑する。戦慄、畏怖、狼狽、寄せ手の気配が乱れてゆくのを楽しむように、勝家は踵を返して天守の内へと去って行った。

「痩せ我慢しおって。じゃが、見事じゃったと言わせてもらうわい」

今の有様に身震いしていた。正直なところ、恐れた。その忌々しさを皮肉な笑みで覆い隠し、秀吉は馬首を返した。

「兵共に、退くように伝えい」

近侍の者に命じて馬を進める。やがて、束になった小走りの音が城外を進み始めた。

ドドン、と猛烈な音が大地を揺るがした。肩越しに目を流して見れば、豪壮な天守から火柱が上がっている。鉄砲の火薬に、まとめて火を点けたのであろう。

紅蓮の炎は、瞬く間に天守の全てを包んだ。火は次第に燃え広がって、全ての郭を薪と化していった。

最期を迎えるに当たり、勝家は、城にあった女たちを全て逃がしていた。ただひとり、妻の市を除いて。

逃れて来た女のひとりが、市と勝家の辞世を携えていた。

さらぬだに　打ちぬる程も　夏の夜に　別れを誘う　ほととぎすかな

それでなくとも寝よう——胸を討って死のうという頃なのに、夏の夜に不如帰《ほととぎす》が鳴いて別れを誘います。そろそろ逝かねばなりません。

そう詠んだ市に、勝家はこう返した。

夏の夜の　夢路はかなき　跡の名を　雲居にあげよ　山ほととぎす

夏の短い夜の如く、儚《はかな》い夢であった。しかし精一杯に生きたのだ。だから、黄泉《よみ》へと導く不如帰よ、せめて我が名を天にまで高めてくれ——。

詠み合った歌、書き付けられた短冊を手に、秀吉は小さく舌を打つ。勝家と市は、ことほど左様に夫婦となっていたのか。そうと知って、ひとつだけ負けた気がした。

四月二十四日、柴田勝家と妻の市、主だった家臣たちを抱いたまま、北ノ庄城は焼け落ちていった。

十　宇治川

盛政は山中にあった。賤ヶ岳の戦いから退いて既に四日、四月二十五日である。国許の加賀尾山城に戻ろうにも、山狩りの目を盗んでのことゆえ、動けるのは夜の間のみ。加えて右足に朽木の棘《とげ》を踏み、革足袋も甲まで破れている。傷口は容易に塞がらず、後から後から血が滲み出て力が入らない。豊島猪兵衛に肩を貸してもらい、腰の刀を杖と為さねば歩くことも儘ならなかった。

「少し休まれては」

豊島の言葉に天を見上げた。勢いを増した夏の木立が空を遮る中、先まで仄暗《ほのぐら》かった空気が淡い緑に染まっている。

「日が昇ったか」

「追手の目もやり過ごさねば。木の洞《うろ》にでも、御身をお隠しなされませ」

力なく頷き、導かれるまま大樹の根元に腰を下ろした。右足の革足袋を外すと、傷の周りがどす黒く染まっていて、さらにその周囲は真っ赤に腫れ上がっていた。最も酷く腫れた辺りに両手の親指を当てて搾《しぼ》り上げる。

「……っ」

どろりと血膿《ちうみ》が溢れ、小さく唸り声が漏れた。戦場で腕に矢を受けたこともある。刀傷を負ったこともあった。それらと比べても、今この足に負った傷の方が遥かに嫌らしく痛んだ。

「殿、殿」

小声と共に駆け寄るのは、共に落ち延びたもうひとりの小姓・長井五郎右衛門である。長井は盛政の前に跪くと、懐から麻の小袋を差し出した。

「近くの百姓に譲ってもらった艾《もぐさ》にございます。灸《きゅう》を据えて痛みを取られませ」

「有難い。恩に着る」

袋から艾を取り出して指先で小さく押し固め、足裏の傷の近くに置く。豊島が腰の袋から火打石を取り出し、艾の頭に近付けて叩いた。繰り返すこと十数度、散った火花は少しずつ艾に燃え移って細い煙を上げるに至った。

「……熱さが滲みるわ」

苦笑を浮かべながら言う。二人の若者も無理に笑みを作った。

傷に灸を据えれば痛みは和らぐが、すぐに癒える訳ではない。どの道昼間は動けぬからと、主従三人で山中に身を潜めた。小姓たちは交代で見張りに立ち、今は長井が盛政の傍らにある。

「ここはどの辺りだ」

百姓に会ったのなら分かるだろうと、問うてみる。長井は少し面持ちを曇らせた。

「未だ越前に入ったばかりでして。府中《ふちゅう》の近く、中村《なかむら》なる地です」

「……で、あろうな」

思ったとおり、未だ北ノ庄にも至っていない。近江柳ヶ瀬から並の行軍で三日ほどの地も、闇夜の山しか進めないときては、時を要して当たり前なのだ。

「叔父上は如何なされたろう」

独り言のように呟いた。前田利家が裏切り、己と勝政も蹴散らされては、勝家の大敗も疑いないところである。もっとも柳ヶ瀬の本陣には馬の余りもあったろう。徒歩で戦ったまま退いた己と違って、早々に落ち延びることはできたはずだ。

「斯様なところで何をしておる」

背後遠くに豊島の声が響いた。追手だろうか。否、居丈高な口ぶりからして、かなり目下の者だ。長井が「もしや」という顔をして、木陰から声の方を窺った。

「艾をくれた百姓です」

そして安堵の息をつき、豊島の方へと歩を進めて行った。

「そこな者は、それがしが世話になった百姓にござる」

話し方が堅苦しい。さては――豊島も同じことを察したようで、ずいぶんと尊大に返した。

「左様であったか。あの痴れ者はどうしておる」

「はっ、殿。どうにか痛みを堪えて休んでおりまする」

越前は柴田領だが、大敗を喫した今、領民を信じ過ぎてはならない。羽柴勢が追い討ちを仕掛けてくるのは必至、これに媚《こ》びて余禄《よろく》に与《あずか》ろうとする者は必ずある。ゆえに豊島が主の役を演じ、佐久間玄蕃が落ち延びていることを隠そうとしている。

すると百姓は、少し驚いたように「あの」と口を挟んだ。

「こちら様が、お殿様で？」

豊島は「はは」と笑って応じた。

「とは申せ、大名でも寄騎でもない。加賀の国衆に過ぎぬがな」

「はあ、そうでしたんか」

「で、其方は何をしておる」

「艾が入用なお人が気になりまして。山の中で難儀しとるじゃろうし、飯も食うとらんのではないかと」

長井が「おお」と喜びの声を上げた。

「何か食わせてくれるのか」

「大したものはございませんが。それと、傷を見せてもらえんかと思いましてのう。村で使うとる薬でどうにかなるか、思うて」

少しの間、豊島と長井は無言であった。聞き耳を立てているだけの身には空気が重い。

「まあ良かろう」

豊島の声に、長井が「御意」と続く。そして三人の足音が近付いて来た。

「おい。ここな百姓に傷を見せてやれ」

長井の声は「この役立たずが」と蔑むような、冷淡なものだった。しかし目の奥には「堪えてくれ」というものが見え隠れしている。盛政は胸中に「もっと堂々としろ」と思い、軽輩を装うべく、平伏の体となった。

「殿と長井様のお心遣い、有難き幸せに存じます。然らば」

痛みを堪えるのをやめると、途端に顔が苦悶に満ちる。盛政はその面持ちで頭を上げ、すがる目を百姓に向けた。

「斯様になっておる。其方、良い薬を持っておるか」

四十路近いと思しき百姓が屈み込み、こちらの足をじっと見た。腫れたところを指先で突く。盛政はその度に「痛い、痛い」と声を上げた。

「こらあ、黴《かび》の粉が効くかも知れんです」

「黴とは、これまた」

余計に悪くなるのではないか。驚いた顔を向けるも、百姓は平然としていた。

「わしら皆、そうやって治しとりますわ。今から戻って、飯と一緒に持って来ます」

ぴょこんと頭を下げ、歩き慣れた様子で去って行く。主従三人だけになると、どっと疲れが出た。豊島が大きく溜息をついて俯いた。

「芝居とは申せ、殿を小者扱いするなど……何と申しましょうや」

「人目を憚る身、構うことはない。それに夜までは間がある。休みながら、あの百姓の気遣いに甘えることにしよう」

返して、盛政は身を横たえた。未だ足の痛みは酷い。眠ってしまえば少しは楽になろうかと思われた。

「然らば、それがしは見張りに。猪兵衛、少し眠ったら後で替わってくれよ」

今度は長井が見張りに立ち、豊島が盛政の傍らで木の根に背を預けた。この四日、誰もが満足に眠っていない。目を瞑ると幾らもせぬうちに眠りに落ちた。

――ふと人の気配を感じた。盛政は目を開け、身を起こした。

「誰か」

声を上げて見回せば、そこは安土城だった。主座には織田信長の姿がある。盛政は驚いて座り直し、深々と頭を下げて平伏した。

「お見苦しいところを。ご無礼の段、申し訳次第もござりませぬ」

息を詰まらせ、身を痺れさせながら詫びる。しかし信長は何ひとつ発しなかった。

信長。安土城。はて。

安土は焼け落ち、まだ普請をしていないはずだ。それとも己の思い違いなのか。そもそも主君は、どうして何も発しない。無様な寝姿を見せたからには、きつい叱責があるものとばかり思っていた。或いは、かける言葉すらないということなのか。それはそれで恐ろしい。こうして待っているだけというのが、余計に我が身を危うくするような気がする。何より己は、早々に加賀に帰らねばならないのだ。

「うん？」

おかしくないか。我が頭の中は、いったいどうなっている——。

辻褄の合わないあれこれに頭の中が乱れ、何を焦っているのか判然としなくなった。ただ危うい思いが胸を騒がせる。ままよ、と顔を上げた。

主の座には叔父・勝家の姿があった。どうしてだろう。安土は織田の本拠であるはずだ。もしや叔父は北ノ庄に帰って兵を整え、秀吉を倒したのではないか。分からない。

目を白黒させていると、手招きされた。一礼して腰を浮かせ、一間ほど前に出る。すると叔父は扇子を持った右手を高々と上げ、天井を指し示した。従って顔を上げる。抜けるような青、北陸の冬の空しかなかった。

空を見てどうせよと言うのか。怪訝な思いで顔を戻すと、もう勝家の姿はなかった。先に持ち上げられた扇子が降って来て、頭を――。

「あがっ！」

一声と共に、盛政は目を覚ました。何かで額をしたたかに打ち据えられていた。どうした。何があった。何もかもが分からぬまま、驚きに衝き動かされて首を持ち上げる。

百姓の群れに囲まれていた。何人いるのか、ひと目では分からない。山に差し込んだ夕日を背に、どの顔も黒く影を纏っている。手には棒切れを持ち、鍬《くわ》を持ち、錆びた刀を持ち、皆でこちらを窺っていた。

「……殿」

傍らでは豊島が頭から血を流し、虚ろな目を見せていた。

「申し訳次第もござりませぬ！」

血を吐くような長井の声がする。しかし駆け付けようとしない。

「五郎右衛門」

既に捕らわれているらしい。ここに至り、ようやく自らの身に起きたことが呑み込めた。

どうやら、これは柴田を見限った百姓たちである。偽って主従を逆しまに見せたことも、全ては無駄であったか。

そして、戦乱の世では百姓とて侮れない。何人いるか分からぬ者共、しかも手に手に得物を携えている。斯様な者共が相手なのだ。たったひとりで見張りに立っていた長井を責めることはできない。豊島も寝込みを襲われて傷を負い、助けられなかったのだろう。己とて、疲れて泥のように眠っていたのだから。

ならばと、盛政は傍らを探った。だが、杖に使っていた刀すら既に奪われていた。致し方なく右手に拳を握り、さっと身を起こす。

「其方ら、わしが誰だか――」

分かっているのか。言い終わる前に、八方から棒が振り下ろされた。

「むっ……」

正面からの二つは、何とか左右の手で受け止めた。だが横合いと後ろからのものは、如何にしても防げない。肩を、腰を、背を、百姓衆の棒切れが容赦なく打ち据える。

がくりと腰が落ちた。痛みだけなら幾らでも堪えられたろう。しかし腫れ上がった右足では、どうしても踏ん張りが利かなかった。

「もう一丁、行けぇ！」

隙ができたところへ、再び総身を打ち据えられる。三度、四度、五度、六度、こちらが倒れるまで何度でも続けられた。

「て、てて手柄首じゃな？」

「おう。誰かは知らんけど、きっとそうじゃ」

地に這い蹲《つくば》ったこちらを見下ろし、百姓衆がひそひそとやっていた。もう身を動かすこともできない。今にも失われそうな正気を必死で保ち、盛政はやっと小声を捻り出した。

「……佐久間玄蕃だ。余の二人は、手柄に……ならぬ。放してやれ」

ぼんやりとした泣き声が聞こえる。頭を割られた豊島だろう。向こうでは、縄を打たれた長井が悲痛な叫びを上げていた。すまぬ。だが己にできるのは、もうこれだけなのだ。呼吸が浅く速く繰り返され、腐った落ち葉が口の中に舞い込む。それを吐き出すことすらできなかった。

*

後ろ手に縄を打たれている。中村の山で百姓に捕らわれてから二日、ずっとこの格好であった。盛政は荷車の上の檻《おり》に入れられ、馬に引かれて秀吉の許へ送られていた。

狭苦しく周りを囲う格子越しに見遣れば、もう北ノ庄も近いと見えた。後ろからは、疲れきった足音と静かな泣き声が聞こえた。共に捕らわれた豊島と長井である。手柄にならぬと言ってやったにも拘らず、まとめて引き渡されていた。

「もうすぐじゃ」

右手に歩み寄った者が、少しばかり肝の据わった声を寄越す。盛政はそちらを見上げた。

「其許、名は」

「片桐助佐《すけざ》、且元」

これも聞き覚えのない名だ。声音からして歳は二十幾つといったところか。やはり秀吉の下には良い若武者が多い。賤ヶ岳で鬼玄蕃の名に怯まず突っ掛かって来た三人、福島正則、加藤清正、加藤嘉明という名を思い出した。

「止まれ」

片桐のひと声で、檻を引く馬と兵の群れが足を止めた。人垣の向こうは見渡しにくいが、どうやら大きな百姓家か。秀吉の本陣、陣屋として借り受けているのだろう。

片桐はいったん列を離れ、やがて戻って来て声をかけた。

「筑前様が目通りをお許しになられた。出でよ」

右手の戸が開けられ、ようやく檻から出ることができた。傷めた右足に加えて腰から上は雁字搦《がんじがら》め、何をできるはずもないのに、ご丁寧に十数本の槍が向けられている。片桐に縄を引かれて行く間も、それらの槍はずっとこちらの胸や背を窺っていた。

連れられた先は、やはり百姓家の母屋であった。入り口の両脇に黒く染め抜かれた沢瀉紋の幟が立てられている。奥の暗がりから、秀吉の声が渡った。

「玄蕃、来たかや」

盛政は足を引き摺りながら進み、中央に置かれた床机に縄目のまま腰を下ろした。

「不埒者の羽柴筑前！　ここで会うたが百年目ぞ」

開口一番、腹に力を込めて発する。途端、周囲に座を取る面々から冷笑が漏れた。

「不埒なのは、どちらであろう」

左右に列を成す羽柴の家臣、向かって左手の二つめから声が飛んだ。知った顔である。さほど大身ではないが、秀吉の姻戚に当たる浅野長吉だ。

「俺の何が不埒だと申す」

じろりと睨むと、浅野はさも小馬鹿にしたように鼻で笑った。

「其許は鬼玄蕃と呼ばれるほどの猛者、それが敗れて自害もせず、不甲斐なくも百姓に捕らわれて恥を晒したではないか。堂々と生涯を決せられた柴田修理の甥とも思えぬ」

浅野の言いようで、初めて叔父の死を知った。心中に悲嘆が広がり、ともすれば叫び出しそうだった。

しかし、と胸中の乱れを噛み殺した。

叔父を悼み、喚き散らすことは容易い。だが、それではならぬ。この身は捕らわれた。確かに負けた。が、だからと言って心まで負けてなるものか。

それは、諦めたということなのだ――。

盛政は、キッと目を吊り上げて、浅野を睨み据えた。

「これは、これは。主君が猿と蔑まれるなら、家臣も武士を猿真似しておるだけよな」

「何を申す。無礼な」

「たわけが！」

腰を上げた浅野を一喝する。浅野のみならず、その周りにいた顔――羽柴秀長や黒田孝高でさえ息を呑んだ。そうしてできた寸時の間に、盛政は捲し立てた。

「かの源頼朝《みなもとのよりとも》公は、平清盛《たいらのきよもり》を打ち倒すべく兵を挙げるも、相模《さがみ》の大庭景親《おおばかげちか》に敗れて遠く安房《あわ》まで落ち延びた。木の洞に隠れ、やっとのことで船に乗り、無様に逃げ続けたのだ。然る後にどうなった。見事、平家《へいけ》を滅ぼして大業を成したではないか。胸に大望を抱く者は容易く諦めてはならぬ。たとえ遠回りになろうとも、命ある限り望む頂に向けて進まねばならぬのだ。うぬが申し様はただの世迷言《よまいごと》、武士の心が分からぬと白状したに等しい。猿真似と言わずして何と言おう」

浅野は顔を真っ赤に染めた。恥じているのではない。腰の刀に手が掛かっている。面白い、斬れるものなら斬ってみよ。戦場に臨む覚悟で怒髪を逆立て、胸を張った。

「待てや、おみゃあら」

張り詰めたものを、のんびりした秀吉の声が曖昧に散らす。

「わしが玄蕃と話しとうて呼んだちゅうに、何を勝手に喧嘩《けんか》なんぞしとる」

浅野は主君に向き直って「ご無礼を」と頭を下げた。秀吉は軽く頷き、こちらに身を乗り出した。

「修理がどうやって死んだか、聞くか」

おや、と心中に首を傾げた。秀吉の眼差しは、主家に取って代わろうとする者の不敵さを湛えながらも実に柔らかい。

「ご無用に願おう。叔父のことゆえ、きっとご立派な最期であったはず」

「そうか。まあ……追い追いじゃな」

やはりおかしい。何のために己をここに引いて来たのか。敗軍の将、命を奪われて当たり前の身に、追い追いとは。訝しい思いで睨むと、秀吉は大きく溜息をついた。

「今は用事だけ話すわい。玄蕃よう、わしの家来になれや」

「……其許、何を申しておるか分かっておるのか」

「分かっとるわい。信長様と同じで、おみゃあの諦めの悪さを買うとるんじゃ」

賤ヶ岳の戦いで、盛政の恐さを思い知った。

岐阜の織田信孝を潰しに掛かったのは、勝家を誘き出す策であった。よしんば勝家が動かないなら、その時は信孝を——柴田勢の旗頭を討てば済む。どちらに転んでも、勝家に良いことはないはずだった。秀吉はそう言い、然る後に溜息交じりに吐き出した。

「じゃが、おみゃあは諦めんかった」

そして続ける。自身が岐阜へ向かったと知れたら、動くのは勝家だとばかり思っていた。

高を括っていたのだと。

「修理は手堅い戦を好むでよ。東野山の久太郎を叩きに掛かると睨んどった。が……襲われたのが大岩山じゃ、朝駆けじゃて聞いて、肝を潰したわい」

　大岩山、岩崎山、そして賤ヶ岳。この連山こそ羽柴勢の急所だった。これを見切り、賭けとも言える朝駆けに打って出たのが盛政だと分かって、大いに得心した――向かい合う小柄な身が、その言葉と共に軽く身を震わせる。

「戦が読める奴ならよう、先が見えたら諦めるわな。けどな、おみゃあは分かっとって諦めんかった。どうにもならんことを、何とかしようと足掻いた。じゃからこそ、何とかなりかけたんじゃ」

　秀吉は感じ入ったように、ゆっくりと頭を振る。そして居住まいを正し、真剣そのものの顔で深々と頭を下げた。

「長吉をやり込めた言い分でな、改めて思った。まったく……おみゃあさん、大した奴じゃわい。じゃから玄蕃、いやさ玄蕃殿。どうか家来になってくりゃあせ」

　盛政は「ふう」と溜息をついた。この真摯《しんし》な物言いがどこまで本物かは分からない。しかし向こうが礼節に則るなら、こちらも同じものを返さねばならぬ。

「筑前殿、と呼ばせていただこう」

「家来になってくれるんかや」

それに対しては、大きく首を横に振った。

「如何様にもならぬことが、俺の力で何とかなりかけた……と。先ほどの貴殿の仰せは身に余る光栄なれど、やはり俺は負けた身にござる。それも、目も当てられぬほど、こっ酷く。斯様に無様な男より、貴殿の下には先行きの楽しみな者が多くあるではござらぬか」

戦場で斬り結んだ三人、明日の栄達を目指して輝いていた姿を思い浮かべる。秀吉は思案顔になった。

「そうは申されるがよう。玄蕃殿みてゃあな男は、幾らいても困ることはないんじゃ」

「うまうまと策に嵌まった阿呆を、何ゆえ左様に持ち上げなさる。此度の負けは、全て我が不明に端を発するのです。俺は貴殿がたったの半日で岐阜から返せるとは思うておらなんだ。もし斯様な策があると見抜いておれば、大岩山への朝駆けもなかったはず。さすれば前田又左とて、裏切りの機を測りかね——」

「いや待て。待ってちょ」

両の掌をこちらに向け、左右に振って遮った。そして、どうにも煮えきらぬものを面持ちに宿し、やがてそれを振り切ったように「ええい」と膝頭を叩く。

「この際だから言うがよ。わしゃあ……運が良かっただけなんよ」

「は？」

眉根を寄せると、秀吉はさも嫌そうに溜息をついて語り始めた。

「岐阜から戻ったんとは、違うんだがや」

「何と。では、どこから」

「大垣じゃ。重ねて申すがよ、運が良かったんじゃ」

岐阜から長浜までは、三日か四日を要する。動くのが勝家なら、仕掛ける先が堀秀政の陣取った東野山なら、その四日で返せば間に合うと踏んでいた。しかし。

「揖斐の川が溢れとってな。大垣から先に行けんかったから、あんなに早う返せたに過ぎん」

目が丸くなり、半開きの唇がわなわなと震えた。己が戦は間違っていなかった。まさに正鵠を射ていたのだ。あと一歩、叩き潰す寸前まで、この化け物を追い込んでいたのに。戦とは武運に左右されるものと承知してはいたが、然《さ》りとて、何と無情なことであろう。

「猪兵衛、五郎右衛門、平三郎」

呟きが漏れた。秀吉が寄越した怪訝な眼差しに「何でも」と返し、薄っすらと苦笑が浮かぶ。出陣の日、若者たちに訳知り顔で忠言したのだ。諦めずにいれば気まぐれに運が向くものだと。しかし。

「なるほど。運にござるか」

秀吉は「悔しい」と「清々した」を混ぜたような、何とも言いようのない口ぶりで応じた。

「左様、運ひとつよ。それがなけりゃあ、わしの気の緩みは、ぶった斬られとった。おみゃあさんにゃ、それだけの力がある。じゃからこそ家来に欲しいんじゃ」

「筑前殿は」

小声を漏らすと、秀吉は食い入るようにこちらを見た。盛政の苦笑が微笑に変わった。

「……人の道を外れてしまわれた。されど今なら、それとて貴殿なりに、上様の仰せに従おうとした姿なのだと思えます」

「おお、そうよ。わしゃ懸命じゃった。玄蕃殿も同じじゃろ。な？」

だから家臣として仕えよと眼差しで語る。盛政は静かに頭を振った。

「懸命であったは同じなれど、目指すものは違い申す」

そして面持ちを改め、猛り狂う武士の本性を剝き出しに声を張った。

「俺を生かして置かば、いつまでも思い続けることでしょう。どうやってこの男を潰そうか、如何にして命を断ってくれようかと。生半可の温情を示し、自ら火種を抱え込むべからず。死を与えられたが懸命と存じます」

「何でじゃ。わしと戦うたんは、生きて身を立てるためじゃろうが」

なお説き伏せんとする。これも懸命の姿なのだ。しかし、どうあってもこの頼みだけは容れられない。なぜなら己は人だからだ。心という度し難いものを抱え、それを裏切れない、人という愚か者なのである。

「俺は此度の戦場で素晴らしき若武者たちを見た。加藤清正、福島正則、加藤嘉明、これらの者は筑前殿がために身を削る思いで戦っていた。もし貴殿が敗れておったなら、その者たちに節を曲げよと仰せられるか。柴田に仕え、生きて身を立てよと。俺も同じなのです。この戦に賭けた思いを愚弄してくださるな」

胸を張って力一杯に答える。ついに秀吉は言葉に詰まった。織田家を乗っ取るためには手段を選ばなかった化け物も、下の者の思いまでは踏みにじれないと見える。

あと、ひと押し。盛政は秀吉に、無上の笑みを向けた。

「貴殿を討つ。たとえ貴殿が臣となったとて、俺はそれを諦めませぬ」

秀吉は「嗚呼」と天を仰ぎ、大きく、大きく、溜息をついた。

「修理の奴な。城攻めの前に、お市様の姫たちを逃がしたんじゃ。分かるか玄蕃。おみゃあの叔父御は、どうにもならんて悟って、諦めて死ぬことを選んだんじゃ」

そして、しばしの無言。然る後に「じゃが」と続く。

「重ねて申すがよ、おみゃあは違う。どうにもならんことを、どうにかしようとする。何とのう分かったわい。おみゃあは、何とかしようて必死に足掻いて死のうって奴じゃ。そういうのが誰より強い。一番おっかにゃあでよ」

秀吉は、大将としての厳かな顔を見せた。

「佐久間盛政殿……お腹を召されい」

武士の誉れを与えんとする裁定であった。だが秀吉は、やはり分かっていない。金輪際交わることのない相手から恩を与えられ、それを誉れとできないのが武士《もののふ》なのだ。

「有難きお計らいなれど、自害はお断り申し上げる。俺は戦って敗れた身なれば、どうか斬首に処されませい。この身を車に乗せ、縄目を受けた姿を上下の者に見物させられよ」

ゆっくりと、二度の頷きが返された。

「ほんに、死なせるのは惜しいわい。けどな、正直なとこ……おみゃあが死ぬことに、心底ほっとしてもおる」

「それは、祝着にござった」

一点の濁りもない心で応じると、秀吉は何とも嫌そうに溜息をついた。

「武士ちゅうのは、ほんに腹が立つわい。けどまあ、斬首の前に望みくりゃあ聞いてやる。何でも申せ」

盛政は、穏やかに頷いた。

「然らば二つだけ、無心を許されたし。ひとつ。俺と共に捕らわれた二人を含み、生き残った佐久間の臣が望まば、貴殿に仕えることをお認めくだされ。二つ。俺には死装束を与えられたし。これぞ鬼玄蕃と京の民にも分かるよう、戦場での大指物の如く人目を引くものが望みにござる」

「あい分かった。叶えて遣わそう」

そして秀吉は目を逸らし、入り口に控えていた片桐且元に顎をしゃくる。盛政は縄を引かれて陣屋を後にした。

夏四月の末、越前の遅い梅雨が始まろうとしている。曇り空の風は少しばかり湿っぽいが、罪人として裁かれる胸の内は、晴れ渡る真夏の空そのものであった。

*

人、人、人、見渡す限りの人垣である。盛政は縛られて馬に乗せられ、京一条の辻から下京《しもぎょう》に向けて曳かれていた。身に纏うは、秀吉から贈られた小袖と袴である。袖口は末広がりの広袖、赤地に白で「丸に三つ引両」の家紋が大きく染め抜かれている。背は金糸で飾り、その上に紅梅の縫い取りが施されていた。袴は白地に赤の縦縞である。まさに大伊達《だて》の傾奇《かぶき》者、凡そこれから斬首という姿ではない。

「あれが鬼玄蕃やて」

「強い言うても、羽柴様には敵わへんかったか」

囁き合う声が耳に届く。盛政は笑みを浮かべて胸を張った。

京雀《きょうすずめ》たちよ、よく見ておけ。これが武士というものだ。幼き日より戦うことだけ教えられ、誰に対しても敢然と立ち向かい、負けて死ぬとて心を乱さぬ。

「笑うとるわ」

「何やろな。嬉しそうに」

三条を過ぎる。ひそひそと、また耳に届いた。そのとおり、この玄蕃は今、秀吉に罪人と認められたことが嬉しいのだ。さらりと眺めると、目の合った野次馬が顔を引き攣らせた。盛政はむしろ、その者に向ける笑みを強くした。

秀吉が如何にして天下を掠め取らんとしたか、京に生きる身なら通り一遍の話は聞き知っているだろう。信長という英傑を失って罅《ひび》の入った織田家を、乗っ取ろうとしたのだ。無論、強い者が勝つのは世の道理である。秀吉は正しいのかも知れぬし、これまでも、これからも、ありとあらゆる手管で自らが正しいと飾り立ててゆくに違いない。

だが民草よ、自らの胸に問うてみよ。昨日までひとかたならぬ恩を受けながら、如何なる訳があろうと、それを容易く裏切れる者を、各々はどこまで信じられるのか。

最も明日に近い道が正しいのなら、秀吉のやり様は確かに正しいだろう。ただし、それは人の芯を曲げねば進めぬ道でもある。

翻って己は、この佐久間盛政は、武士である前に人なのだ。厚情を垂れてもらえば、それに応えたいと思う。だからこそ、秀吉の進む道には否を突き付けた。我が思い、この心が間違っていると言える者など、果たしてあろうものか。

誇りを胸に曳かれて行く。やがて五条、六条と過ぎ、京の町を外れた。道は伏見へ、そして宇治《うじ》へと続く。それでも人垣が薄くなることはなかった。

両脇を人に埋め尽くされた道、その向こうに河原が見えた。日の光が、ちらちらと忙しなく乱れている。激流、宇治川だ。

自らの命が尽きる河原を目に、盛政は思う。

無理、無駄、遠回り。己や叔父がやろうとしていたのは、そういうことだったのかも知れない。戦に敗れ、こうして死に臨もうとしているのも、全ての因果はここにある。

だが、それの何が悪い。

もがき、苦しみ、悩み、時に過ちを犯すのが人というものだ。ただ、過ちが悪しきことなのではない。過ちを認めず、正しき道を選んだに過ぎぬと言い張って、自らの心を欺くのがまことの悪である。これを認めぬ限り——秀吉の如く生きる限り、過誤はいずれ苦痛となって自身に跳ね返るだろう。

己はそれを嫌い、人として生きたに過ぎぬ。行き着く先がこの河原だったと言うのなら、何を憂うことがあろう。満足だ。他に何があるはずもない。

「下ろせ」

役人の声が届いた。宇治川、槙島《まきしま》の地である。盛政は二人の手で馬の背から下ろされ、縄を引かれて玉石の河原へと進んだ。

絶え間なく流れる水を眺め、静かに座る。紙と筆を持った法体を伴い、ひとりの役人が前に進んだ。

「辞世を残されよ」

促されて、盛政は顔を上げた。

世の中を　廻《めぐ》りも果てぬ　小車は　火宅の門を　出づるなりけり

小車に乗ったとて世を廻り尽くすことはできぬ。それができると思っている者は、今まさに燃えている家で遊び呆けるようなものだ。秀吉という稀代《きたい》の怪物を越えんとして潰える、この玄蕃のように。そして人の道を踏み外した秀吉もまた、火宅の門にある——。

自身と秀吉を嘲った一首に続き、盛政は十里四方に届けとばかりの大声を張り上げた。

「されど見よや、この姿。世に成せぬこと数あれど、俺は終いまで足掻いたのだ」

刑部の役人が泡を食って駆けて来た。だが黙ってなるものかと、鬼の二つ名に恥じぬ気勢で睨み据える。眼差しから迸る力に押されたか、役人たちは急に足を止め、その場に立ち尽くした。

「羽柴筑前に与した者共、悪足掻きと笑わば笑え。其許らは力に屈した腰抜けぞ。武士《もののふ》の誇りなき者なれば、所詮は大業成し難し！　与えられるを待つばかりの民草と何が違おうか。この玄蕃は望んで罪を受け、筑前が敵として散るものである。我が道を貫く意地と気概、今こそ示さん」

ぐい、と頭を突き出す。宇治の河原がしんと静まり、ぴりぴりと張り詰めたものに満ちた。役人は未だ尻込みしていた。

「どうした」

刑部方に向けた盛政の声は、先までとはまるで違った。この上なく柔らかく、慈悲の思いを込めている。役人たちから救われたような息遣いが聞こえた。

盛政の心に幾多の顔が去来する。

安井左太夫、青木勘七郎、拝郷五左衛門、原彦右衛門、討ち死にした皆よ許してくれ。生き残った原勘兵衛、豊島猪兵衛、長井五郎右衛門、尾山城に残した安井平三郎、この先の生涯に幸多からんことを。

妻よ、嘆かないで欲しい。娘――虎姫の嫁入り先を、俺に代わって見つけてやってくれ。首を差し出したまま静かに祈る。やがて玉石を踏む音、次いで刑部方が小さく発した。

「いざ」

宇治川のせせらぎに、鋭く風を斬る音が混じった。

柴田勝家と佐久間盛政を打ち破った秀吉は、この後、岐阜の織田信孝を屈服させ、織田信雄の名で切腹を命じた。天正十一年五月二日を以て信孝は生涯を閉じた。

越前と岐阜、秀吉を囲む二つが打ち破られると、伊勢で抗っていた滝川一益も屈するに至る。これによって秀吉は織田家簒奪《さんだつ》の地歩を固めた。

羽柴家臣には、この戦いを機に大身となった者が多い。秀吉が後々まで「賤ヶ岳こそ自らの岐路」と語ったとおり、まさに天下分け目の一戦であった。

織田の天下を巧みに乗っ取ってゆく一方、秀吉は盛政の娘・虎姫の身を安んじた。長じた虎姫は中川秀成《ひでなり》――大岩山砦で盛政に討ち取られた中川清秀の子に嫁ぎ、二人の男児を産む。秀吉はこの二人のうち、次男をして佐久間勝成《かつなり》を名乗らせ、盛政の後を継がせた。

〈了〉

主要参考文献

「佐久間軍記（續群書類従　第二十輯　下　合戦部・収録）」　塙保己一編纂　八木書店
「川角太閤記」　志村有弘　勉誠社
「別冊歴史読本21巻35号　豊臣秀吉合戦総覧」　新人物往来社
「歴史群像シリーズ15　賤ヶ岳の戦い」　学習研究社
「日本の中世11　戦国乱世を生きる力」　神田千里　中央公論新社
「信長軍の司令官　部将たちの出世競争」　谷口克広　中公新書
「現代語訳　信長公記（上・下）」　太田牛一著、中川太古訳　新人物往来社
「戦国武将名言録」　楠戸義昭　ＰＨＰ文庫

本書は二〇一六年十月に刊行した『賤ヶ岳の鬼』（中央公論新社）を、文庫化にあたり加筆修正したものです。

中公文庫

賤ヶ岳《しずがたけ》の鬼《おに》

2022年4月25日　初版発行

著　者　吉川《よしかわ》 永青《ながはる》

発行者　松田 陽三

発行所　中央公論新社
〒100-8152　東京都千代田区大手町1-7-1
電話　販売 03-5299-1730　編集 03-5299-1890
URL https://www.chuko.co.jp/

DTP　嵐下英治
印　刷　三晃印刷
製　本　小泉製本

Published by CHUOKORON-SHINSHA, INC.
Printed in Japan　ISBN978-4-12-207204-6 C1193

各書目の下段の数字はISBNコードです。978－4－12が省略してあります。

中公文庫既刊より

と-26-26
早雲の軍配者（上）　富樫倫太郎
北条早雲に見出された風間小太郎。軍配者となるべく送り込まれた足利学校では、互いを認め合う友に出会い――。新時代の戦国青春エンターテインメント！
205874-3

と-26-27
早雲の軍配者（下）　富樫倫太郎
互いを認め合う小太郎と勘助、冬之助は、いつか敵味方にわかれて戦おうと誓い合う。扇谷上杉軍へ攻め込む北条軍に同行する小太郎が、戦場で出会うのは――。
205875-0

と-26-28
信玄の軍配者（上）　富樫倫太郎
駿河国で囚われの身となったまま齢四十を超えた山本勘助。焦燥ばかりを募らせていた折、武田信虎による実子暗殺計画に荷担させられることとなり――。
205902-3

と-26-29
信玄の軍配者（下）　富樫倫太郎
武田晴信に仕え始めた山本勘助は、武田軍を常勝軍団へと導いていく。戦場で相見えようと誓い合った友たちとの再会を経て、「あの男」がいよいよ歴史の表舞台へ！
205903-0

と-26-30
謙信の軍配者（上）　富樫倫太郎
越後の竜・長尾景虎のもとで軍配者となった曾我（宇佐美）冬之助。自らを毘沙門天の化身と称する景虎の前で、いま軍配者としての素質が問われる！
205954-2

と-26-31
謙信の軍配者（下）　富樫倫太郎
冬之助は景虎のもと、好敵手・山本勘助率いる武田軍を前に自らの軍配を振るい、見事打ち破ることができるのか⁉「軍配者」シリーズ、ここに完結！
205955-9

と-26-38
白頭の人　大谷刑部吉継の生涯　富樫倫太郎
近江の浪人の倅はいかにして「秀吉に最も信頼される男」になったのか――謎の病で容貌が変じ、周囲に疎まれても義を貫き、天下分け目の闘いに果てるまで。
206627-4

と-26-40
北条早雲1　青雲飛翔篇
富樫倫太郎
一代にして伊豆・相模を領する大名にのし上がる風雲児の、知られざる物語が幕を開ける！　備中での幼少期から、幕府の役人となり駿河での密命を果すまで。
206838-4

と-26-41
北条早雲2　悪人覚醒篇
富樫倫太郎
再び紛糾する今川家の家督問題を解決するため、後の「北条早雲」こと伊勢新九郎は、駿河への下向を決意する。型破りな戦国大名の原点がここに！
206854-4

と-26-42
北条早雲3　相模侵攻篇
富樫倫太郎
この世の地獄を減らすため、相模と武蔵も自分が支配するべきではないか――僧になった〝悪党〟が、途方もない夢に向かい、小田原城奪取に動く緊迫の展開！
206873-5

と-26-43
北条早雲4　明鏡止水篇
富樫倫太郎
宿敵・足利茶々丸との血みどろの最終戦と悲願の伊豆統一、再びの小田原城攻め……己の理想のため鬼と化した男にもはや安息はない。屍が導く関東への道！
206882-7

と-26-44
北条早雲5　疾風怒濤篇
富樫倫太郎
相模統一に足踏みする伊勢宗瑞が、苦悩の末に選んだ最終手段。三浦氏との凄惨な決戦は、極悪人にして名君の悲願を叶えるか。人気シリーズ、ついに完結！
206900-8

な-65-1
うつけの采配（上）
中路啓太
関ヶ原の合戦前夜――。誰もが己の利を求める中、ただ一人、毛利百二十万石の存続のため奔走した男・吉川広家の苦悩と葛藤を描いた傑作歴史小説！
206019-7

な-65-2
うつけの采配（下）
中路啓太
小早川隆景の遺言とは正反対に、安国寺恵瓊の主導により天下取りを狙い始めた毛利本家。はたして吉川広家は家を守り抜くことができるのか？〈解説〉本郷和人
206020-3

な-65-3
獅子は死せず（上）
中路啓太
加藤清正ら名だたる武将にその武勇を賞賛された武将・毛利勝永。関ヶ原の合戦で西軍についたため、領地没収をされた男が、大坂の陣で最後の戦いに賭ける！
206192-7